Mister
NAPOLEONE

Materiali didattici per gli insegnanti su www.leggendoleggendo.it

Leggendo Leggendo

Per le citazioni alle pagg. 191-192, l'Editore resta a disposizione degli aventi diritto.

Editing: Clare Stringer
Progetto grafico: Stefano Moro
Impaginazione: Manuela Mosseri
Redazione: Antonella Lavorato
Risguardi e mappa: Stefano Turconi

www.battelloavapore.it

Immagini del gioco di Napoleone e di apertura dei capitoli: Shutterstock e Wikimedia Commons
Immagini alle pagg. 6, 7, 312: ©Mondadori Portfolio/Leemage

Pubblicato per PIEMME da Mondadori Libri S.p.A.
I Edizione 2017

ISBN 978-88-566-5227-7

Anno 2018-2019-2020 Edizione 2 3 4 5 6 7 8 9 10 11

Stampato presso ELCOGRAF S.p.A. - Stabilimento di Cles (TN)

IL BATTELLO A VAPORE

LUIGI GARLANDO

Mister NAPOLEONE

PIEMME

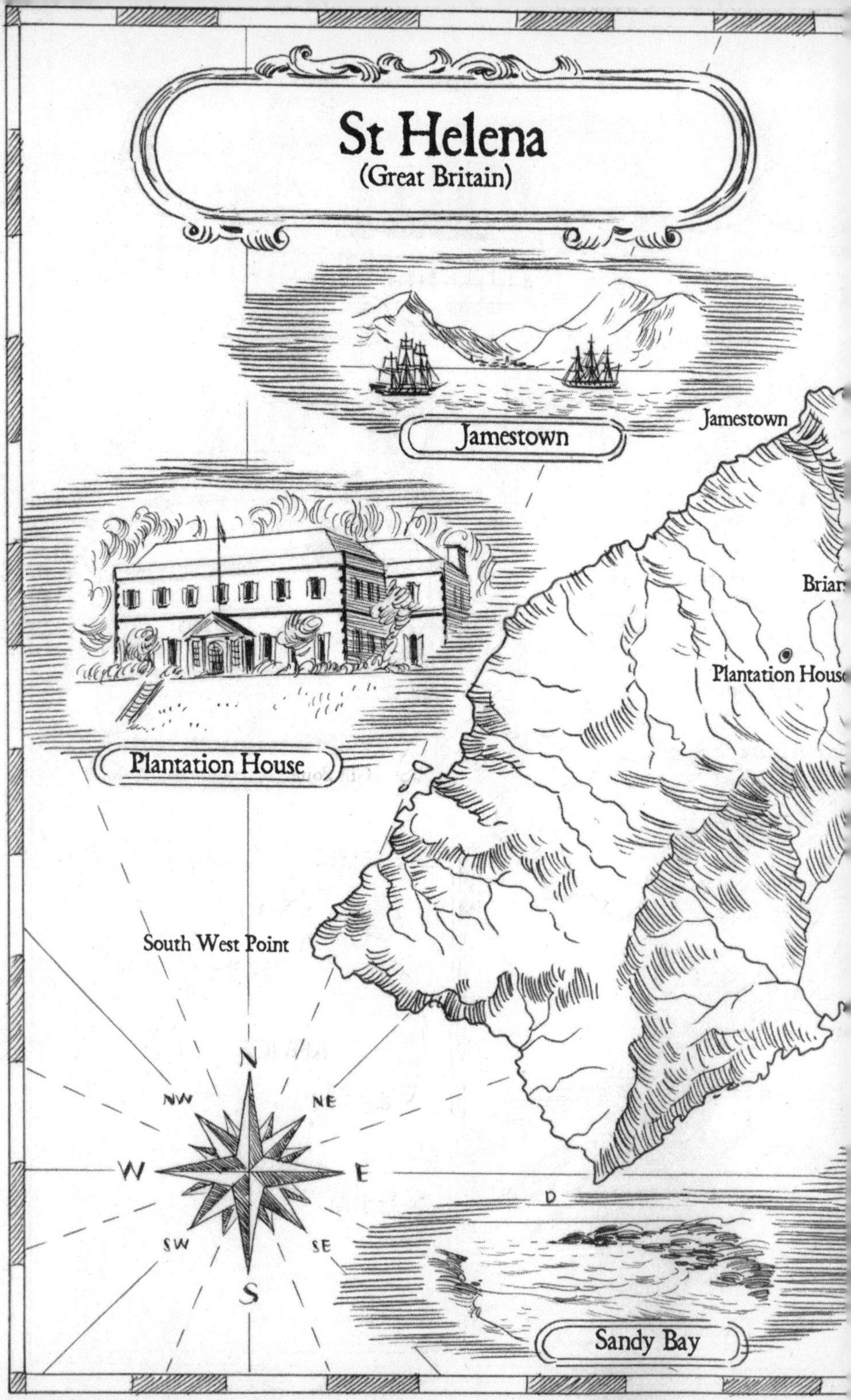
St Helena
(Great Britain)
Jamestown
Jamestown
Briar
Plantation House
Plantation House
South West Point
N
NW
NE
W
E
SW
SE
S
D
Sandy Bay

Longwood
Briars
ugar Loaf
oint
Longwood
Hut's
Gate
icco di Diana
Gill Point
ay
AFRICA
St Helena
Picco di Diana

IL GRANDE GIUOCO DI
NAPOLEONE
BONAPARTE

A Emma,
la mia Imperatrice

TOPI
nti
i i
fonderla
sse fermare
l punteggio
parola
iuocatore che
a marca di tanti
o dei dadi.
1
NORTHUMBERLAN
IL GRANDE GIUOCO DI NAPOLEONE BONAPARTE - Disegnato da Karl E. Miery e Giovanni Kiepert da un'idea di Pietro Oretani – Stampato presso la Reale Stamperia Frat

I

Verso l'inferno di Sant'Elena. L'infamia e la paura degli inglesi. La tempesta. L'Imperatore vince ancora.

16 settembre 1815

Dopo giorni di bonaccia e alisei favorevoli che ci hanno spinto verso l'Equatore, è esplosa all'improvviso una violenta tempesta che i marinai hanno quasi festeggiato perché sulla *Northumberland*, a più di un mese dalla partenza dall'Inghilterra, cominciavano a scarseggiare le riserve d'acqua.

Il cielo si è squarciato con un fragore impressionante e ha rovesciato torrenti di pioggia poco dopo cena, l'ora in cui l'Imperatore, per abitudine, si concede una passeggiata sul ponte, solitamente accompagnato da mio padre o dal Gran Maresciallo Bertrand che però spesso rinuncia per assistere la moglie Fanny, sofferente per il mal di mare da quando siamo partiti. In genere, dopo dieci-dodici giri di passeggiata per la lunghezza del ponte, si appoggia al penultimo cannone di sinistra, vicino al boccaporto, e si mette a conversare. I giovani marinai inglesi hanno notato la curiosa predilezione e ormai si riferiscono a quel cannone come al "cannone dell'Imperatore".

La tempesta non dev'essergli sembrata una ragione sufficiente per sospendere l'abitudine e così stasera ho assistito a uno spettacolo indimenticabile che mi ha scaldato il sangue: l'uomo che fino a tre mesi fa governava il mondo, fermo, da solo, sul ponte della *Northumberland*, impassibile davanti all'oceano in guerra come davanti alla cavalleria nemica in piena carica.

Le onde si gonfiavano, scalavano il cielo, si avvicinavano urlanti per strapparlo dalla prua, ma poi si fracassavano contro il legno della nave e si ritiravano sconfitte, impaurite. Una dopo l'altra. Lui le osservava con l'imperturbabilità di un viaggiatore che ammira un paesaggio alpino, le mani giunte dietro la schiena, stretto nel famoso soprabito grigio di *Louviers* che gli inglesi hanno sempre riconosciuto con terrore, uno stivale più avanti dell'altro, per ragioni di equilibrio, saldo come l'albero maestro della *Northumberland*, mentre la pioggia gli colava dagli angoli del bicorno.

L'Imperatore è di statura bassa, ma a nessuno è mai apparso piccolo. Nemmeno, certo, in una notte come questa. La schiena del mare che come una balena sollevava il vascello fino alle nuvole, per poi sprofondarlo in abissi di schiuma, rendeva semplicemente giustizia alla sua vera statura: ecco il *grande* Napoleone Bonaparte, ecco il mio Imperatore!

Ecco il più grande comandante della storia, l'uomo che è entrato vincitore in tutte le capitali d'Europa; il re di Francia che ha preso la corona dalle mani del Papa e si è fatto Imperatore; il genio di Austerlitz, lo stratega della Grande Armata che ha vinto sessanta campagne militari; l'"orco" imbattibile, incubo di tutte le corone.

Imbattibile, certo, perché anche Waterloo, che passerà alla storia come la sua grande disfatta, la battaglia persa tre mesi fa che ci ha imbarcati su questo legno diretti all'esilio, non è stata troppo diversa dalle campagne precedenti che renderanno leggendaria la memoria di Napoleone Bonaparte.

Mai una sconfitta è parsa così simile a una vittoria. E mai è esistito nella storia uno sconfitto che abbia fatto tanta paura.

Gli inglesi non hanno avuto il coraggio di ucciderlo e neppure di incatenarlo nelle loro prigioni, lo spediscono su un'isola a diecimila miglia di distanza, lo inchiodano a una roccia in mezzo all'oceano con la costa più vicina, quella africana, a mille miglia di mare. Ma finché l'Imperatore resterà vivo, non dormiranno comunque sonni tranquilli.

Fanno bene a temerlo, perché Napoleone tornerà e noi fedelissimi che lo stiamo accompagnando all'inferno torneremo con lui.

Io ora ho quindici anni, l'età di un tamburino, ma presto sarò un soldato della Grande Armata, cavalcherò imprendibile come Murat, avrò in battaglia il coraggio folle di Massena.

Per questa ragione ho cominciato a scrivere un diario. Su queste pagine racconterò, momento per momento, il nostro viaggio all'inferno di Sant'Elena e poi il nostro ritorno sul trono del mondo.

All'Imperatore non ho mai rivolto la parola.

Confesso di aver cercato un pretesto per incrociarlo e presentarmi ufficialmente mentre passeggiava sul cassero della *Northumberland* o mentre discorreva con mio padre, ma mi è sempre mancato l'ardore per portare a termine l'impresa, respinto dalla bolla leggendaria che lo avvolge. Sono stato anch'io un'onda che lo ha avvicinato e si è spenta ai suoi piedi.

Presto però accadrà, perché Sant'Elena è un grumo di roccia e mio padre mi ha rivelato che probabilmente noi e i tre generali vivremo sotto lo stesso tetto.

Già questa notte ho pensato di farlo, spronato da Lazare che stava accovacciato con me dietro una scialuppa sul ponte. Mi incitava a uscire dal nostro nascondiglio e a schierarmi al fianco dell'Imperatore per sostenerlo nella guerra contro l'oceano.

Lazare ha duc anni meno di me, è il figlio del cuoco Lepage. È magro e bianco come una vela, tossisce sempre, raramente esce dalla sua cabina. Soffre il mare più della moglie di Bertrand. Legge tanto e scrive poesie. Mio padre sostiene che i poeti servono in battaglia non meno dei soldati, perché gonfiano i cuori con le loro parole e i cuori gonfi vincono sempre le guerre. Infatti Lazare aveva gonfiato il mio. Stavo già puntando i piedi per alzarmi e mettermi al fianco di Napoleone, davanti all'assalto delle onde, sotto una cascata d'acqua, quando è successo qualcosa di magico.

La pioggia ha perso forza all'improvviso. L'Imperatore si è tolto l'inconfondibile cappello dalla testa, lo ha accarezzato come per asciugarlo e lo ha tenuto schiacciato contro il fianco sotto il braccio destro, senza smettere di fissare il mare.

È parso un segnale. La schiena dell'oceano si è abbassata e da uno squarcio di nuvole nere è apparsa una lama di luna.

L'Imperatore ha vinto ancora.

Auxonne
14
VASO CINESE
Oneglia
2
PESCECANE
da un'idea di Pietro Oretani - Stampato presso la Reale Stamperia Fratelli Amoretti

2

Il battesimo dell'Equatore.
La battaglia del pescecane.
Una scelta eroica. Il mio cannone.
Ricordi nero su bianco.

26 settembre 1815

Ieri abbiamo attraversato l'Equatore e ho scoperto quanta allegria porti questo evento su una nave. Lo ignoravo. Non siamo entrati in un altro emisfero, ma direttamente nel Carnevale... I marinai si sono travestiti in modo buffo e hanno trascinato davanti a un loro compagno grande e grosso, mascherato da Nettuno, tutti quelli che avevano varcato l'Equatore per la prima volta.

Si tratta di una sorta di rito di iniziazione, di battesimo, che consiste nel radere la barba ai debuttanti. Tra urla e risate, Nettuno armeggiava il rasoio e tosava i marinai inginocchiati sul ponte, mentre in altre parti della nave si scatenavano zuffe divertite e volavano secchiate d'acqua di mare.

Il bello è che il gran Carnevale non rispettava i gradi, ma aveva imposto a bordo una specie di disordinata democrazia. Piovevano secchiate anche sugli ufficiali inglesi e nessuno dava l'impressione di risentirsene, anzi, partecipava coinvolto alla gioia collettiva.

A rigor di logica, il battesimo sarebbe spettato anche a me, nonostante abbia ancora le guance lisce come gomiti, ma evidentemente i marinai avevano ricevuto l'ordine di risparmiare i francesi, perché nessuno di noi è stato coinvolto. Più per sottolineare la nostra condizione di prigionieri che per reale rispetto di ospitalità, immagino, viste le vessazioni che non ci risparmiano a bordo. Ma ciò non ha impedito all'Imperatore di divertirsi, a tal punto che ha voluto dimostrare la sua gratitudine per lo spettacolo regalando napoleoni d'oro a tutti i marinai che si erano travestiti.

Solo dopo aver trascorso quasi due mesi in alto mare si riesce a intuire quanto conforto possa dare un piacevole fuoriprogramma che spezza la noia di giornate infinite, vero tormento di ogni lunga traversata.

Questa mattina ne è capitato un altro. Siamo fortunati...

I marinai inglesi hanno pescato un pescecane enorme e si è accesa subito una lunga battaglia per domare la preda e riuscire a trascinarla a bordo. Attirato dal baccano sul ponte, l'Imperatore è sbucato dalla sua cabina e ha seguito con attenzione le operazioni dei marinai.

Sulle prime ho immaginato che Napoleone, per antico istinto di comandante, potesse dare qualche consiglio prezioso sulla cattura e dirigere i movimenti degli inglesi che si accalcavano disordinatamente attorno al pescecane, invece è rimasto in silenzio e in disparte. Anzi, con il passare dei minuti ho avuto la sensazione sempre più nitida che se mai l'Imperatore avesse voluto spendere un consiglio, l'avrebbe speso a vantaggio del prigioniero degli inglesi che si dimenava con sempre minor vigore. Infatti, quando il pesce sembrava avere ormai esaurito ogni energia vitale, Napoleone ha mosso qualche passo verso di lui, come per rendere omaggio al valore con cui aveva combattuto.

Probabilmente sono stati proprio quei passi a suscitare un'ultima, poderosa reazione del pescecane che con un solo colpo di coda ha fatto rotolare sul ponte quattro marinai e lo stesso Imperatore. Un inglese si è fratturato una gamba.

Il generale Gourgaud è accorso immediatamente in aiuto di Napoleone, ma lui, che si è rialzato con un braccio insanguinato, ha tranquillizzato il suo soldato: «Non è sangue mio, Gourgaud. È del combattente. Sangue di valore».

Sebbene fosse soltanto del pescecane, per me è stata comunque un'emozione vedere con i miei occhi l'Imperatore insanguinato e immaginarlo ferito in battaglia, come a Ratisbona quando lo colpirono a un piede. L'ho raccontato subito a Lazare e, poeta com'è, naturalmente ha vibrato anche lui. Ed è stata un'emozione forte vedere Napoleone soccorso proprio dall'eroico Gaspard Gourgaud che gli ha salvato la vita due volte: a Brienne, quando l'Imperatore si trovò circondato da un gruppo di cosacchi, e a Mosca, quando scoprì un deposito di polvere da sparo che stava per esplodere nel Cremlino.

A bordo di questo legno disgraziato, forse sono l'unico francese che non vive il viaggio come una condanna, ma come un'eccitante opportunità. Ho quindici anni e una febbre di azione che mi brucia. Finalmente sono dentro la Storia, tra il mio Imperatore insanguinato e tre generali della Grande Armata.

Di questa eccitante possibilità ringrazio mio padre, Emmanuel de Las Cases, che ha accettato di portarmi con sé. L'ho assediato con la pazienza degli Achei a Troia e alla fine ha ceduto. Ma lo ringrazio ancora di più per aver scelto di seguire l'Imperatore a Sant'Elena, una decisione che ha sorpreso molti e che non era affatto scontata. Raccontano che lo stesso Napoleone sia rimasto meravigliato dal sì di mio padre quando lui gli chiese di accompagnarlo in esilio per approfittare della sua buona conoscenza della lingua inglese e delle sue virtù letterarie.

Mio padre non vanta una frequentazione e una confidenza tali con l'Imperatore da sentirsi legato all'obbedienza estrema. Non è Gourgaud, non è Bertrand, non è Montholon. Mio padre non è un generale, non ha partecipato alle campagne della Grande Armata e condiviso gloria, pericoli ed emozioni che ti legano a vita.

L'impresa memorabile di mio padre è la pubblicazione di un *Atlante Storico, Geografico, Genealogico e Cronologico* che ha avuto un certo successo in Europa. L'ha pubblicato a Londra dov'era fuggito, come tanti nobili francesi, allo scoppio della rivoluzione. Quando è rientrato in Francia, ha lavorato nell'amministrazione dell'Impero ed è diventato membro del Consiglio di Stato. Mio padre è uomo di studi e di politica.

È alto poco meno dell'Imperatore, vanta una certa generosità addominale e una muscolatura lontana da quella dei discoboli greci. Anche solo a vederlo, si capisce subito che non è nato per fare l'eroe di guerra.

Eppure è così che io lo vedo oggi, perché la scelta di seguire all'inferno il suo Imperatore è stata libera, disinteressata e quindi eroica.

Ogni notte, prima di spegnere la lampada della nostra cabina, mio padre rilegge la lettera che mia madre gli ha lasciato alla partenza da Parigi. Si sono conosciuti che erano bambini, solo io so quanto si amino ancora e quanto il Conte de Las Cases soffra oggi per la lontananza di sua moglie.

Per salire a bordo della *Northumberland*, avendo la possibilità di non farlo, serviva più coraggio di quello impiegato da

Gourgaud in tutte le sue campagne militari. Per questo dico che mio padre è un eroe.

Dopo Waterloo e la rinuncia al trono, tanti spingevano Napoleone a fuggire negli Stati Uniti mascherato, sotto falso nome. Mio padre è stato il più convinto a consigliargli di consegnarsi agli inglesi e di fidarsi del loro rispetto sacro per le leggi e della loro tradizione di ospitalità.

Napoleone gli ha dato retta e gli inglesi lo hanno pugnalato alle spalle.

Invece di dargli il salvacondotto promesso per l'America, lo hanno imprigionato su una nave e lo hanno spedito in mezzo all'oceano. Gli hanno tolto armi, diamanti, soldi, gli hanno concesso di imbarcare solamente tre generali e un seguito di una quarantina di persone tra servitù e collaboratori. Gli hanno perquisito i bagagli come se fosse un ladro e non l'Imperatore del mondo.

L'Inghilterra si è macchiata di un'infamia che infangherà per sempre la sua storia. E per sempre io la odierò e la combatterò con la tenacia di un pescecane.

Dopo il tradimento inglese, mio padre si è sentito ancora più in dovere di accompagnare l'Imperatore a Sant'Elena e così mi ha insegnato una volta per tutte con il suo esempio che esistono ideali superiori, come la patria, cui anche i nostri sentimenti più cari, come l'amore per una moglie, debbono sottostare.

Accanto al mio letto, nella cabina minuscola che abito con mio padre, c'è un cannone. Mi aiuta a fare sogni di guerra. Siamo alloggiati a tribordo, presso il traverso dell'albero maestro, mentre Napoleone sta a poppa, nello spazio dietro l'albero d'artimone che comprende la sala da pranzo, un salone comune e due camere simmetriche: quella di destra è occupata dall'Ammiraglio Cockburn, quella di sinistra dall'Imperatore che dorme sul suo glorioso letto da campo.

Nel salone comune si intrattiene spesso a leggere o a giocare a scacchi o a ventuno con i suoi generali o con gli ufficiali inglesi. A scacchi l'Imperatore non è bravissimo. Vince e perde, si appassiona, ma s'infuria se sospetta che qualcuno dei suoi lo agevoli in qualche modo. L'altra sera ha tuonato: «Qui c'è gente che perde contro di me e poi batte regolarmente quelli da cui perdo io. Non è strano?».

Per il resto della giornata, oltre alle passeggiate sul ponte, Napoleone detta le sue memorie a mio padre che è uomo di lettere e quindi il più predisposto a raccoglierle.

L'Imperatore procede a ondate, come in battaglia. Solitamente comincia a raccontare nel tardo pomeriggio, in modo appassionato, camminando avanti e indietro per la stanza. Mio padre prende nota e sistema il tutto in forma letteraria prima di coricarsi. Al mattino seguente rilegge l'opera all'Imperatore che suggerisce correzioni e spesso racconta una versione differente rispetto a quella dettata il giorno prima. È la seconda carica. Il terzo giorno, dalla sintesi delle due versioni precedenti, nasce quella definitiva.

Napoleone Bonaparte ha deciso di mettere nero su bianco i suoi ricordi, di imprigionare per sempre in un libro le sue battaglie più celebri per non farle scolorire.

Nel memoriale di mio padre, Emmanuel de Las Cases, si leggerà la gloria dell'Impero prima di Sant'Elena; nelle pagine del diario di suo figlio, Emanuele de Las Cases, che sono io, la gloria che verrà dopo.

3
SCACCHI

3

Venti ostili. Nervosismo a bordo. L'Imperatore sfida a scacchi il Gran Maresciallo. Una cannonata fredda in mezzo allo stomaco.

4 ottobre 1815

Sulla *Northumberland* cresce il nervosismo. Tira brutta aria.

I venti da sud-ovest sono sempre più ostili e ci spingono verso l'Africa. Siamo arrivati in vista delle coste del Congo. Invece di avanzare torniamo indietro. È come se anche i venti si fossero ribellati all'infamia inglese e spingessero l'Imperatore lontano dal suo esilio.

Lazare giura che a ribellarsi presto saranno i marinai, stremati dalla lunga navigazione e sempre più risentiti con Cockburn che, anziché scegliere la rotta tradizionale per Sant'Elena, ha voluto azzardarne una alternativa, certo di incrociare venti favorevoli che avrebbero accelerato il nostro arrivo. Invece, grazie al colpo di genio dell'Ammiraglio, ci ritroviamo spinti verso l'Africa, mentre le navi partite con noi dall'Inghilterra, che hanno seguito la rotta tradizionale, a quest'ora avranno già gettato l'ancora.

I marinai mi sembrano al limite della sopportazione, come quelli di Cristoforo Colombo che non raggiungevano mai l'America promessa. Anche oggi sul ponte è scoppiata una rissa che gli ufficiali inglesi hanno spento a fatica. Il responsabile è stato punito a frustate. Un marinaio ubriaco ieri notte è cascato dal cassero. L'urlo "Uomo a mare!" ha srotolato le scialuppe di salvataggio. Anche l'Imperatore è salito sul ponte per seguire le operazioni di recupero, ma non c'è stato nulla da fare. Il marinaio è sparito tra le onde.

Lazare assicura che siamo a un passo dall'ammutinamento. Basterà un ordine di Napoleone e l'equipaggio si ribellerà a Cockburn, chiuderà nelle stive gli ufficiali inglesi e si metterà a disposizione dell'Imperatore, che disegnerà la rotta verso l'America, puntando la libertà a bordo di una nave da guerra con settantotto cannoni.

I poeti la fanno facile, certo, sognano come respirano, ma lo vedo anch'io con quanta ammirazione i marinai, specie i più giovani, seguano l'Imperatore e come lo circondino, pur restando a una distanza discreta, quando si appoggia al suo cannone preferito e comincia a dissertare.

Potrebbe essere altrimenti? La ciurma sa bene che quell'uomo fino a pochi giorni fa era il padrone del mondo e che per dieci anni ha scritto la Storia passando da una vittoria all'altra. Nessuno, per quanto si sforzi, riuscirà mai a vederlo come un prigioniero sconfitto. Nemmeno l'Inghilterra, che pur si vanta con il mondo di aver abbattuto il "tiranno".

Quando eravamo alla fonda nella baia di Plymouth, a bordo del *Bellerofonte*, in attesa della vergognosa decisione poi partorita dal Parlamento inglese, decine di barche si avvicinavano per vedere Napoleone. Non era semplice curiosità, era vera ammirazione, quasi venerazione. Un cittadino inglese riuscì a farci recapitare a bordo, per regalo, alcune casse di frutta fresca.

CAPITOLO 3

L'Imperatore prese l'abitudine di affacciarsi sul ponte ogni pomeriggio alle cinque in punto per salutare le barche che gli rendevano omaggio e che crescevano giorno dopo giorno, tanto che la marina inglese è stata costretta a intervenire per disperderle. Nell'operazione un'imbarcazione si è rovesciata e due donne sono annegate.

Ha ragione Lazare: a un cenno dell'Imperatore, la nave gli obbedirà come gli ha obbedito il mondo, a cominciare dal 53° Reggimento che ci scorta a Sant'Elena. Dal rispetto che questo corpo manifesta a Bonaparte alla minima occasione, sembra piuttosto un battaglione della Grande Armata.

Ma, per ora almeno, l'Imperatore non sembra avere in testa un piano del genere. Oggi ha trascorso l'intero pomeriggio passeggiando avanti e indietro nel salone comune, mentre mio padre prendeva nota delle sue memorie. Dopo cena, ha sfidato il Gran Maresciallo in una partita a scacchi che lo ha impegnato a lungo, tanto da fargli saltare l'abituale camminata sul ponte. Ne è uscito vincitore e si è complimentato con Bertrand cui ha riconosciuto un'opposizione valida e onesta.

Forse attende che il nervosismo dei marinai monti ancora. Tra i segreti e le mille virtù del comandante Napoleone c'è sempre stata la scelta del momento ideale per attaccare battaglia.

Di sicuro sta montando anche il nervosismo dei francesi.

Santini si è azzuffato con un inglese che aveva sorriso al suo passaggio e solo l'intervento di mio padre gli ha risparmiato le frustate di punizione.

Mi hanno riferito di un battibecco a tavola tra Gourgaud e Montholon che lo stesso Imperatore è intervenuto a sedare con fastidio. In mattinata madame Bertrand ha avuto un'altra crisi isterica e ha minacciato di buttarsi in mare. Lo aveva già fatto sul *Bellerofonte*, alla notizia della sentenza del Parlamento inglese. Si era precipitata come una furia nella cabina dell'Imperatore e, inginocchiata ai suoi piedi, lo aveva implorato in lacrime di dispensare il marito dal viaggio a Sant'Elena. Questa mattina è riuscita a calmarsi solo grazie all'intervento del dottor O' Meara che le ha somministrato una buona dose di calmanti, dopo che la donna aveva strappato un paio di medaglie dalla giubba del marito.

Madame Fanny fa compassione a tutti, ma non è la sola che sente il peso delle miglia di mare che ci lasciamo alle spalle.

Ho già scritto sulle pagine di questo diario che vivrò quest'avventura come una splendida possibilità di gloria al fianco del mio Imperatore, ma non nascondo che in certe notti di veglia nel mio letto a tribordo il vero nemico non è più l'Inghilterra, ma la nostalgia.

Mi mancano i rumori di Parigi, mi manca l'intimità dei miei amici, mi mancano le attenzioni affettuose di mia madre. Sento un buco freddo in mezzo allo stomaco, come se il cannone che mi dorme accanto mi avesse colpito in pieno.

Ho pianto anch'io, come Fanny Bertrand.

Non credo di dovermi vergognare di questo.

BONUS
Dego
4
SANT'ELENA
Ceva

4

Arrivo all'isola senza tempo. L'infausta profezia di Nettuno. Fuga nel passato.

15 ottobre 1815

Ci eravamo appena alzati da tavola, quando all'improvviso abbiamo sentito urlare: «Terra! Terra!».

L'Imperatore ha raggiunto immediatamente la prua per riconoscere Sant'Elena e ha creduto di scorgerla prima che calasse la notte. Io non ci sono riuscito.

L'ho vista solo sul far del giorno, nitida e vicina. Un pezzo di carbone in mezzo al mare.

Dovevo avere la faccia abbastanza perplessa, perché il marinaio grande e grosso che si era travestito da Nettuno è scoppiato a ridere come quando tosava i debuttanti all'Equatore.

Mi ha chiesto: «Ti piace l'inferno, ragazzo? Vuoi sapere cosa ci troverai di bello? Nulla. Né stagioni, né ombra, né acqua. A Sant'Elena esiste una stagione sola, fatta di venti gelidi, piogge infinite e sole torrido. Dodici mesi all'anno. Ogni pianta che si azzarda a crescere annega nella pioggia e viene incenerita al primo raggio di fuoco. L'unica vegetazione esistente è quella delle foreste che sprofondano nei dirupi. Scordati gli alberi sulle spianate, troverai solo quegli sgorbi di arbusti della gomma che sembrano croci da camposanto e non regalano un filo d'ombra. Qui è tutto roccia, tutto morto, e anche gli uomini durano poco. Prima vieni cotto dal sole, poi i venti ti gelano il sudore addosso. Sull'isola si beve solo acqua malsana. Se dopo due-tre anni non chiedi di andartene, come fanno tutti gli ufficiali inglesi, diventi bianco come uno straccio, ti ammali all'intestino e finisci sotto terra. È il destino più comune. Quello scoglio che vedi è lungo sedici chilometri e largo dodici: tu vieni da Parigi, ti mancherà l'aria. Cerchi bella compagnia? All'inferno troverai un migliaio d'anime: gli inglesi vi disprezzeranno, gli altri sono schiavi, negri o cinesi. Divertiti, figliolo...».

Nettuno si è allontanato con una risata da ubriaco che gli rimbombava nel barbone folto. Ho osservato il dottor O' Meara che aveva ascoltato tutto.

«Noi medici commenteremmo che la diagnosi su Sant'Elena fatta da quel marinaio è stata estremamente cruda, ma non ti ha raccontato una sola bugia.»

«Perché allora voi vi fermate, pur potendo ritornare a Londra, signore?» gli ho domandato.

«Perché i dottori si fermano dove gli uomini si ammalano.»

Mentiva. Barry Edward O' Meara, chirurgo irlandese, aveva ricevuto il compito di occuparsi della salute dell'Imperatore sul *Bellerofonte*, ma poi ha deciso di seguirlo fino all'inferno per sua volontà. Un altro figlio della Corona inglese conquistato dal nemico sconfitto, come l'uomo della frutta, come le due donne annegate a Plymouth, come i giovani marinai della *Northumberland*. Un altro come noi che ha scelto di legare il proprio destino a quello eterno e irresistibile di Napoleone Bonaparte.

CAPITOLO 4

L'Imperatore è salito sul ponte poco più tardi, in anticipo rispetto alle sue abitudini. Si è affacciato al parapetto della scaletta esterna per poter studiare meglio l'isola con il cannocchiale e in pochi secondi gli è stato tutto chiaro: Sant'Elena è l'ultimo posto al mondo da cui poter fuggire.

Si tratta di un'isola di origine vulcanica, che tuffa in mare pareti verticali di seicento metri, nere e spoglie. In ogni spiaggetta formata dalla rientranza della costa e sulla sommità delle rocce, a distanza regolare, sono state piazzate postazioni di cannoni.

Sant'Elena ha un porto solo, naturalmente presidiato in massa dai soldati inglesi e protetto all'imbocco della baia da una fila di vascelli. Esiste un unico centro abitato, Jamestown, che si allunga in una stretta striscia di case tra due pareti aride a strapiombo. Sul resto dell'isola poche abitazioni sparse qua e là come pecore.

I tre generali che avevano accompagnato sul ponte l'Imperatore hanno provato a interpretare la sua espressione, ma lui ha consegnato il cannocchiale a Montholon senza commentare e senza mostrare la minima emozione. Poi è sceso nel salone comune a dettare a mio padre i primi ricordi della campagna d'Egitto.

Apparentemente il passaggio dal cannocchiale alle memorie è stata una fuga nel passato davanti alla presa di coscienza di un futuro impossibile. La catena dell'ancora che ha toccato il fondo dopo settanta giorni di mare, a centodieci dalla partenza da Parigi, sembra aver legato il nuovo Prometeo alla roccia, per sempre.

Ma può pensarlo solo chi non conosce Napoleone Bonaparte. Il futuro comincia domani quando sbarcheremo.

Martigny
MOSCHETTO
Mondovì
5
LETTO DA CAMPO

5

Piedi a terra. Una nuova dimora per l'Imperatore. Il lettino di Austerlitz. Il più inutile degli angeli custodi...

25 ottobre 1815

Fosse stato per quelle carogne dei ministri inglesi, saremmo rimasti sulla nave per altri due mesi, perché a quanto pare tanto servirà a rendere abitabile la casa che ci hanno destinato in una zona di nome Longwood, nella parte orientale dell'isola. L'ordine del Parlamento era per l'appunto quello di non farci sbarcare prima che fosse stata attrezzata la nostra destinazione. Ma, dopo quasi tre mesi in mare, l'Ammiraglio Cockburn ha avuto il buon cuore di farci mettere subito i piedi a terra e di trovarci un primo ricovero di fortuna.

L'Imperatore è sbarcato dopo pranzo insieme all'Ammiraglio e al Gran Maresciallo. Gli ufficiali si sono raccolti tutti sul cassero e l'equipaggio si è schierato lungo il parapetto dalla parte della scaletta esterna. Non hanno obbedito a un comando ma, anche loro, a un sentimento istintivo di ammirazione e alla necessità di rendere omaggio al sovrano che per quasi tre mesi ha vissuto nel modo più nobile la sua condizione di prigioniero riservando rispetto anche all'ultimo dei marinai.

Il resto del seguito dell'Imperatore è sbarcato verso le otto di sera accompagnato da alcuni ufficiali inglesi che ci hanno mostrato le nostre rispettive sistemazioni.

A me e mio padre è toccata la stanza angusta di una locanda, ma a Napoleone non è andata molto meglio.

A parte le condizioni misere della camera della casa privata in cui ha dovuto passare la prima notte sull'isola, soffocato da un caldo da forno, le sentinelle piantonavano l'ingresso e i curiosi si raccoglievano sotto le finestre impedendogli praticamente di uscire. L'Imperatore ha deciso perciò che non avrebbe trascorso una seconda notte a Jamestown.

Già all'alba si è messo a cavallo con il Gran Maresciallo Bertrand e con l'Ammiraglio per fare un sopralluogo a Longwood e verificare di persona le condizioni della futura dimora e lo stato di avanzamento dei lavori.

A un paio di miglia dal villaggio, la strada sterrata, stretta da un lato da una parete di roccia arida e dall'altro da un burrone a precipizio sul mare, si allarga inaspettatamente in una radura che ospita una villa, un giardino ben curato e alcuni dei rarissimi alberi di Sant'Elena. Una specie di piccola oasi.

L'Imperatore l'ha notata subito e di ritorno dal sopralluogo a Longwood ha voluto fermarsi per vedere da vicino la residenza che si chiama Briars, "i Rovi", e fare conoscenza della famiglia che vi abita: i Balcombe. È rimasto incuriosito da una specie di padiglione staccato di una trentina di metri dall'abitazione principale, posto su un terrapieno, dove i Balcombe si ritrovano per bere il tè e respirare aria migliore.

Dopo una veloce trattativa con l'Ammiraglio, il padrone di casa ha accettato di accogliere l'illustre ospite e così per tutta la giornata la servitù dell'Imperatore si è affaccendata per trasferire i bagagli imperiali a Briars e per adattare ad abitazione il padiglione del tè.

Non è stata un'operazione semplice perché il padiglione era addirittura meno ospitale della nostra cabina sulla *Northumberland.* Accanto al letto dell'Imperatore, per esempio, c'era una finestra senza tende e senza vetri che i camerieri hanno schermato in qualche modo.

Preso possesso della nuova dimora, l'Imperatore ha mandato a chiamare mio padre. Voleva che si sistemasse anche lui a Briars per averlo immediatamente a disposizione quando gli fosse venuta l'ispirazione per dettare le sue memorie.

Né il Grande Maresciallo Bertrand, né il suo salvatore Gourgaud, né Montholon. Nessuno dei tre generali o altri del seguito. Soltanto mio padre avrebbe dormito sotto lo stesso tetto dell'Imperatore, servitù a parte.

L'orgoglio che leggevo negli occhi di Emmanuel Conte de Las Cases era quello che portavo nel cuore. Anche perché sapevo con certezza che la predilezione dell'Imperatore per mio padre non aveva a che fare solamente con la sua sapiente penna d'oca, ma con la fedeltà provata negli anni e sublimata dalla scelta di imbarcarsi sulla *Northumberland.*

Appena si è presentato ai Rovi, Napoleone gli ha chiesto: «Perché non avete portato con voi vostro figlio?».

«Perché so che possiamo contare su spazi ridotti e ho pensato alla Vostra riservatezza, Imperatore.»

«Ma voi non sapete vivere senza vostro figlio» ha scherzato l'Imperatore leggendogli nel cuore una verità.

Immaginate l'emozione quando mio padre è venuto a riferirmi quelle parole e quando mi sono trasferito nella sua stanza che sta proprio sopra quella di Napoleone, al padiglione dei Balcombe.

Anche se “stanza” è una parola generosa...

Si tratta in realtà di un abbaino di sette passi per sette, sotto un tetto rovente, che può ospitare solo il letto di mio padre. Io mi arrangio con un materasso buttato a terra. Ma non starei meglio alle Tuileries o alla Malmaison...

Attraverso le assi di legno che ci fanno da pavimento, sento i passi dell’Imperatore e le sue parole. Intravvedo perfino il suo leggendario letto da campo. Se penso che Napoleone ha dormito su quel giaciglio prima delle battaglie di Austerlitz e di Jena, se penso che lì sopra ha meditato sulle tattiche d’assalto con cui poi al mattino ha sbaragliato il mondo, vibro come un poeta.

A parte la stanza dell’Imperatore e il nostro abbaino, non ci sono locali per la servitù. Marchand, il primo cameriere, e il còrso Santini, usciere-parrucchiere, dormono sulla soglia della stanza, a terra, avvolti dai loro mantelli. Cipriani, Saint Denis, Pierron, il cuoco Lepage e gli altri domestici arrivano al mattino da Jamestown e vi tornano la sera.

Un tempo anche i più prestigiosi sovrani dovevano fare ore, se non giorni, di anticamera alle Tuileries per riuscire ad avvicinare l’Imperatore, un privilegio che pochi sulla Terra possono vantare. Io ogni notte dormo qualche metro sopra di lui, come il più inutile degli angeli custodi, e ascolto gli ordini secchi che impartisce nel sonno.

Questa inattesa intimità con il più grande della Storia ha già dato senso a settanta giorni di mare e alla cannonata fredda che ogni tanto mi buca lo stomaco.

ello
Borghetto
6
DANZA
NE

6

Inglesi in ritirata. Pranzo dai Balcombe. Un piccolo paradiso al centro dell'inferno. L'invito tanto atteso.

26 ottobre 1815

Questa mattina verso le nove si è presentato a Briars il Governatore dell'isola, sir Hudson Lowe, scortato da un picchetto di ufficiali. Vestiva una sgargiante giacca rossa da generale inglese con gran pettata di medaglie.

Mio padre è sceso ad accoglierlo.

Il Governatore ha chiesto di essere ricevuto dal "generale" Napoleone Bonaparte per le presentazioni ufficiali.

Mio padre ha risposto che era impossibile soddisfare la richiesta, dal momento che la visita non era stata preannunciata e che ogni impegno ufficiale dell'"Imperatore" viene espletato unicamente dalle quattro del pomeriggio in poi.

«Vi assicuro che sulla mia isola non è presente alcun Imperatore,» ha ribattuto il Governatore inasprendo di un grado il tono della voce «e vi ricordo che il generale Bonaparte è arrivato a Sant'Elena in qualità di prigioniero, in seguito a una guerra persa, pertanto può solo obbedire e non imporre regole. Quelle spettano a me in quanto Governatore dell'isola.»

Mio padre, da consumato politico, ha mantenuto un tono di voce cordiale, ma non è arretrato di un passo e si è guardato bene dal degradare a generale il suo sovrano: «Vi sbagliate, sir. Sarebbe un prigioniero, se fosse stato catturato in battaglia contro la sua volontà. Ma l'Imperatore...».

«Il *generale*» ha provato a correggerlo Lowe.

«L'*Imperatore*» ha proseguito mio padre «si è consegnato spontaneamente alla lealtà e alle leggi della Corona e quindi qui dev'essere considerato un ospite. Come tale sarà ben lieto di fare la vostra conoscenza, se solo avrete la cortesia di informarci per tempo della vostra visita, che dovrà cadere dopo le quattro del pomeriggio, quando l'Imperatore riceve le delegazioni ufficiali. Le cinque, che a voi inglesi sono tanto care per il tè, potrebbero essere un'ottima soluzione.»

Il cavallo del Governatore si è imbizzarrito, come se avesse assorbito di colpo tutta la tensione che stava deformando il volto del suo cavaliere.

«Conte de Las Cases,» ha tuonato Hudson Lowe rinunciando a ogni etichetta diplomatica «se io ordino ai miei uomini di entrare, loro entrano. Anche se il generale Bonaparte è in vestaglia!»

Un ufficiale inglese è smontato da cavallo, Santini a quel punto si è affacciato sulla soglia con un rasoio in mano e il sangue negli occhi.

Mio padre ha fatto le presentazioni: «Monsieur Santini, il parrucchiere scelto dell'Imperatore. Gran Maestro di Lama».

Sono seguiti secondi di silenzio ghiacciato, uno stallo che assomigliava tanto al consumarsi di una miccia. Ma il Governatore l'ha spenta con un cenno del capo che ha fatto rimontare in sella il suo ufficiale, poi ha dato uno strattone alle redini: «Ci rivedremo presto, Conte de Las Cases».

«Sarà un piacere, sir Hudson Lowe» ha salutato mio padre.

Santini ha rinfoderato il rasoio osservando i cavalli del Governatore che si allontanavano: «Mi sono sempre piaciuti gli inglesi in ritirata».

Io, che avevo seguito tutto dalla finestrella dell'abbaino, ho potuto finalmente respirare e mi sono complimentato con mio padre per la fermezza e l'abilità con cui ha risolto la situazione.

Lui mi ha consigliato di non sottovalutare il Governatore: «Se avessi potuto scegliere il nostro carceriere, avrei evitato Hudson Lowe più degli altri. I gradi che vanta sulla giubba se li è guadagnati facendo la spia in Italia e guidando battaglioni di galeotti e fuoriusciti, la feccia d'Europa. Sa muoversi nell'immondizia come i topi. L'hanno spedito qui per fare un lavoro sporco: eliminare l'Imperatore. E lui nei lavori sporchi è un maestro».

Un ritratto morale che si adatta bene ai suoi lineamenti fisici. Sir Lowe ha una fronte enorme che precipita a strapiombo come i dirupi di Sant'Elena. Si direbbe che l'isola infernale lo abbia plasmato nel tempo. Le sopracciglia foltissime cacciano gli occhi ancora più indietro, due nidi d'aquila nascosti nella roccia, così incassati là in fondo che non affacciano sul volto sentimenti, al massimo improvvisi lampi di cattiveria. Il naso e la bocca risultano impastati per via di quella fronte troppo ampia. Il Governatore è costretto ad annusare le proprie parole e forse per questo arriccia spesso il naso affilato in una smorfia di disgusto. Quando sorride è come se la pelle si facesse trasparente e di colpo affiorasse il teschio.

Anche l'Imperatore si è complimentato con mio padre, poi ha dato ordine agli stallieri di preparargli il calesse perché intendeva andare a far visita ai suoi generali e soprattutto a sincerarsi delle condizioni di salute della signora Bertrand. Avrebbe pranzato con loro.

Io invece ho pranzato con mio padre dai Balcombe.

Dal momento che ci ospitano e che non mi avevano ancora visto, ci è sembrato doveroso presentarci portando dei regali francesi: tessuti della Provenza.

William Balcombe è un uomo grasso, che si trascina a fatica per via della gotta. Depone il bastone di legno e, nello stesso istante, la smorfia di sofferenza solo quando si siede. A Jamestown possiede una bottega in cui vende di tutto e che deve avergli fruttato bene negli anni. Ci ha fatto capire che l'arrivo dell'Imperatore sull'isola non sarà un buon affare per lui perché il Governatore ha ricevuto l'ordine di limitare i contatti del "prigioniero" con il mondo e tante navi che prima attraccavano a Sant'Elena ora faranno scalo altrove. Di conseguenza diminuiranno i clienti a bottega. Ma lo ha teorizzato in modo garbato, senza farcelo pesare, anche perché il signor Balcombe ha una sincera venerazione per mio padre. Relegato in una particella di mondo, il commerciante ha per hobby la conoscenza del resto del globo, cioè la geografia, e non gli è parso vero di poter dividere il pane con l'autore di un atlante tanto famoso.

La signora Balcombe, Jane, con la stessa famelica necessità di recuperare ciò che si perde su questo scoglio d'oceano, ci ha martellati di domande su Parigi, sulla moda e sugli spettacoli teatrali. Ho avuto la sensazione che affettasse la postura sulla poltrona e la pronuncia dei pochi termini francesi che conosce per apparirci, come dire, più parigina. Non so se fosse un vezzo ingenuo o una delicatezza nei nostri confronti, comunque a mio padre la signora Balcombe ha fatto simpatia.

Al momento della cena, quando ci siamo trasferiti dal salotto alla sala da pranzo, sono comparse le due figlie: Betsy e Lydia.

Betsy, la più piccola, ha la mia età e una bellezza che ti brucia alla prima occhiata come il sole di Sant'Elena. È un vulcano dalla pelle bianca come il latte. Durante il pranzo ci ha chiesto perché la moglie dell'Imperatore non l'abbia seguito in esilio e se è vero che madame Bertrand e madame Montholon si detestino e si facciano guerra a colpi di cappellini nuovi. La signora Balcombe è dovuta intervenire per riprendere l'impertinenza della figlia, mentre io e mio padre incrociavamo sguardi divertiti.

Lydia, che ha un anno in più della sorella, è rasserenante come l'oasi di Briars. Non ha i fianchi stretti e i lineamenti perfetti di Betsy, ma una dolcezza nei modi e nel sorriso che la fa comunque apparire bella. Più correttamente ha chiesto dei miei studi e ha raccontato la sua passione per la letteratura e la pittura.

Mio padre ha rivelato che l'Imperatore ogni giorno, dopo cena, legge un romanzo o un testo teatrale e che spesso lo fa a voce alta per un pubblico ristretto. Proprio l'altra sera ha declamato una parte dell'*Avaro* di Molière. Mio padre non ha escluso che i Balcombe potrebbero presto essere inclusi nella cerchia, notizia che ha fatto brillare gli occhi ai padroni di casa.

Lydia ha fatto sapere di essere a metà della lettura di *Mathilde* di Sophie Cottin e qui la signora Balcombe si è rivolta a me: «Mia figlia è troppo timida per invitarvi a osservare qualche tela che ha dipinto, ma sono sicura che le farebbe piacere... È davvero molto brava».

«Mamma...» si è schernita Lydia con imbarazzo autentico.

Mi è sembrato educato offrirmi: «Li guarderei volentieri».

Ma appena mi sono alzato dalla sedia, Betsy mi ha afferrato per il polso e mi ha quasi trascinato via: «I quadri di mia sorella sono noiosi come le mosche. Papà, gli mostro il nostro giardino».

Ho fatto appena in tempo a vedere l'espressione di Lydia, più rassegnata che delusa, e a scusarmi con gli occhi.

Per raggiungere il giardino bisogna scendere il terrapieno del padiglione dalla parte opposta all'abitazione dei Balcombe e percorrere un viale di duecento metri, delimitato da due siepi che sbarrano la vista di un precipizio. Appena oltre il cancello si trova un grazioso pergolato, dalla parte opposta del giardino le baracche di legno degli schiavi che lo curano; nel mezzo lo spettacolo imprevisto di fiori colorati e alberi da frutto.

L'idea che fossi capitato in un piccolo paradiso terrestre al centro dell'inferno ha preso corpo appena Betsy ha cominciato a danzare tra le piante, a piroettare leggera, a flettersi come una canna, a rovesciare la testa all'indietro, a frustare l'aria con i suoi capelli di carbone e a tendere il vestito azzurro come una vela in un mare di fiori.

Ho pensato immediatamente alla diagnosi di Nettuno, certificata dal dottor O' Meara: «Scordati di trovare qualcosa di bello».

Sbagliavano. Anche l'atlante di mio padre andrà aggiornato.

«Appena posso andrò a Parigi a ballare e riempirò i teatri. Tu?» mi ha chiesto Betsy.

«Andrò a Parigi anch'io, a servire il mio Imperatore» ho risposto.

«Cioè il macellaio che ha annegato nel sangue la libertà dell'Europa?»

«No, il comandante più vittorioso della storia» ho corretto, risentito.

«Vittorioso? Dimentichi che sei francese e hai perso la guerra. Io sono inglese. Sei mio prigioniero. Farai tutto quello che dico?»

Ha portato le labbra così vicine alle mie che tra la domanda e un bacio non c'era più di un centimetro di distanza.

Per risponderle "no" ho dovuto accatastare nella mia mente, in tutta fretta, la fronte a strapiombo di Hudson Lowe, la sentenza del Parlamento inglese, i settanta giorni di mare, la nostalgia per Parigi e tutto l'odio che ho stivato dopo Waterloo.

Betsy si è ritirata soddisfatta: «Hai dato la risposta giusta».

Tornato da Jamestown, l'Imperatore ha ripreso a dettare la campagna d'Egitto a mio padre. Io ho sellato un cavallo e sono andato a trovare Lazare che fatica ad adattarsi al clima infame di Sant'Elena. Il primo mese lo ha trascorso a letto a tossire come un vulcano. Ma ora sta meglio, si è messo in piedi. I poeti sono duri a morire. Sono come le ali delle farfalle che sembrano delicate, ma intanto fanno volare. Mi ha promesso che presto cavalcherà al mio fianco alla scoperta dell'isola.

Rientrato a Briars, mi è stata servita la grande sorpresa: domani pranzerò con l'Imperatore che vuole conoscermi!

Ora mio padre sta rileggendo la lettera di mia madre al lume di candela. Napoleone sta camminando avanti e indietro sotto le travi del pavimento. Per la prima volta domani l'Imperatore mi parlerà, incrocerà il mio sguardo, mi considererà, mi farà entrare nella sua Storia.

Difficile dormire stanotte.

Penserò a Betsy che balla tra la frutta e i fiori.

NEMICO
MURAT
Mantova
EGITTO
7
CARTE DE L'EGYPTE
ANCIENNE ET MODERNE

7

Sgradevole incontro a casa di Betsy.
La battaglia delle Piramidi.
Il pranzo con l'Imperatore.
Di come ho reso mio padre fiero di me.

27 ottobre 1815

A ogni risveglio danzo un buffo minuetto con mio padre. Sappiamo che il pavimento del nostro abbaino scricchiola e che l'Imperatore ama dormire fino a metà mattinata, per cui cerchiamo di muoverci, lavarci e vestirci in punta di piedi per non svegliarlo. Spesso ci viene da sorridere quando i nostri movimenti lenti si incrociano. Sembriamo per davvero un cavaliere e una dama che si cedono il passo al suono di un clavicembalo, magari con le scarpe in mano...

Se c'era una mattina in cui dovevo evitare di svegliare l'Imperatore con un rumore sgradito e di innervosirlo era proprio stamattina, dal momento che poi l'avrei incontrato a colazione. Per la prima volta.

Dal terrapieno del padiglione ho riconosciuto Lydia seduta davanti a una tela sul retro della villa. Stava dipingendo.

Mi sentivo in dovere di scusarmi per il brusco congedo del giorno prima e l'ho raggiunta.

«Non devi scusarti. Mia sorella è così. E le voglio bene proprio per questo. Comunque non ti ha detto una bugia: i miei quadri sono davvero noiosi come le mosche.»

«Non ci credo» ho obiettato per cortesia.

«Te lo assicuro. Sono noiosi perché non ci metto mai dentro gli uomini. Ma gli uomini su quest'isola contano poco. Qui regna la natura. A Sant'Elena siamo tutti prigionieri, tutti in esilio, non solo voi. E io dipingo chi regna, come Louis David...»

Ho sorriso alla raffinatissima bugia che in un colpo solo liberava Betsy dal reato di maleducazione e noi dai nostri vincoli di condannati. Lydia, ne ho avuto un'altra prova, è un cuscino di gentilezza, morbido come le sue guance di pesca, messo a protezione degli spigoli.

Ho allungato il collo per sbirciare il disegno, ma la pittrice ha ruotato la tela per non farmela vedere: «I quadri sono come i sogni. Se apri gli occhi prima che siano finiti, svaniscono».

In quel momento una risata di Betsy è uscita dalla finestra. Ho la sensazione di aver girato la testa di scatto. Troppo di scatto.

Lydia ha ripreso a dipingere e senza guardarmi mi ha suggerito: «La trovi in salotto con due amici».

Betsy, prima ancora di salutarmi, mi ha chiesto: «Sai giocare a *whist*? Ci manca il quarto giocatore».

Era seduta sul divano, davanti a lei due ragazzi che dovevano avere più o meno la nostra età, uno dai capelli rossi e ritti come un incendio, l'altro dalla chioma così nera e ordinata che sembrava dipinta su una testa di legno. Entrambi vestivano preziose camicie bianche che fasciavano loro il collo. Tra loro e Betsy c'era un tavolino rotondo con un mazzo di carte da gioco sopra.

Conosco le regole del *whist*, ma ci ho giocato di rado.

Napoleone l'ha fatto bandire dall'Impero proprio perché troppo inglese, auspicando la diffusione del *picchetto*, specialità nella quale invece mi sento ben attrezzato.

Per opportunità di situazione ho pensato di non fare cenno al bando imperiale e mi sono limitato a spiegare che mi sento più a mio agio con il picchetto.

Il rosso non mi ha usato la stessa cortesia: «Ma picchetto è il gioco dei perdenti! Qui siamo in Inghilterra: *whist*. "W" come Wellington o come Waterloo... Hai presente, amico?».

Il compagno dai capelli dipinti ci ha aggiunto un'eco di risata.

Avrei voluto reagire come mio padre davanti a Hudson Lowe, gelido e impassibile, e invece mi è saltata fuori una risposta alla Santini: «Certo. Conosco ogni dettaglio di tutte le campagne di Napoleone Bonaparte. A Wagram l'Imperatore annunciò all'artiglieria della Grande Armata: "Il fuoco è tutto. Il resto non ha importanza". E la Grande Batteria di centododici cannoni, schierata su un fronte di 1.800 metri, esplose novantacinquemila colpi. Guerra vinta, una delle sessanta. Wagram: "W" come *whist*. Hai presente, amico?».

Betsy ha sorriso della mia risposta appassionata.

Si è morsicata il labbro inferiore, in attesa della risposta: «Allora fai il quarto o no?».

«Mi spiace, mio padre mi aspetta» mi sono giustificato. «Alla prossima. Intanto mi alleno a *whist*, promesso.»

Ho allungato la mano al rosso, che porta sul viso delle lentiggini impressionanti, simili a gocce di cioccolato esplose su una tovaglia bianca: «Io mi chiamo Emanuele».

Lui me l'ha stretta con forza e a lungo per costringermi a sostenere il suo sorriso di sfida: «Io sono Kendall».

Per riaverla ho dovuto strappargliela.

La stretta dell'amico, London, invece è stata rapida e insignificante.

Non avevo mentito. Mio padre mi stava aspettando per davvero nel salotto del padiglione dei Balcombe.

Le molte ore trascorse a scrivere le memorie dell'Imperatore sulla *Northumberland* e a Sant'Elena gli hanno stancato la vista che era già molto debole dopo una vita consumata sui libri e sulle carte.

Mi ha chiesto di rileggergli le pagine che l'Imperatore gli ha dettato la sera precedente per verificare che non contenessero troppi errori. Si trattava della battaglia delle Piramidi.

È stato come aprirmi il cuore e colmarlo di emozioni prima del pranzo più importante della mia vita.

Stavo per sedermi a tavola con l'uomo che diciassette anni fa ha guidato venticinquemila soldati nella spianata di Alessandria contro i settantacinquemila del terribile Murad Bey, un gigante mamelucco dal barbone nero che con un solo colpo di scimitarra staccava la testa a un bue. Stavo per ascoltare la stessa voce che, prima di scatenare la Grande Armata, aveva ricordato: «Soldati, dall'alto di queste Piramidi quaranta secoli di Storia vi guardano».

Poche parole, ma bastarono a incendiare gli ardori: in battaglia sembravamo noi il triplo di loro.

I Mamelucchi combattevano con armi antiche: archi, frecce, lance, sciabole e vecchi moschetti. L'Imperatore sapeva bene che solo l'assalto della potente cavalleria nemica avrebbe potuto creargli problemi e si preparò a sostenerlo con un assetto geniale.

Dispose l'esercito in grandi quadrati, sfalsati come su una scacchiera, composti dai fanti dell'artiglieria leggera sul perimetro e dalla cavalleria e dall'artiglieria pesante all'interno.

L'esercito dei Mamelucchi si infranse contro i nostri quadrati come un'onda contro gli scogli e andò in mille pezzi senza la forza di ricompattarsi, mentre il resto della Grande Armata passava il Nilo e andava ad annientare le schiere di Ibrahim Bey che non ebbe neppure il tempo di entrare in battaglia.

In tanti secoli di storia la Sfinge non aveva mai assistito a una vittoria così decisiva e fulminea, mai i suoi occhi scolpiti dal vento erano parsi così spalancati dalla meraviglia.

Mi sono presentato al pranzo con la sensazione di avere addosso la polvere del deserto egiziano, come fossi arrivato direttamente dalle Piramidi e non dal padiglione dei Balcombe.

Mi è sembrato naturale trovare a tavola Bertrand, Gourgaud e Montholon. Noi generali eroici della Grande Armata dovevamo festeggiare la conquista del Cairo e del Basso Egitto che avrebbe sbarrato la strada per le Indie all'odiata Inghilterra.

Marchand aveva apparecchiato con tessuti nuovi e con l'argenteria, che era rimasta bloccata per mesi al porto di Jamestown e che finalmente aveva raggiunto Briars nel pomeriggio insieme alla carrozza da sei cavalli, che sinceramente mi sembra fuori luogo su questo scoglio maledetto.

Si inaugurava anche la tenda che i soldati del 53° Reggimento avevano allestito all'esterno, sul prolungamento della stanza dell'Imperatore.

Sembrava per davvero che ci fosse un evento speciale da commemorare.

L'arrivo dell'Imperatore ha interrotto i miei sogni e spedito il mio cuore al galoppo come la cavalleria di Murad Bey. Indossava la giubba verde, i pantaloni di *cachemire* bianchi, le calze di seta dello stesso colore e le scarpe con la fibbia.

Il momento che aspettavo e che non dimenticherò per tutta

la vita in realtà è durato un lampo: il suo primo sguardo mi ha attraversato come la luce di un faro. Ma non avrebbe potuto onorarmi in modo migliore.

Se mi avesse rivolto subito la parola o avesse fatto domande chiedendo di presentarmi, avrebbe sottolineato l'eccezionalità della mia presenza, segnalando la mia intrusione agli occhi dei commensali. Invece, nell'attimo in cui mi ha considerato, ha beccheggiato impercettibilmente il mento, niente di più, come a riconoscere la legittimità della mia presenza e a sancire che una sedia tra i generali della Grande Armata era per me una collocazione naturale che non meritava reazioni particolari.

Per questo poi sono sparito volentieri tra le pieghe della conversazione e, mentre i camerieri cominciavano a portare in tavola le vivande, mi sono ritirato in disparte a leggere sul volto dei generali le battaglie che avevano animato e che noi favoleggiavamo a scuola e all'Accademia di Parigi.

Ecco Henri Gatien Bertrand, quello con i riccioli sulla fronte, il fedelissimo della prima ora che Napoleone volle domiciliare alle Tuileries; il Gran Maresciallo, che a Lipsia salvò l'esercito dalla completa distruzione.

Gaspard Gourgaud, baffetti e mosca al mento, è il più giovane, quello con il cuore a forma di leone. Ferito ad Austerlitz, a Smolensk, a Montmirail. Due volte salvò la vita dell'Imperatore, due volte passò a nuoto la Beresina gelata durante la ritirata di Russia per scoprire le postazioni nemiche.

Carlo Tristano Conte di Montholon, quello con il ciuffo sulla fronte, si distinse a Wagram e fu ferito a Eckmühl.

Immagino gli occhi dei miei amici di Parigi quando leggeranno le pagine di questo diario e mi vedranno sotto la tenda di Briars in simile compagnia...

CAPITOLO 7

Montholon ha riferito le nuove misure di sorveglianza appena trasmesse da Hudson Lowe che hanno tutta l'aria di essere una ritorsione per l'incontro mancato e lo scontro sfiorato dell'altro giorno. Una guardia inglese resterà fissa a sorvegliare la residenza dell'Imperatore, una lo accompagnerà quando vorrà uscire a cavallo e comunque Napoleone non potrà spingersi oltre il raggio di quattro miglia dall'abitazione.

«Mancano solo le catene» si è indignato Gourgaud. «Una vergogna! Come si può cavalcare entro le quattro miglia? Afferri le redini e sei già arrivato...»

«L'unico modo per concedersi una cavalcata di almeno mezz'ora è quello di procedere in verticale, puntando il centro della terra» ha suggerito Bertrand. «Imboccare uno di questi sentieri a strapiombo che portano al mare, tra burroni e foreste, con il rischio però di spaccarsi l'osso del collo.»

«Passeggerò a piedi, se le condizioni sono queste» ha deciso Napoleone senza drammatizzare. «Fatico ad accettare la mia ombra che pure è nata con me e mi è sempre rimasta fedele. Figuriamoci se accetto un inglese al mio fianco.»

«Faremo una protesta ufficiale presso il Governatore, Maestà» ha garantito mio padre. «E spediremo lettere anche in Europa.»

«Credete davvero che ce le faranno inviare?» ha chiesto scettico Montholon. «Già ci leggono tutta la corrispondenza in arrivo e stracciano le lettere che riportano la parola "Imperatore".»

«Possono impedire di scriverlo, non possono impedirmi di esserlo» ha commentato Napoleone, senza rabbia.

«Ma lo sgarbo più volgare è il biglietto che mi è stato recapitato questa mattina» ha informato mio padre mostrandolo. «Il Governatore organizzerà un gran ballo a *Plantation House* in nostro onore. Un "omaggio ai graditi ospiti francesi" si legge sull'invito. Ma è richiesta la sola mia presenza, nessun accenno a Voi, Maestà, né ai generali. Come potete immaginare, si tratta di uno sfregio al dovere sacro di ospitalità, una vera e propria beffa.»

«Di più, è un insulto vile all'Imperatore che non possiamo lasciar correre» ha corretto il focoso Gourgaud.

«Naturalmente a quel ballo non si presenterà nessuno di noi» ha concluso Bertrand.

Napoleone non era dello stesso parere: «E invece il Conte de Las Cases dovrà andarci. Lo sento come si muove ogni notte oltre il mio soffitto. Ha il passo leggero del bravo ballerino. Ci farà fare una bella figura a *Plantation House*».

I generali hanno sorriso. Mio padre, non meno divertito, ha cercato immediatamente il mio sguardo alludendo silenziosamente al buffo minuetto che danziamo ogni mattina sulle travi di legno.

L'Imperatore ha poi annunciato che i lavori a Longwood sono quasi ultimati e che presto ci trasferiremo tutti nella parte orientale dell'isola. Bertrand ha chiesto la possibilità di alloggiare in un'abitazione staccata dal complesso dei francesi perché sua moglie gradirebbe una sistemazione indipendente. Ben conoscendo le sofferenze di madame Fanny, Napoleone non ha avuto nulla da ridire e ha poi distribuito le deleghe ai suoi generali.

Al Gran Maresciallo ha affidato i rapporti diplomatici con il Governatore da gestire insieme a mio padre; a Gourgaud la cura della scuderia e delle armi da caccia che ci hanno permesso di tenere; a Montholon le cantine e più in generale la logistica a Longwood.

Un ottimo pranzo si è concluso con il pessimo caffè arrivato da Jamestown che l'Imperatore non solo si è rifiutato di bere, ma ha proibito anche agli altri commensali di assaggiare: «Non diamo agli inglesi la soddisfazione di avvelenarci troppo in fretta».

CAPITOLO 7

Per compensare la rinuncia, si è fatto portare una tabacchiera che portava sul coperchio i medaglioni di alcuni personaggi antichi circondati da scritte in caratteri greci. Incuriosito dai disegni, Napoleone l'ha passata a mio padre perché li identificasse.

Mio padre si è detto incapace di farlo, con sorpresa dell'Imperatore: «Un uomo dotto come voi, Conte de Las Cases...».

Mi sono fatto avanti senza però riuscire a tenere la voce ferma: «Se volete, Maestà...».

Napoleone mi ha passato la tabacchiera e ho letto i nomi di Mitridate, di Demetrio Poliorcete e di qualcun altro.

L'Imperatore si è rivolto a mio padre con uno sbalzo d'umore che mi ha sorpreso: «Vostro figlio è già a questo punto? Bene!».

Mi ha chiesto del mio liceo, dei miei insegnanti, delle lezioni, con un interesse e una partecipazione che non aveva dimostrato neppure quando i generali gli avevano parlato delle vessazioni di sir Lowe nei suoi confronti.

Abbiamo conversato a lungo tra noi, poi l'Imperatore ha abbracciato il resto della tavola con uno sguardo e una riflessione: «Una sconfitta può cancellare sessanta vittorie, ma non quanto ho fatto di buono per la Francia. La nuova Grande Armata nascerà dalla scuola che ho riformato. Ora che se ne occupa lo Stato e non più soltanto i privati, tutti potranno studiare, tutti dovranno farlo. Ne hanno diritto. Saranno questi ragazzi a vendicarci e a fare ancora grande la nostra nazione. Questo orgoglio non ce lo porterà via nessuno. Non ho fatto solo guerre. Dovremo ricordarci di dirlo alla Storia, Conte de Las Cases. E la Storia dovrà darcene atto».

L'Imperatore ha chiuso la tabacchiera.

Mio padre mi ha sorriso dall'altra parte del tavolo, fiero di me.

NEMICO
8
CARTE DA GIUOCO

8

Quattro giorni di tempesta. La mia Waterloo a casa dei Balcombe. Con Betsy al centro della Terra.

14 novembre 1815

Il clima a Sant'Elena ha il carattere del còrso Santini. Nel bene o nel male mostra sempre reazioni esagerate, non conosce vie di mezzo. O accende un sole feroce che ti brucia anche i pensieri o scatena tempeste violente da Capo Horn.

È piovuto per quattro giorni con una rabbia impressionante.

Un cielo di nuvole pesanti si è ancorato al Picco di Diana e ha rovesciato giù acqua e fulmini. Non avevo mai visto un temporale che durasse quattro giorni senza perdere nemmeno per un attimo l'intensità con cui si è scatenato all'inizio.

Il primo assalto del vento ha sradicato la tenda piantata dai soldati del 53° Reggimento e l'ha portata in cielo gonfiandola come una vela. Gli schiavi delle baracche sono andati a recuperarla in un dirupo per ordine della signora Balcombe.

Nei canaloni delle montagne la pioggia scorreva a torrenti come sangue da un corpo ferito, il vento ululava nei burroni e prendeva per il collo la foresta agitandola senza tregua. È stato uno spettacolo maestoso, una rappresentazione imponente davanti alla quale ho capito fino in fondo le tele di Lydia. Per davvero a Sant'Elena la natura regna sovrana e gli uomini sono una cosa piccola e insignificante, formiche in un guscio di noce che può essere spazzato via da un momento all'altro.

In fondo a questa inquietante sensazione di vulnerabilità ho scoperto però anche qualcosa di dolce che non saprei spiegare. Forse il sospetto di un'entità divina che in quanto tale deve comunque riservarci delle attenzioni materne. Non so. O molto più banalmente mi dà conforto prendere atto davanti a tanta forza selvaggia che non sono gli inglesi a regnare sull'isola.

Ieri gli schiavi del giardino sono usciti ancora su ordine della padrona per scavare canali di scolo davanti all'abitazione dei Balcombe. Le pozzanghere della corte, alimentate dai torrenti che scendevano dal terrapieno del nostro padiglione, rischiavano di entrare in casa.

Mio padre e io invece abbiamo piazzato bacinelle, che svuotavamo di continuo, sotto le falle del tetto, per proteggere i materassi ma anche per impedire che l'acqua filtrasse al piano di sotto.

Siamo l'ombrello dell'Imperatore.

Napoleone ha trascorso gran parte dei primi due giorni di pioggia a dettare ricordi della Campagna d'Italia. Il terzo si è stancato presto, ha congedato mio padre e si è ritirato a leggere. Ha abbandonato quasi subito *Manon Lescaut*, ha sfogliato qualche pagina del *Don Chisciotte* e dopo cena ha pescato dalla libreria il volume delle memorie di Gramont. Una frenesia che racconta bene l'insofferenza dell'Imperatore per la noia che gli sta torturando l'umore. Difficile biasimarlo.

Per un uomo abituato a galoppare nelle campagne d'Europa e a dilatare ogni tipo di confine, per un sovrano che ha abitato solo stanze enormi dai soffitti altissimi a Versailles, all'Escurial o al Cremlino ritrovarsi in un antico magazzino della Compagnia delle Indie riadattato ad abitazione equivale a respirare con un sacco di iuta sulla testa.

Forse in questi quattro giorni di tempesta che lo hanno rinchiuso in un numero minimo di metri e di occupazioni, Napoleone ha realizzato per la prima volta, da quando siamo sull'isola, la sua condizione di prigioniero.

Il nubifragio non ha consentito ai generali e ad altri francesi alloggiati a Jamestown di raggiungere Briars. Preso atto che la tempesta non intendeva cessare, alla terza sera l'Imperatore si è rassegnato a combattere la solitudine con la nostra presenza a cena.

Dopo il debutto solenne del mese scorso, mi è capitato di parlare qualche altra volta con Napoleone. Sempre per pochi minuti e solo in occasioni accidentali. Continuo a vederlo distante anche quando mi è vicino, isolato dalla sua aura leggendaria, però ora almeno riesco a rivolgergli la parola con la voce ferma, senza i tentennamenti dell'esordio dovuti all'emozione.

A cena si chiacchierava dei Balcombe e l'Imperatore mi ha chiesto se avessi fatto la conoscenza delle loro figlie. Io ho raccontato dei miei incontri in casa loro, omettendo il battibecco con Kendall e la visita al giardino con Betsy. Ho fatto però un veloce accenno alla mancata partita di *whist* e ho speso qualche parola in favore del picchetto francese, immaginando di fare cosa gradita.

Napoleone, a sorpresa, invece di sostenere la mia tesi patriottica, ha lanciato la sfida: «Se vogliono giocare a *whist*, vinceremo a *whist*, Emanuele. Siamo a casa loro, è giusto che scelgano l'arma».

Ha chiesto a mio padre di prendere contatto con i Balcombe per verificare se gradissero una nostra visita il pomeriggio seguente, all'ora del tè.

Lui si è sorpreso molto meno di me dell'iniziativa, perché si era già accorto che l'Imperatore, da quando è arrivato a Sant'Elena, ha fatto grande affidamento sul gioco per combattere la noia di giornate troppo lunghe e in esso ha trovato una soddisfazione che in Francia, soffocato dagli impegni pubblici, non poteva concedersi.

Reversi, scacchi, ventuno... Mio padre non conosce uno solo di questi giochi e non è in grado di impegnare Napoleone in una partita. Nemmeno i tre generali, trattenuti a Jamestown dalla tempesta, potevano farlo, perciò l'Imperatore non si è lasciato sfuggire l'occasione che gli ho fatto intravvedere.

Confesso di aver avuto un incubo spiacevole la notte stessa: il volto lentigginoso di Kendall che mi rincorreva a cavallo lanciandomi addosso delle carte da gioco mentre urlava: «"W" come *whist*! "W" come Waterloo!».

Non dovevo scendere in battaglia, non era in gioco il destino dell'Impero, lo sapevo bene, ma si trattava comunque di schierarsi al fianco di Napoleone contro due inglesi... Il solo pensiero di commettere qualche errore grossolano in un gioco che conosco appena e di causare la sconfitta alla patria non mi permetteva un sonno sereno.

Mi consolava la certezza che all'indomani avrei rivisto Betsy mordersi il labbro. Nei primi giorni di pioggia l'avevo cercata spesso dall'oblò del nostro abbaino e due volte avevo riconosciuto la sua figura sottile dietro la finestra di casa Balcombe.

Il pomeriggio seguente la famiglia del commerciante ci ha ospitato con tutti gli onori, abbiamo bevuto un buon tè in salotto e l'Imperatore ha conversato amabilmente rispondendo alle domande della signora Jane sul gran mondo di Parigi, poi ci siamo trasferiti al tavolino da gioco.

Betsy ha distribuito tredici carte a testa senza togliermi gli occhi di dosso, io ho raccolto le mie e le ho aperte a ventaglio continuando a fissarla.

Mi ha servito buone carte che mi hanno consentito di realizzare le prime prese. Anche l'Imperatore sembrava armato bene. Più prendevamo il largo nel punteggio, più lo sguardo di Betsy si incattiviva, mentre Lydia restava serena, anzi, ha sorriso a due mie prese spettacolari. Probabilmente aveva intuito la mia tensione ed era contenta che facessi bella figura davanti a Napoleone.

A metà partita però, tradito dalla troppa sicurezza, ho commesso un errore di distrazione: ho considerato mentalmente una carta e ne ho calata fisicamente un'altra. Non so ancora spiegarmi come sia stato possibile.

Betsy mi ha punito con una presa trionfale e ha infierito mordendosi il labbro: «Non so come si valuti a picchetto, ma a *whist* quello che hai appena combinato si chiama suicidio...».

Ho incrociato lo sguardo severo dell'Imperatore che mi ha mandato definitivamente nel pallone. Ho commesso altri errori che hanno permesso alle sorelle Balcombe di rimontare e vincere una partita che avevamo già in tasca.

Naturalmente Betsy non ha perso l'occasione per pungere alla sua maniera: «Mi spiace, signore, ma credo che abbiate perso ancora. E non per colpa vostra».

La perfidia, che avrebbe fatto gongolare Hudson Lowe, stava in quell'"ancora".

«Avete meritato la vittoria, complimenti signorine» ha riconosciuto l'Imperatore con un accenno di inchino. «Purtroppo il mio giovane generale se la cava molto meglio con l'alfabeto greco che con le carte.»

Lydia mi è venuta in soccorso ancora una volta: «La vera colpa di Emanuele sono state le nostre buone carte. Non c'è gioco in cui a decidere non sia la fortuna».

«È vero. Succede anche in guerra, signorina Lydia» ha precisato Napoleone. «Ma la fortuna non si schiera mai a caso, sta sempre dalla parte di chi ha più valore. Io che l'ho avuta sempre accanto, posso garantirlo.»

E così non ho dormito neanche la notte seguente...

L'incubo di Kendall si è realizzato per davvero: *whist* come Waterloo.

Il 18 giugno scorso, nella spianata davanti a Mont-Saint-Jean, dopo i primi successi della Grande Armata, mentre il Duca di Wellington, capo degli inglesi, stava già organizzando la ritirata, Napoleone confidava ai suoi generali: «Questa sera ceneremo a Bruxelles».

La guerra sembrava vinta. E lo sarebbe stato se quegli incapaci di Ney e Grouchy avessero fatto il loro dovere.

Ma il Maresciallo Michel Ney, il Prode dei Prodi, invece di accorrere in appoggio all'Imperatore per dare il colpo di grazia al nemico, attaccò una colonna di feriti inglesi scambiandoli per il nemico in fuga.

Il Maresciallo Emmanuel de Grouchy fece anche di peggio. Invece di fermare i prussiani, ha tradito, quel vigliacco. Così quelli ci sono piombati addosso e hanno ribaltato il destino della battaglia.

Senza contare che le truppe di von Blücher non sarebbero mai arrivate in tempo se la battaglia fosse iniziata prima, ma nei giorni precedenti erano cadute piogge abbondanti che avevano inzuppato la pianura. Napoleone era stato costretto a ritardare l'attacco perché il fango frenava l'artiglieria e impediva alle palle da cannone di rimbalzare e di arrivare a bersaglio.

Il comandante che ripeteva "Posso perdere una battaglia, ma non perderò mai un minuto" questa volta ha dovuto attendere.

A casa dei Balcombe, sono stato Ney e Grouchy messi insieme... Un incapace, un mezzo traditore. Ho rovinato una vittoria già conquistata con degli errori assurdi, hanno vinto gli inglesi e fuori pioveva da quattro giorni: tutto esattamente come a Waterloo!

Ci ho ripensato per la notte intera con il rimorso che mi pestava lo stomaco come un mortaio.

Ho visto l'oblò del nostro abbaino farsi chiaro con le luci dell'alba e poi esplodere sotto i raggi del sole feroce che già di prima mattina toglieva il fiato e bruciava l'erba.

Mi sono vestito in punta di piedi.

Betsy mi stava aspettando a cavallo, ai piedi del terrapieno.

«Seguimi. Ti faccio vedere una cosa. Veloce che abbiamo poco tempo.»

A tre miglia dalla conca di Briars un sentiero quasi impercettibile, dopo una decina di minuti al galoppo, ci ha portati sull'orlo di un burrone profondo, inciso da diverse spaccature. Per davvero, come aveva suggerito Bertrand a tavola, ho avuto l'impressione di imboccare la strada che porta al centro della Terra. Il mio cavallo si è arrestato prima ancora che gli trasmettessi l'ordine di farlo. Probabilmente condivideva la stessa sensazione di vertigine che mi ha ristretto lo stomaco.

Betsy invece ha proseguito senza la minima esitazione, come se il sentiero non si fosse inabissato in verticale. Il suo cavallo saltava tra le rocce come uno stambecco e obbediva ai comandi sicuri della padrona che procedeva abbracciata al collo del destriero, tanta era l'inclinazione del terreno.

Io, senza falsa modestia, mi considero un buon cavaliere, ma un conto è dimostrarlo nel cortile dell'Accademia o nella campagna parigina, un conto su quella parete infernale. Non mi ero mai avventurato su una pendenza del genere. Credo di avere trasmesso tutta la mia insicurezza al cavallo, che procedeva con grande prudenza e si concedeva lunghe pause di riflessione davanti ai passaggi più impegnativi.

Betsy, rimpicciolita diversi metri più in basso, mi urlava le sue gentilezze: «Sbrigati, francese, o ci perdiamo tutto! In sella sei peggio che a *whist*...».

In qualche modo sono arrivato sul fondo del burrone, più sudato del mio cavallo, e ho sollevato lo sguardo con un religioso sentimento di ammirazione.

Tutto era così imponente attorno a me. La natura mi schiacciava, ma nello stesso tempo mi esaltava; mi spaventava, ma nello stesso tempo mi trasmetteva la sua forza.

Abbiamo raggiunto le sponde di un ruscello di acqua limpida che scendeva fino al mare. Lo abbiamo risalito costeggiando la vegetazione che cresceva rigogliosa lungo le rive e dopo qualche curva siamo arrivati alla sorgente: una poderosa cascata d'acqua che si tuffava da uno strapiombo di roccia.

«Questa cascata vive solo quando c'è grande tempesta e dura il tempo di una rosa» ha raccontato Betsy. «Lassù si raccolgono le piogge che poi cadono giù. Una volta esaurita la riserva, il ruscello si asciuga.» È smontata dalla sella con un balzo: «Dobbiamo fare in fretta».

Nel tratto tra il cavallo e la cascata, senza fermare il passo, si è sfilata gli stivali e il vestito verde con un movimento armonioso, una specie di danza magica che ha rivelato la sua pelle bianca. Ed è sparita dentro la cascata.

«Vieni. Resta poco tempo.»

Sembrava che mi avesse invitato l'acqua in persona.

L'ho raggiunta. Ma non riuscivo a vederla perché le piogge che ci precipitavano addosso, spogliandoci del calore e della fatica, creavano tra noi spessi muri d'acqua. Betsy mi ha cercato la mano, io gliel'ho stretta al buio.

A quel punto, la diagnosi di Nettuno e del dottor O' Meara è andata definitivamente in frantumi. Frugando di corsa in tutti i miei quindici anni faticavo a ricordare una sensazione più piacevole.

Poi la cascata ha perso forza progressivamente e in pochi minuti si è ridotta a una gocciolata. Sono caduti i muri. Finalmente ci siamo guardati negli occhi.

L'ho baciata tra pareti di roccia che salivano in cielo.

OROLOGIO
Primolano
Rovereto
9
GIUNCA CINESE

9

Un regalo dalla Cina. Il passato di Tobia. Un ospite illustre a Plantation House.

29 novembre 1815

Due giorni fa è arrivata in porto una flotta di navi proveniente dalla Cina. Da ieri nei dintorni di Briars gironzolavano ufficiali inglesi che evidentemente volevano vedere l'Imperatore, ma temevano di importunarlo.

Mio padre ha preso in mano la situazione e ne ha parlato a Napoleone, che questa mattina ha invitato i visitatori sotto la tenda, a lato del padiglione, e li ha trattenuti per oltre mezz'ora, chiedendo informazioni sull'Oriente e sulle loro rotte.

Un ufficiale ha ammesso che non sarebbe tornato a Londra se non fosse riuscito a conoscere Napoleone, un altro di avere realizzato con quell'incontro un sogno della sua vita, un terzo gli ha fatto omaggio, a nome di tutto l'equipaggio, di una scacchiera cinese con pedine magistralmente intarsiate nel legno.

A tal punto arriva l'ammirazione per il nostro Imperatore, anche da parte di chi dovrebbe vederlo come un nemico o un "orco sconfitto".

A Sant'Elena vive una donna molto debole di novantatré anni che, saputo dello sbarco di Napoleone, ha deciso che doveva raggiungerlo a tutti i costi per conoscerlo, ben sapendo che quel viaggio su un carretto trainato da buoi avrebbe potuto costarle la vita.

Madame Bertrand, che è andata ad abitare a *Hut's Gate*, non lontano dalla casa della donna anziana, è venuta a conoscenza del fatto e l'ha riferito all'Imperatore, che il giorno stesso è andato a visitare la secolare ammiratrice risparmiandole i rischi del viaggio.

Quanto sia sensibile anche alle persone più umili, Napoleone lo ha dimostrato ieri nell'episodio che mi ha raccontato mio padre: l'Imperatore stava curando di persona le operazioni di trasloco, in particolare l'imballaggio dei propri libri e delle proprie carte. Ormai infatti è imminente il trasferimento a Longwood, tra pochi giorni lasceremo tutti Briars. Un servitore di colore, che stava trasportando sulle spalle una pesante cassa di legno, è stato strigliato duramente dalla signora Balcombe per il solo fatto di non essersi fermato e di non averle ceduto il passo.

L'Imperatore è intervenuto in difesa del servo con un appunto severo: «Madame, serve rispetto per la fatica!».

La signora, confusa, ha accelerato il passo verso il giardino di fiori e frutta. Napoleone si è intrattenuto con il servitore e ha voluto conoscere la sua storia.

Tobia, questo il nome dell'uomo, è un indiano della Malesia, sottratto con l'inganno alla propria famiglia da un equipaggio inglese e rivenduto come schiavo a Sant'Elena. Sull'isola ha fatto ogni tipo di lavoro, dal fabbro al ciabattino al contadino e ultimamente si è preso cura del giardino dei Balcombe, che è l'orgoglio di Briars.

CAPITOLO 9

Dopo la gita alla cascata, ho perso le tracce di Betsy.

La cosa non mi meraviglia più di tanto conoscendo ormai a memoria il carattere bizzarro della ballerina che ama farsi inseguire e odia mostrare interesse per qualcuno.

Confesso invece che non mi aspettavo di vederla uscire di casa questa sera vestita da principessa e salire sul calesse di Kendall che è passato a prenderla in tenuta di gran gala.

Ma ancora più sorpreso mi ha lasciato l'Imperatore che è montato sulla sua carrozza a sei cavalli, vestito nel suo magnifico abito di velluto rosso, ricamato in seta e oro, quello da Primo Console che gli ha regalato l'amata città di Lione.

Mio padre ha provato a prospettargli i rischi dell'improvvisata: «Non credete, Maestà, che il Governatore possa interpretare la sorpresa come una provocazione e infierire ulteriormente con le ritorsioni nei nostri confronti?».

«Provocazione? Al contrario: sarebbe maleducato da parte mia se non mi presentassi a una festa organizzata in nostro onore» ha risposto Napoleone.

«Come vi ho spiegato, l'invito al gran ballo riportava solo il mio nome» ha provato a insistere mio padre.

«Se sir Hudson Lowe si è presentato a casa mia senza preavviso, non vedo perché non possa farlo anch'io, Conte de Las Cases» ha tagliato corto l'Imperatore. «Dopo tanto travaglio, madame Bertrand, madame Montholon e tutta la Francia di Sant'Elena meritano una serata di festa e di svago. Sono sicuro che il Governatore saprà offrirci un'eleganza quasi parigina...»

Su questo non si sbagliava. *Plantation House*, residenza di Hudson Lowe, è l'unico angolo dell'isola che può essere scambiato per un pezzo d'Europa. L'edificio, il giardino con percorso da *croquet* e le adiacenze ricordano le abitazioni delle famiglie ricche in una provincia agiata del nostro continente. Gli interni, di gran gusto e curati nei minimi particolari, sono merito del colonnello Wilks, l'ex Governatore, persona raffinata.

Avessero avuto un minimo di coscienza e di stile, questa era la dimora che gli inglesi avrebbero dovuto destinare all'Imperatore Napoleone Bonaparte. Ma sono inglesi.

Ho atteso sveglio il ritorno di mio padre per farmi raccontare subito tutto.

Naturalmente la presenza a sorpresa dell'Imperatore è stata come una palla di cannone sparata nel cuore di *Plantation House*. Con una fatica tremenda, il Governatore ha dovuto recitare il ruolo del padrone di casa ospitale e sopportare con spettacolari contorsioni della bile le attenzioni che le dame e i notabili dell'isola dedicavano all'illustre ospite, circondandolo da ogni lato. Immagino gli sforzi di Lowe per sgomberare la fronte enorme da rughe rabbiose.

Protagonista indiscusso, apprezzato affabulatore, l'Imperatore ha voluto stravincere al momento del ballo. Ha convinto ad accompagnarlo in un minuetto una ragazza di colore dell'isola, pare bellissima, che aveva servito i dolci durante la cena e con la quale si era trattenuto a conversare.

Napoleone ha portato la rivoluzione francese in casa del Governatore e lo ha fatto sentire prigioniero nella sua abitazione...

L'ho visto rientrare a Briars e smontare dalla carrozza canticchiando. Aveva l'umore del trionfatore. Si è addormentato in fretta, da sotto le travi non arrivano rumori di un sonno agitato.

Dorme già anche mio padre.

Betsy invece deve ancora rincasare.

Austerlitz
Ulm
IL SOMMERGIBILE
Rivoli
Arcole
10
SALA DA BAGNO

10

Trasferimento a Longwood. Il bagno dell'Imperatore. Le tensioni nella piccola Francia e un cuore in fiamme.

10 dicembre 1815

Perché ci abbiano destinati a Longwood è stato immediatamente chiaro a tutti nel momento in cui ci siamo arrivati: non c'è posto sull'isola più esposto al sole e ai venti.

La fattoria, che apparteneva alla Compagnia delle Indie, non gode di alcun tipo di protezione. Rispetto a Briars il caldo è più caldo, il freddo è più freddo e gli sbalzi improvvisi, come aveva spiegato il dottor O' Meara, sono bastonate alla salute, soprattutto al fegato.

In modo meno scientifico oggi Santini è arrivato alla stessa conclusione: «Il posto ideale per farci marcire in fretta».

L'acqua ci arriva da una condotta malsana che costringe alla sete anche gli animali. Per berla siamo costretti a farla bollire. La stessa vista del mare aperto, che parrebbe l'unica consolazione di questo altopiano, in realtà è la peggiore delle torture perché suggerisce la libertà che ci è stata tolta. È come osservare il sole da dietro le sbarre di una prigione. Molto più onesto il resto dell'orizzonte, che non promette nulla e riflette la nostra condizione di reclusi: una barriera incombente di rocce aride, dominate dal Picco di Diana, alternate a burroni infernali.

Al momento della partenza da Briars, l'Imperatore si è congedato dai Balcombe, ha ringraziato per l'apprezzata ospitalità e ha promesso che tornerà spesso a far visita e a prendere il buon tè della signora Jane, anche perché resta in sospeso una rivincita a *whist*. Lydia ha sorriso. Betsy, manco a dirlo, ha disertato la cerimonia dei saluti.

Non si è trattato certo di un addio spezza cuore, perché su questa isola minuscola siamo tutti vicini di casa, ma non nascondo che rinunciare alla prima operazione della mia giornata, cioè alzarmi dal materasso e verificare che Betsy sia in giardino, un poco mi costerà. Vorrà dire che cavalcherò molto di più per accorciare le distanze.

Vestito con l'uniforme della Guardia Cacciatori a cavallo, l'Imperatore si è messo alla testa del suo piccolo esercito e ci siamo mossi verso la nuova destinazione. Molti sapevano del nostro trasferimento e si sono raccolti lungo il percorso per omaggiare Napoleone che rispondeva divertito e salutava togliendosi il bicorno. Sembrava reduce da una delle sue tante vittorie, in marcia verso l'Arco di Trionfo, mentre l'ufficiale inglese che ci scortava in coda aveva l'aria del prigioniero trascinato come trofeo di guerra.

Per arrivare a Longwood da Briars si sale di tornante in tornante fino a valicare la catena che forma uno dei versanti della valle. Si approda così su un altopiano dal quale si scorge una seconda catena trasversale, dominata appunto dal Picco di Diana, la vetta più alta di Sant'Elena che supera gli ottocento metri.

Sulla sinistra si spalanca la parte orientale dell'isola, ossia il lato di Longwood, una distesa di terreno irregolare, incolto e deserto, mentre a destra, cioè nella direzione opposta al nostro destino, l'occhio corre tra un buon numero di case, tracce di coltivazioni e molte macchie verdi.

Fatte altre due miglia, la strada volta improvvisamente a sinistra e in quell'angolo sorge *Hut's Gate*, la casupola destinata al Maresciallo Bertrand e alla sua famiglia. Il soprannome di "Capanna", usato comunemente dalla gente del luogo per definirla, non è affatto ingeneroso, anzi, probabilmente le regala anche qualcosa. "Tugurio" renderebbe molto meglio l'idea.

Non riesco a spiegarmi come la signora Fanny, che ha tentato più volte di gettarsi in mare per evitare lo sbarco forzato a Sant'Elena, abbia poi accettato volontariamente di rinchiudersi in una catapecchia del genere. Per quanto questa rupe sia dannata da Dio e dagli uomini, avrebbe potuto riservarle senz'altro una dimora migliore di *Hut's Gate*.

L'Imperatore si è concesso una sosta per prendere un tè con madame Bertrand che, a detta di mio padre, era stranamente di buon umore, forse per merito della serata di gala a casa del Governatore. Mi è tornato in mente il pescecane della *Northumberland* che dopo tanta resistenza alla fine ha smesso di sbattere la coda.

Poco oltre *Hut's Gate* la strada costeggia un'ampia gola circolare, inquietante per aspetto, storia e soprannome: "La Scodella del Diavolo". Una sorta di cono piantato nella terra per una ventina di metri.

Una sporgenza della roccia costringe il sentiero a restringersi e passare molto vicino al burrone, per cui chi transita deve rallentare e prestare attenzione. Il rischio di finire in pasto al demonio è davvero notevole. Ci hanno raccontato che in tanti hanno terminato la loro vita lì dentro, alcuni per propria scelta. Le ossa sul fondo della Scodella lo testimoniano.

Si tratta dell'ultima difficoltà prima di approdare a Longwood, verrebbe quasi da dire un'anticipazione dell'inferno che tocca a chi abita da quelle parti.

Abbiamo trovato ad attenderci un picchetto, con tanto di tamburi, che ha reso gli onori militari all'Imperatore, poi il Gran Maresciallo ha guidato Napoleone nei locali della fattoria e ha mostrato i molti lavori di ristrutturazione che Bertrand ha diretto di persona, a cominciare dalla sala da bagno che ha fatto costruire accanto alla camera da letto.

L'Imperatore, che non aveva a disposizione una vasca da quando ha lasciato la Malmaison, si è concesso subito un lungo bagno per stemperare la stanchezza del viaggio e gli affanni della temperatura soffocante.

Si entra a Longwood attraverso una specie di anticamera, appena costruita, che può essere adattata anche a sala da pranzo. Da lì si passa a un salotto e poi a una terza sala più buia che raccoglie i libri e le carte dell'Imperatore. Girando a destra si trova l'appartamento di Napoleone che è costituito da due stanze: il suo gabinetto e la sua camera da letto. Un piccolo corridoio introduce alla sala da bagno.

All'estremità opposta dell'edificio c'è l'alloggio di madame Montholon, di suo marito e di suo figlio. A mio padre è stata destinata una piccola stanza quadrata accanto alla cucina. Grazie a un buco nel soffitto e a una scala verticale da vascello posso raggiungere il mio letto che occupa quasi per intero il minuscolo granaio che mi è toccato per residenza. Invece di affacciarsi sul cortile di Betsy, il nuovo oblò mi apre la vista del mare lontano. Ci ho perso, a giudicare dalle prime reazioni del cuore...

In attesa che i marinai della *Northumberland* finiscano di costruire gli ultimi appartamenti, il generale Gourgaud e il dottor O' Meara dormono sotto una tenda, accanto a una specie di giardino che per la mancanza d'acqua e per la natura del clima non può reggere il confronto con quello di Briars, dove ha ballato Betsy. Solo a guardarlo mette tristezza. Non lontano sorgono le baracche della servitù.

Oltre un profondo burrone è accampato il 53° Reggimento che distacca soldati davanti a Longwood e sulle alture vicine per controllare i nostri movimenti.

Difficile sostenere che il trasferimento ci abbia procurato dei vantaggi, eppure l'umore dell'Imperatore è migliorato considerevolmente e non solo per merito della vasca da bagno.

A dargli veramente soddisfazione è la piccola Francia che è riuscito a raccogliere attorno a sé e che prima era sparpagliata sull'isola.

Può contare su due generali fidati sotto il suo stesso tetto e il terzo, alloggiato a un paio di miglia, è comunque presente a Longwood per quasi tutta la giornata. Le famiglie della servitù che osserva vivere nel raggio della sua vista e di cui ascolta la parlata francese gli danno una sensazione di libertà o per lo meno l'illusione di non essere in esilio, agli ordini di gente che parla un'altra lingua.

Al contrario vedo mio padre più incupito e sospetto che c'entri la gelosia...

Ha perso l'intimità esclusiva con il suo Imperatore di cui era tanto orgoglioso a Briars. Forse l'ha intuito lo stesso Napoleone che ha voluto confermargli attenzioni privilegiate offrendogli la possibilità di farsi un bagno nella sua vasca. L'Imperatore ha insistito parecchio: «In carcere i compagni di cella devono aiutarsi, Conte de Las Cases».

Naturalmente mio padre ha rifiutato, ma si è sentito inorgoglito della richiesta e me l'ha riferita con un entusiasmo che mi ha fatto tenerezza. Era come se Napoleone gli avesse appuntato al petto la Legione d'Onore.

In realtà, la piccola Francia di Longwood non è felice come la vede l'Imperatore. Sotto la superficie covano conflitti già emersi sulla *Northumberland* e destinati a montare con il tempo. Molti sono portati a considerare poco gratificanti le mansioni ricevute e a considerare invidiabili quelle degli altri.

Montholon, per esempio, ritiene che sia avvilente la cura delle cantine e preferibile quella dei cavalli. Al contrario Gourgaud trova umiliante la gestione delle stalle e la scambierebbe con la nobile produzione dei vini. Entrambi invidiano l'indipendenza di Bertrand che invece teme di perdere posizioni a vantaggio dei due generali che vivono a contatto con il sovrano.

Madame Bertrand alimenta paure simili nei confronti di madame Montholon che alloggia a Longwood, mentre madame Montholon si lamenta perché pare che all'Imperatore stiano a cuore soltanto i nervi delicati di Fanny.

E non è che tra la servitù regni sovrana la pace...

Tra il parigino Marchand, primo cameriere, e gli altri due servitori di stanza, lo svizzero Noveraz e Saint-Denis di Versailles, detto Alì, volano spesso parole grosse. Del sangue caldo del còrso Santini sappiamo già.

Viene dalla Corsica anche Cipriani, maestro di casa, che mal sopporta il parigino Pierron, responsabile del servizio a tavola.

Tutti guardano con sospetto Rousseau, invidiato gestore delle argenterie.

Troppo penose sono le nostre condizioni e le nostre prospettive, perché la piccola Francia di Longwood possa prosperare in serenità e allegria.

Io stesso ho fatto subito esperienza delle tensioni tra noi.

Ieri Enzo e Lisandru, i figli di Santini e Cipriani, che hanno un paio di anni più di me e cercano occasioni per attaccare briga da quando siamo salpati da Plymouth, mi hanno affrontato davanti alle stalle.

«Bello spassarsela con gli inglesi, eh?» mi ha chiesto Enzo.

«Io non me la spasso, io li odio più di voi» ho garantito.

«Però ci fai la doccia insieme sotto le cascate e ci giochi a carte» mi ha incalzato Lisandru.

«E il tuo Imperatore ci balla pure in casa loro» ha ripreso il figlio di Santini afferrandomi un braccio. «L'unico che ha affrontato il Governatore come si deve è stato mio padre: con una lama in mano. Questo doveva fare il tuo Imperatore a *Plantation House*: sgozzarlo e poi riportarci tutti a casa. Ci penseremo noi...»

Cercavano chiaramente la rissa, in cui io avrei avuto tutto da perdere. Ho liberato il braccio con uno strattone e me ne sono andato.

Enzo ha sputato a terra.

Più dello sputo che ha colpito la punta del mio stivale, mi ha ferito il sospetto che in qualche modo potessero avere ragione.

L'Imperatore dovrebbe opporsi in modo più aggressivo alle angherie con cui ci affliggono gli inglesi? E io posso far guerra agli inglesi con quel che provo per Betsy se solo penso alla sua pelle bianca e alle cascate di Briars? Nel cuore mi resta ancora spazio per l'odio dopo tutte le emozioni che ci ho ficcato dentro?

Ne ho parlato a Lazare che di queste cose se ne intende.

Ero contento di rivederlo in buona salute, anche se sapevo che era arrivato nel peggior posto al mondo per conservarla. Ma per il momento non tossiva più e aveva preso anche un certo colore.

«È come chiedere se si può respirare dal momento che poi si butta fuori l'aria. Certo che si può. Anzi, più butti fuori aria, più puoi incamerarne» ha provato a spiegarmi. «Più ami, più sei in grado di odiare. Come fai a fare la guerra se non hai il cuore in fiamme?»

«Mi hai dato la risposta che volevo. Grazie, sei un amico, ma non vale.»

«Lo penso davvero. I poeti non mentono mai. Piuttosto quando pensi di farmi conoscere la Venere della cascata?»

«Aspettavo che resuscitassi, Lazare. Ora possiamo cavalcare fino a Briars.»

Jena
ROQUET
3
Verona
Palmanov
11
IL GOVERNATORE

II

L'albero dell'Imperatore e la censura di Hudson Lowe. La battaglia di Sandy Bay.

15 dicembre 1815

Se sulla *Northumberland* l'Imperatore aveva preso velocemente in simpatia il penultimo cannone, a Longwood ci ha messo ancora meno a rivelare le sue preferenze.

Ho la sensazione che lo vedremo sempre più spesso accanto all'albero a ridosso dello strapiombo, non lontano dalla casa, nel punto da cui si osserva meglio il tratto di mare che attraversano le navi per entrare in porto.

Immagino che con il passare del tempo e con il crescere della nostalgia diventerà sempre più urgente e piacevole il gioco della fantasia davanti all'oceano aperto: fantasticare sul legno che arriverà a portarci la libertà e il tesoro di un ritorno.

È qui che oggi Napoleone è stato raggiunto dal Governatore che si è presentato a sorpresa portando con sé una lettera scritta da mio padre e indirizzata in Francia.

Evidentemente i cani da guardia di Lowe l'hanno annusata, aperta, letta e segnalata alla censura del Governatore.

«Vedo che i vostri gloriosi trascorsi da spia continuano a fruttare» lo ha salutato l'Imperatore riconoscendo la lettera con cui mio padre sollecitava in patria l'invio di alcuni capi di abbigliamento e di toeletta.

«Sto svolgendo semplicemente le mansioni del mio incarico, generale. Io non sono stato deposto» ha risposto il Governatore con soddisfazione.

«Le vostre mansioni prevedono di frugare nella corrispondenza altrui?»

«Prevedono che vi troviate a vostro agio sulla nostra isola. Tutto quello che avete chiesto in Francia ve lo può mettere a disposizione il Parlamento inglese. Questa lettera è perfettamente inutile» ha decretato Hudson Lowe stracciandola platealmente.

«Preferisco pagare ciò di cui ho bisogno, piuttosto che riceverlo in dono.»

«Allora pagatelo all'Inghilterra.»

«Se non vi dispiace, continuerò a scegliere i miei fornitori.»

«In questo caso, generale, sarò costretto a informare il Parlamento inglese che rifiutate quanto vi viene offerto.»

«Informatelo pure. Finché al Parlamento inglese arriveranno i nostri rifiuti e non le nostre suppliche, la mia dignità è al sicuro» ha concluso Napoleone puntando il cannocchiale verso il mare e cancellando la presenza del Governatore.

Stava entrando in porto la corvetta *Levriere* che ha scaricato a Jamestown giornali europei di recente pubblicazione. Napoleone li ha letti avidamente in salone dopo cena, prima di sfidare Gourgaud sulla scacchiera cinese.

Cuor di leone ma pessimo tattico, il generale. L'Imperatore gli ha intrappolato il re al primo assalto.

Ho lasciato Longwood poco dopo il Governatore. Finalmente il mio amico Lazare cavalcava al mio fianco con un enorme cappello di paglia sulla testa che lo rimpicciolivа ancora di più sulla sella. Avevo la sensazione che se uno scherzo del vento gli avesse fatto volare via quel copricapo, sarebbe bastato un raggio del sole infernale di Sant'Elena per ridurlo a un mucchietto di cenere. Esile com'è.

Lazare ha due cime da vela al posto delle braccia e uno sterno da gabbiano che sembra sempre sul punto di esplodere per un colpo di tosse più forte degli altri.

Però poi guardi i suoi occhi azzurri e ti senti molto più debole di lui. La forza la raccoglie tutta lì dentro. Lazare è due occhi con le gambe, due gocce di cielo della sua Camargue che gli sono cascate a cavallo del naso.

Ha cavalcato con il sorriso inchiodato sulle labbra, così incantato dalla prepotenza della natura che ho dovuto più volte prendergli le redini per non vederlo precipitare in qualche Scodella del Diavolo.

«Se conti i picchi e conti i burroni, vedrai che i numeri corrispondono perfettamente» ha teorizzato il poeta nella sua massima esaltazione. «Fanno rima tra loro. Questa natura è poesia, Emanuele. Noi veniamo dalle pianure d'Europa che sono prosa da due soldi.»

Mi piaceva sentirlo parlare. Il bello di Lazare è che quando ha la febbre alta e quando sta bene dice più o meno le stesse cose.

A Briars non abbiamo trovato né Betsy né Lydia.

I genitori ci hanno suggerito di cercarle a Sandy Bay dove erano dirette con degli amici. Hanno insistito in tutti i modi perché ci fermassimo a prendere un tè, sono stati davvero molto cordiali. Ho rifiutato con garbo, spiegando che avevamo promesso di rientrare per tempo a Longwood. Ho fatto comunque una veloce relazione sulla nostra nuova residenza e mi sono impegnato a portare all'Imperatore i saluti che mi affidavano.

Tobia mi ha fermato che ero già rimontato in sella. Anche lui aveva una razione di saluti da recapitare al "Buon Signore", come lo chiama lui, cioè all'Imperatore.

Sandy Bay è una spiaggia sulla costa meridionale dell'isola, dalla parte opposta di Jamestown, una delle tante presidiate dall'esercito. Gli inglesi ci avevano già piazzato una fortezza nel secolo scorso ma, per la loro ansia di ricacciare indietro gli invasori al più presto, l'avevano costruita troppo vicina al mare, e alla prima tempesta le onde avevano spazzato via i cannoni.

Mentre cavalcavamo siamo tornati sulle parole di Enzo e Lisandru.

Lazare sostiene che sgozzare il Governatore sarebbe barbaro e inutile e che Napoleone ha già conquistato una buona fetta di Sant'Elena difendendo Tobia e salutando tanta gente durante il trasferimento a Longwood.

«Perché non puoi fare la rivoluzione con tre generali e quattro camerieri, ma se si sollevano tutti quelli che odiano gli inglesi, allora ci prendiamo l'isola e ce ne andiamo.»

«E per sollevare un popolo non c'è niente di meglio che un bravo poeta» ho scherzato io.

«Lascia fare a me,» ha sorriso Lazare «è ancora presto per sparare.»

Aveva appena finito di dirlo che abbiamo sentito uno sparo...

L'ho riconosciuto subito: era di una pistola francese!

«Non è presto! È ora!» ho urlato. «I nostri stanno già combattendo in spiaggia!»

Abbiamo lanciato i cavalli al galoppo verso Sandy Bay. È esploso un altro sparo.

Io so tutto sulle armi del nostro esercito. So riconoscerle dal colpo della pietra focaia. Quella era senz'altro una pistola ad avancarica calibro 17 mm, uscita dall'arsenale di Tulle nel 1805, l'anno di Austerlitz, in dotazione a tutti i corpi della cavalleria. Modello An XIII, calcio in noce, aquila imperiale incisa sull'acciarino.

È con queste conoscenze che pensavo di conquistare l'Imperatore e invece al primo pranzo di Briars l'ho impressionato con le lettere dell'alfabeto greco...

Abbiamo affondato gli zoccoli nella sabbia vulcanica di Sandy Bay, ma ho frenato immediatamente il cavallo perché lo spettacolo che ci ha accolto in spiaggia non me lo sarei mai aspettato.

Un esercito di almeno cento granchi stava ritirandosi verso gli scogli inseguito da Kendall che li prendeva a calci e li calpestava con rabbia mentre cercava in tutta fretta di ricaricare la pistola con la polvere da sparo. Ha tirato indietro il cane, ha puntato la canna ed è esploso un colpo che ha ridotto in poltiglia un crostaceo sollevando una nuvoletta di sabbia e di chele.

Betsy ha festeggiato con un urlo di vittoria a braccia alzate. Solo allora mi sono accorto della sua presenza.

Si godeva lo spettacolo da cavallo, a una decina di metri di distanza. Accanto a lei, London e altri cinque amici immobilizzavano due ragazzi di colore e un terzo più piccolo che da lontano sembrava cinese. Uno dei due più grandi scalciava, si dimenava come il pescecane della *Northumberland* e continuava a urlare: «Nooo!». Gli tenevano ferme le braccia, ma lui continuava a fare uno strano rumore con le dita.

Il piccolo esercito di granchi in ritirata si lasciava alle spalle una decina di cadaveri che il sole faceva brillare come medaglie sulla sabbia nera.

Sono partito al galoppo, come Murat a Eylau, ho raggiunto Kendall proprio mentre stava puntando la canna e gli ho piantato la suola dello stivale in mezzo alla schiena. Il rosso è volato con la faccia nella sabbia e il colpo è finito tra le onde. Si è mosso a carponi per recuperare la pistola che gli era scappata.

«Lasciala!» gli ho urlato.

Lui l'ha recuperata, si è alzato e me l'ha puntata contro.

Ho impennato il cavallo. Ero pronto a fracassargli il carapace del cranio con una zoccolata. Ora che scrivo nel granaio non so ancora se a darmi più rabbia fosse il fatto di vederlo giocare con una pistola della Grande Armata o di riconoscere ancora una volta Betsy dalla sua parte.

Kendall è caduto all'indietro, ha perso di nuovo l'arma. Gli ho sbarrato la strada con il cavallo per impedirgli di recuperarla con la tentazione irresistibile di affondargli uno zoccolo tra le lentiggini. Ma a quel punto London ha urlato il suo nome e abbiamo visto due guardie inglesi avvicinarsi da lontano accompagnate da Lydia, che era andata a cercarle per impedire la strage dei granchi.

Betsy e i suoi amici si sono allontanati al galoppo.

Io sono balzato giù dalla sella, ho recuperato l'An XIII e me la sono infilata nelle braghe dietro la schiena. Speravo che, grazie allo schermo del cavallo e alla distanza, le due guardie non si fossero accorte di niente, invece appena ci hanno raggiunto mi hanno chiesto subito la pistola che sicuramente rientra tra quelle che ci hanno sequestrato sulla *Northumberland*.

Il cinese ha provato a spiegare come fossero andate le cose in spiaggia, ma ai due inglesi interessava soltanto recuperare l'arma. Ci hanno ordinato di andarcene in fretta e hanno voltato i cavalli. Si è allontanata anche Lydia, dopo avermi sorriso.

Intanto i granchi si erano messi in salvo tra gli scogli.

Il ragazzo che si dimenava ha cominciato a ricomporre i resti di quelli morti e a seppellirli a uno a uno in piccole fosse di sabbia. Lazare, senza dire nulla, si è inginocchiato ad aiutarlo. Noi lo abbiamo imitato.

Sembrava lo scenario di un campo di battaglia dopo il ritiro degli eserciti.

Solo quando abbiamo messo sotto terra anche l'ultimo granchio, ci siano scambiati i nomi.

Il ragazzo che urlava si chiama Amani. È africano e ha due incisivi enormi affondati nel labbro, così bianchi che, come dice Lazare, sembra che tenga in bocca la luna. Il suo amico africano si chiama Kalil, il cinesino Tao.

Sulla strada per Longwood la temperatura è calata piacevolmente e il tramonto ha disegnato colori spettacolari. Perfino i venti che sull'altopiano fischiano sempre si sono presi una pausa. Tutto appariva così bello da risultare sospetto. Una trappola?

Forse ha ragione Lazare: per quanto infernale, questa è un'isola di poesia. O forse era semplicemente il mio buon umore che deformava il quadro e me lo faceva apparire più affascinante di quel che fosse in realtà.

Avevamo disarmato gli inglesi e li avevamo messi in fuga, pur avendo lasciato sul campo parte della nostra valorosa fanteria. Avevo avuto la conferma che nel mio cuore c'era ancora spazio per tonnellate di odio. Ho ripensato alla pelle bianca di Betsy sotto la fontana.

Anche sulla mia sciabola farò incidere *L'onore e le donne*.

Probabilmente Lazare stava bazzicando pensieri simili perché di punto in bianco si è calato sugli occhi il suo cappellone di paglia e ha annunciato senza guardarmi: «Abbiamo vinto noi».

Arrivato alla Scodella del Diavolo, sono smontato dal mio cavallo e ho guidato le redini del suo. Era così distratto e poetico che avrebbe potuto finirci dentro.

Jena
Auerstag
IL BI
NEMICO
Mombello
12
DIPINTO
IL GRANDE GIUOCO DI
NAPOLEONE
BONAPARTE

12

Il nipote del Governatore. I complimenti di Montholon. La potenza della natura. I granchi di Amani trionfano ad Austerlitz.

18 dicembre 1815

Mio padre è stato convocato a Jamestown dal Governatore che lo ha relazionato in questo modo: «Secondo quanto accertato dalle guardie di ronda a Sandy Bay, suo figlio Emanuele ha aggredito mio nipote Kendall. Ha tentato di calpestarlo con il suo cavallo e poi gli ha puntato una pistola francese addosso».

Così sono venuto a sapere che Kendall è il nipote di sir Hudson Lowe. Questo significa che Betsy deve scegliere tra il figlio di un prigioniero e il nipote dell'uomo più potente dell'isola. Confortante...

Naturalmente a mio padre avevo raccontato quanto era successo in spiaggia fino all'ultimo dettaglio e lui lo ha riferito con altrettanta precisione al Governatore.

«Volete dire che considerate impostori le due guardie che hanno dato una versione contraria alla vostra?» ha incalzato Lowe.

«Sir, non mi permetterei mai di considerare impostori dei cittadini della Corona» ha risposto mio padre. «Infatti mai dubiterei della signorina Lydia Balcombe, presente ai fatti in questione a differenza delle guardie arrivate dopo. L'inglesissima miss Lydia è pronta a confermare quanto ho ricostruito.»

«Però l'unico dato oggettivo è che al momento dell'arrivo in spiaggia delle guardie, accompagnate dalla signorina Balcombe, la pistola stava nelle mani di vostro figlio» ha fatto notare Lowe.

«No, c'è un altro dato oggettivo: che quella pistola stava in mano francese molto prima che mio figlio la strappasse a vostro nipote in spiaggia. Ci è stata confiscata dal governo inglese insieme a soldi e diamanti» ha ricordato mio padre.

Incapace di reggere il confronto a parole, il Governatore si è alzato dalla poltrona, ha circumnavigato la scrivania e ha imposto a mio padre la sua statura, squadrandolo dall'alto: «Conte de Las Cases, vi consiglio di tenere d'occhio vostro figlio e di non dimenticare mai che noi teniamo d'occhio voi».

Ho la sensazione che dopo quel primo battibecco a Briars, Hudson Lowe, da buona spia, abbia addentato al collo mio padre e non lo mollerà finché non avrà trovato il modo peggiore per fargliela pagare.

L'unico risvolto positivo della vicenda è che ora a Longwood molti sanno che ho disarmato a mani nude il nipote del Governatore e ho messo in fuga cinque inglesi in un colpo solo. Probabilmente lo sanno anche Enzo e Lisandru perché l'altro giorno, per la prima volta, invece di sputarmi sugli stivali mi hanno salutato.

«Gran battaglia tu e i granchi. Bravi» si è complimentato Montholon.

Un generale della Grande Armata...

Non me lo aspettavo e nel ringraziarlo mi è tremata ancora la voce, poi mi sono ripreso e ne ho approfittato per chiedergli qualche buon consiglio per governare il cavallo su una discesa molto ripida.

Sono corso subito a riferire tutto a Lazare, perché parte dei complimenti di Montholon gli spettavano di diritto: anche lui ha partecipato alla campagna di Sandy Bay.

L'ho trovato a letto con uno straccio bagnato sulla fronte.

Lo temevo. Mi ero reso conto subito che per un convalescente dall'anima più robusta del corpo galoppare da una parte all'altra dell'isola, farsi friggere dal sole di Sant'Elena, esporre il sudore ai venti della costa e partecipare a una battaglia contro gli inglesi forse era troppo. Abbiamo esagerato.

Colpa mia che l'ho incalzato tanto per rimettersi in piedi. A vederlo ancora così sofferente provavo un fastidioso senso di rimorso.

«Ricordati che il sole fa più luce, ma le poesie più belle sono state dedicate alla luna» mi ha detto a un certo punto.

Ho annuito pensando che stesse vaneggiando per la febbre alta. Invece Lazare voleva spiegarmi che io ero stato abbagliato da Betsy, più carina e appariscente, ma che non dovevo sottovalutare le qualità di una ragazza come Lydia. Per decidere di andare a cercare le guardie e fermare la strage dei granchi, sola contro tutti gli amici, ci voleva grande coraggio e grande personalità, oltre che grande sensibilità. Qualità che difficilmente si trovano tutte insieme in una persona sola. Senza contare che come bellezza pura non sta molto dietro alla sorella.

Me lo ha fatto capire tra un colpo di tosse e l'altro che lo facevano sobbalzare sul letto come cannonate.

Gli ho consigliato di non pensare troppo a Lydia, altrimenti gli sarebbe salita la febbre e gli ho promesso che gliel'avrei salutata. Stavo andando proprio a Briars.

Come temevo, a casa dei Balcombe ho trovato Kendall e London.

Il nipote del Governatore è partito subito all'attacco: «Ecco il protettore dei granchi e degli schiavi...».

London ci ha aggiunto la solita risatina di accompagnamento.

Non ho reagito alla provocazione, mi bastava leggere tutto l'odio che portava negli occhi, segno che la sconfitta di Sandy Bay gli bruciava ancora. Ho salutato le sorelle Balcombe e i due ragazzi inglesi con un sorriso di elegante superiorità. Da vincitore.

Ho chiesto a Lydia di mostrarmi finalmente la sua collezione di quadri immaginando che la cosa potesse in qualche modo infastidire la sorella.

Sono davvero bellissimi.

Grazie alla scelta sapiente del punto di vista, che può essere il fondo di un burrone o la vetta del Picco di Diana, emerge in modo spettacolare la potenza della natura che incombe, schiaccia o si espande senza argini. L'osservatore che si avvicina alla tela si ritrova improvvisamente rimpicciolito.

Lydia poi è stata bravissima a maneggiare i colori, in modo particolare le sfumature di quelli più scuri che abbondano nella descrizione degli anfratti, delle caverne, della foresta fitta. La natura cupa appare più forte anche del sole, lo copre e lo cancella.

«Più noiosi delle mosche, vero?» mi ha domandato la pittrice, preoccupata forse che il mio silenzio fosse dovuto all'imbarazzo di dovere esprimere un giudizio e non alla compiaciuta contemplazione, come invece era.

«Se lo fossero, giuro che lo direi» ho garantito. «Li trovo potenti, brava. Mi piacciono tutti. Davvero.»

«Questo un po' più degli altri?» mi ha chiesto Lydia con un sorriso furbo.

Ho riconosciuto le cascate di Briars che vivono il tempo di una rosa.

Tornati in sala, ho accettato una sfida a *whist* che si è giocata piacevolmente, senza provocazioni, anche perché Lydia ha preteso con saggezza di formare le coppie e io mi sono ritrovato in squadra con London, che durante la partita si è sciolto e mi ha chiesto addirittura una serie di curiosità su Napoleone da cui è palesemente affascinato. Come tutti. Kendall sembrava infastidito dall'interesse dell'amico per l'Imperatore.

Abbiamo vinto noi. Betsy era di umore nero.

Da Briars ho galoppato a tutta velocità fino a Sandy Bay. Cercavo Amani e l'ho trovato sugli scogli con Tao. Era inginocchiato su una roccia e faceva schioccare i polpastrelli del pollice e dell'indice della mano destra, come aveva cercato di fare il giorno della battaglia mentre gli amici di Kendall lo tenevano per le braccia.

Sono rimasto a studiare la scena per qualche minuto e alla fine ho dovuto convincermi: a ogni schiocco delle dita corrispondeva lo spostamento di un granchio.

Significa che il giorno della battaglia, mentre urlava e piangeva davanti a quella strage, il ragazzo africano dai denti di luna stava guidando i granchi al riparo tra gli scogli, stava organizzando la ritirata come un generale sconfitto.

Tao sorrideva della mia meraviglia.

«Ti ascoltano?» ho chiesto ad Amani.

«I tuoi amici non ti ascoltano?» ha risposto lui.

«Sì, ma non hanno le chele» gli ho fatto notare.

«Napoleone è tuo amico?» mi ha incalzato Tao.

«Ogni tanto pranzo con lui e gli parlo» ho risposto.

«Dormi nella sua casa?»

«Sì, a Longwood. Per quasi due mesi a Briars ho dormito proprio sopra la sua stanza e sentivo che parlava nel sonno.»

«Cosa diceva?» ha domandato il cinesino venendomi più vicino.

«Sognava le battaglie e impartiva ordini ai generali.»

«Cosa ordinava?»

«Di attaccare. Non ha mai sognato una ritirata.»

«Tu pensi che attaccherà anche gli inglesi di Sant'Elena? Io li odio. Hanno fatto frustare mio padre davanti a mia madre e ai miei fratelli.»

«Certo che attaccherà. Stai tranquillo.»

«E vincerà?»

«Sai quanti sudditi contava l'Impero di Napoleone Bonaparte che andava dalla Spagna alla Russia? Cinquanta milioni. Ha governato cinquanta milioni di persone. Se vuole, si prende questo scoglio e le mille anime che lo abitano in cinque minuti.»

«Quando?»

«Presto.»

A ogni mia risposta, gli occhi di Tao si allargavano e si riempivano di luce. «Napoleone è il più grande della storia, vero?»

«Il più grande. Quanti hanno vinto sessanta battaglie di fila?»

«Scommetto che tu le conosci tutte.»

«Tutte.»

«Raccontamene una.»

La passione di quel ragazzo meritava Austerlitz. Gli avevano frustato il padre. Doveva cominciare a conoscere il genio che l'avrebbe vendicato.

Avevo appena cominciato a presentare le forze in campo, quando Tao è schizzato in piedi sugli scogli: «Idea! Amani muove i granchi come se fossero eserciti, così la guerra non l'ascolto solo, ma la vedo!».

Amani si è opposto subito: «Scordatelo. Sono ancora spaventati per l'altro giorno, poi torna quel pazzo e si rimette a sparare...».

L'ho rassicurato: «Ho appena lasciato Kendall e i suoi amici a Briars. Non verranno».

«Non importa. I granchi non fanno la guerra» ha tagliato corto il ragazzo africano.

«Veramente, se c'è un animale simile a un soldato è il granchio. Ha la corazza, sembra nato per marciare contro il nemico» ho fatto notare.

«I granchi non marciano contro nessuno. Si spostano lateralmente.»

«Una volta ho visto due granchi che combattevano» ho ricordato. «Erano intrecciati come le corna dei cervi.»

«Non stavano combattendo, stavano facendo l'amore. Quando è il tempo della riproduzione, i granchi si abbracciano e dall'intensità dell'abbraccio scelgono il loro compagno. Allora la loro pancia diventa più molle e depongono le uova.»

Tao, a quel punto, mi ha visto in difficoltà e mi è venuto in soccorso: «Amani, si tratta solo di un gioco... Possiamo fare che un esercito è composto da conchiglie, l'altro dai granchi, così non devono attaccarsi tra loro. Va bene? Dovrai solo chiedere ai granchi di spostarsi verso le conchiglie, farsi una passeggiata. Ai granchi piacciono le conchiglie. Un gioco... Dai...».

Alla fine Amani si è convinto: «Quanti ve ne servono?».

Ho fatto un rapido calcolo: «Sessanta, direi. Troppi?».

«No, ve li trovo» ha assicurato Amani.

Tao e io ci siamo spostati sulla riva a recuperare grosse

conchiglie bianche e marroni per allestire l'esercito austriaco e quello russo. I granchi naturalmente avrebbero rappresentato la Grande Armata. Traumatizzati com'erano dagli spari di Kendall, non potevo costringerli a un'altra ritirata. Dovevano vincere la battaglia.

Ho costruito una montagnola di sabbia che Tao ha ricoperto di conchiglie, proprio al centro della coalizione nemica. Poi ho chiesto ad Amani di dividere i sessanta granchi in tre battaglioni da venti e di disporli davanti alle conchiglie russo-prussiane.

I due eserciti, ordinatamente schierati e incendiati dal sole, risaltavano in modo spettacolare sulla spiaggia nera di Sandy Bay.

A quel punto ho cominciato a raccontare: «Questa era la situazione ad Austerlitz la mattina del 2 dicembre 1805. Il nemico era in vantaggio di uomini, artiglieria e posizioni. Gli Imperatori di Austria e di Russia avevano raccolto quasi centomila soldati, mentre quelli della Grande Armata non arrivavano a ottantamila. La coalizione poteva armare duecentosettantotto cannoni, il doppio di quelli francesi, e aveva occupato l'altopiano del Pratzen che consentiva di dominare il campo di battaglia. Eppure scrutando la nebbia che ricopriva la pianura, Napoleone sapeva già che avrebbe vinto».

Tao, concentratissimo, ha osservato granchi e conchiglie per cercare di capire da solo la ragione di tanto ottimismo, poi si è arreso e mi ha chiesto: «Perché era così fiducioso?».

«Perché è un genio e aveva in mente un piano geniale» ho risposto. «Amani, fa' arretrare dieci granchi da quel lato.»

L'africano ha schioccato due volte le dita e sull'ala destra della Grande Armata si è aperto un buco.

Ho continuato: «Napoleone ha indebolito ad arte il fianco destro del suo esercito, fingendo di essere in difficoltà. Ha perfino fatto arrivare agli austriaci la richiesta di un armistizio. Il nemico è cascato in trappola, si è convinto che la Grande Armata fosse prossima alla ritirata e l'ha attaccata proprio sul lato che sembrava scoperto. Tao, sposta un po' di truppe dalla montagnola!».

Il cinesino ha trasferito alcune conchiglie nello spazio liberato dai granchi.

«Ma in questo modo, come vedete, gli austro-prussiani hanno indebolito la parte centrale del proprio schieramento ed è qui che attacca Napoleone! Il suo schema preferito in battaglia è proprio questo: colpire al cuore, mirare al centro, spaccare in due il nemico per poi distruggere una metà per volta. Mentre il sole di Austerlitz buca di colpo la foschia, i cavalli e le baionette del maresciallo Soult danno l'assalto alla collina del Pratzen. Un attacco furibondo. Amani, colpisci al centro!»

Al nuovo schioccare delle dita, una ventina di granchi ha scalato la montagnola di sabbia nera ed è montata sulle conchiglie austro-prussiane.

«Il nemico ora è spaccato in due» ho concluso. «Amani, muovi il resto dell'esercito e distruggi i due tronconi, a destra e a sinistra della collinetta! Attacchiamo! La vittoria non può sfuggirci...»

I granchi sono avanzati in massa e hanno fatto risuonare le chele contro le conchiglie austro-prussiane, le hanno ribaltate, schiacciate e affondate nella sabbia.

«Trionfo! Trionfo! Trionfo!»

Abbiamo festeggiato tutti e tre per gioco, con una diversa sfumatura nella gioia: Tao e io abbiamo salutato la vittoria della Grande Armata, Amani quella dei suoi granchi.

«A sera, terminata la battaglia, Napoleone ha detto ai suoi

soldati: "Tornerete a casa passando sotto un arco di trionfo". Si è sdraiato sul suo lettino da campo e, stremato, ha dormito per alcune ore. Poi ha ricevuto gli emissari austriaci che chiedevano di trattare la resa. Quel giorno tutto il mondo ha imparato definitivamente il genio e la grandezza del nostro Imperatore.»

«Non mi sembra vero che quel Napoleone sia qui tra noi in carne e ossa» ha commentato Tao che non riusciva a stare fermo per l'eccitazione della battaglia. «Che fortuna che hai a parlare e a mangiare con lui...»

«Mia sorella Cleo ci ha ballato insieme» ha rivelato a sorpresa Amani mentre schioccava le dita per guidare i granchi verso gli scogli, il loro vero arco di trionfo.

Così ho scoperto che il mio nuovo amico africano è il fratello della bellissima cameriera che ha danzato a *Plantation House* con l'Imperatore.

Abbiamo riportato a riva tutte le conchiglie.

La sera di Austerlitz, visitando il teatro dello scontro, Napoleone ha confidato alla sua scorta: «Non ci sono più nemici dopo una vittoria, ma solo uomini».

Auerstag
Pultusk
Alessandria
Abukir
13
TOPI
fonderla
esse fermare
il punteggio
Giocatore che
marca di tanti

13

L'assalto dei topi e un altro carico di odio nel cuore. Pessimo umore dell'Imperatore. Alle cascate di pioggia.

21 dicembre 1815

Se le piogge torrenziali fossero durate altri due giorni, avremmo esaurito le scorte alimentari e avremmo dovuto ingegnarci per raggiungere in qualche modo Jamestown e fare provviste. Alcuni generi di cibo stavano scarseggiando e l'Imperatore aveva già avuto modo di lamentarsene.

Colpa dei topi che nella notte sono sbucati da vari punti della cucina e hanno saccheggiato tutto ciò che hanno potuto raggiungere.

Quella dei topi è una piaga che sta diventando sempre più preoccupante. Ne siamo letteralmente infestati. E non stiamo parlando di topolini di città. Sono bestie enormi, feroci e perfino audaci. Non si intimoriscono della nostra presenza, anzi spesso entrano in azione proprio quando siamo seduti a tavola, ben sapendo che troveranno cibo in giro.

Sembra incredibile a raccontarlo, ma più di una volta abbiamo dovuto sostenere vere battaglie contro queste bestiacce che hanno avuto la forza di perforare muri e pavimenti per venire a saccheggiarci.

I nostri domestici hanno dovuto perfino rinunciare ad allevare polli, perché i topi glieli sbranavano, a volte inseguendoli addirittura di notte sugli alberi.

Napoleone è arrivato a parlare del problema con Montholon, responsabile della logistica a Longwood, e con Bertrand, che condivide con mio padre la responsabilità dei rapporti con gli inglesi, e ha dovuto sedare i battibecchi tra Gourgaud e Montholon.

Vedere il mio Imperatore, cui fino a pochi mesi fa spettava il governo del mondo, riunito con tre dei suoi più gloriosi generali per studiare la difesa dall'assalto dei topi mi ha squarciato il cuore una volta di più e lo ha caricato di altro odio. Lo spazio c'è ed è ancora tanto.

In momenti come questi per davvero penso al rasoio di Santini come all'unica via percorribile per arrivare alla giustizia e alla libertà.

Se l'Inghilterra, patria del diritto, maestra di civiltà, dopo aver trovato l'infame coraggio di incarcerare a uno scoglio un sovrano che si era liberamente affidato alle sue leggi, riesce perfino a torturarlo per mezzo di topi feroci, quale forma di rispetto dovremmo conservare verso chi la rappresenta?

Alla richiesta di mio padre di intervenire per risolvere il problema dei ratti, Hudson Lowe ha risposto con poche righe di spregevole sarcasmo: *Sono sicuro che a Longwood non manchino le eccellenze strategiche e il coraggio d'azione per costringere il nemico alla ritirata senza bisogno di rinforzi.*

La recente razzia dei topi, aggiunta ai tre giorni di pioggia ininterrotta che lo hanno recluso in casa, ha influito pesantemente sull'umore dell'Imperatore. Dopo due mesi nei quali ha reagito a ogni tipo di avversità con la sua tempra di combattente e il suo spirito da trascinatore, per la prima volta l'ho visto veramente sconfortato.

Mio padre mi ha raccontato che in questi ultimi giorni ha voluto pranzare da solo e che ieri non è uscito dalla sua camera. Ha ricevuto per due volte la visita del dottor O' Meara che ha constatato una forma di indisposizione intestinale e un leggero attacco febbrile.

Per fortuna questa mattina, come capita di regola al cielo isterico di Sant'Elena, le nuvole si sono strappate di colpo e siamo tornati bersaglio delle fiammate del sole. Ma il disagio del caldo è nulla rispetto al piacere della luce e della libertà di evadere dai muri ammuffiti di Longwood.

Mi sono buttato a cavallo e ho galoppato verso Briars, guidato da una sensazione che in realtà era una briciola di speranza.

Grazie ai consigli del generale Montholon, lavorando di ginocchia e di redini, ho disceso con molta più sicurezza il burrone infernale che mi ha portato al ruscello costeggiato dal crescione. L'ho risalito e sono arrivato al muro d'acqua delle cascate di pioggia, dove però non ho trovato chi speravo.

Ho atteso per un paio d'ore a testa in su sussultando a ogni rumore. Alla fine mi sono arreso, mi sono spogliato e sono entrato nella cascata gelida da solo.

Appena le piogge si sono ridotte a un filo d'acqua, ho aperto le labbra, mi sono dissetato, rivestito e sono tornato a Longwood.

Auerstag
IMPERO
14
VASO CINESE
Auxonne
Parigi

14

Un piano geniale. La campagna di Jamestown. Il pollo di Cleo e quello di Marengo.

23 dicembre 1815

L'Imperatore si è rimesso in salute e ha recuperato il suo umore migliore.

Più che la fine delle piogge e le medicine del dottor O' Meara sospetto che gli abbiano giovato le casse di libri sbarcate dalla *Newcastle* che ha attraccato due giorni fa. Ieri ha passato l'intero pomeriggio a schiodarle con le sue mani e a riporre i volumi sulla sua biblioteca commentando divertito: «Questi ai topi non dovrebbero interessare...».

Mio padre, che lo ha aiutato, mi ha riferito che davanti all'intera collezione del *Moniteur*, attesa da tempo, Napoleone ha reagito con una allegria infantile davvero sorprendente. È rimasto a sfogliarla per ore.

Durante il soggiorno all'isola d'Elba quel foglio aveva definito Bonaparte "il cannibale", "l'orco corso", "il tiranno", "l'usurpatore", salvo poi celebrarlo come "Sua Maestà Reale e Imperiale" al suo ritorno a Parigi.

Quando Betsy s'indigna e rimprovera che "il mio Imperatore"

ha strangolato anche la libertà di stampa e ha fatto chiudere o censurato decine di giornali, io penso solo che abbia fatto bene.

In serata ha intrattenuto le signore Bertrand e Montholon, che ha ospitato a cena, con la lettura a voce alta del *Vicario di Wakefield* di Oliver Goldsmith. Secondo mio padre, il diletto del narratore è stato di gran lunga superiore a quello dell'uditorio...

In realtà credo che l'allegria dell'Imperatore per i suoi libri non sia poi così sorprendente. Gli uomini modellano i propri sentimenti in base alle proprie condizioni e alle proprie pene. Ciò che in altri tempi e in altre situazioni sarebbe parso insignificante, in questo inferno può suscitare grande gioia. Perfino madame Fanny ha ripreso a sorridere.

Tutti noi stiamo cambiando. Tutti ci stiamo lentamente adeguando a Sant'Elena, come la fronte del carnefice Hudson Lowe che assomiglia alla scogliera di lava.

Cosa c'era di più banale di una cavalcata nella vita di un comandante che ha attraversato sessanta campagne militari?

E invece qui, su questa rupe maledetta, dove gli è stato imposto un recinto ideale di quattro miglia e l'obbligo di una guardia inglese al seguito, il piacere di una cavalcata libera si è trasformato in una ricchezza inestimabile. Ricchezza che questa mattina Napoleone Bonaparte, a sorpresa, ha deciso di riscuotere.

Non uno spostamento in calesse alla Capanna dei Bertrand, braccato dalla sentinella inglese; no, una vera galoppata libera, che da quando siamo sbarcati dalla *Northumberland* non si era ancora concesso.

Mio padre è venuto a comunicarmelo e non volevo crederci: «L'Imperatore vuole uscire a cavallo e mi ha chiesto se puoi accompagnarlo».

«Io? Ma...»

Non sono riuscito ad aggiungere altro perché una bastonata di emozione mi ha piegato le ginocchia e perché mio padre, che sembrava molto preoccupato, mi ha spinto quasi giù dalle scale: «Andiamo, ci sta aspettando in biblioteca».

Ho trovato l'Imperatore in piedi con il famoso bicorno sotto il braccio: «Ragazzo, a cavalcare te la cavi come con il greco o come con il *whist*?».

«Meglio che con il greco, Maestà» ho risposto senza falsa modestia. «Ho ancora qualche incertezza nel discendere i burroni, ma ci sto lavorando grazie ai consigli del generale Montholon.»

«Bene, non ci aspettano burroni, oggi. Dobbiamo arrivare solo a Jamestown» ha annunciato Napoleone.

Mio padre si è irrigidito ulteriormente: «Maestà, temo che la sentinella che vi scorterà vi impedirà di proseguire per il villaggio, che va ben oltre le quattro miglia. Ricorda le disposizioni del Governatore?».

«Certo che le ricordo, Conte de Las Cases. Ma riguardano voi, non me.»

La risposta dell'Imperatore è rimasta incomprensibile finché non ha proposto a mio padre uno scambio di vestiti: «Condividiamo la stessa altezza e la stessa corporatura. Sarebbe un peccato non approfittarne».

Mio padre, pur con il suo garbo di diplomatico, ha cercato in tutti i modi di opporsi al piano, non tanto per il timore delle ritorsioni del Governatore, quanto per il comprensibile imbarazzo di calarsi letteralmente nei panni dell'Imperatore.

«Vi prego, Maestà, di considerare il mio pudore...» ha balbettato mio padre in tono supplichevole.

«Preferite disobbedire a un ordine del vostro Imperatore?» ha domandato Napoleone con sguardo fermo.

Il Conte de Las Cases si è spogliato e si è rivestito con l'abito da caccia dell'Imperatore, tentando un'ultima disperata resistenza quando il sovrano gli ha allungato il famoso bicorno: «Vi supplico di risparmiarmi almeno il vostro copricapo...».

«Conte, questo cappello mi identifica più del mio stesso nome, lo sapete bene. Se dovrete fare da specchietto per le allodole, non può mancare.»

E come a *Notre Dame* aveva preso la corona imperiale dalle mani di papa Pio VII e se l'era messa sui capelli, così l'Imperatore ha schiacciato il bicorno sulla testa di mio padre con un'ultima raccomandazione: «Almeno per le prime miglia dovrete tenere un'andatura sostenuta per non farvi raggiungere subito dalla sentinella inglese. Altrimenti il piano salta. Conte, immaginate che sia appena caduta la Bastiglia e i forconi del popolo siano alle vostre spalle...».

Mio padre ha eseguito gli ordini alla perfezione.

Appena l'ufficiale inglese di guardia a Longwood ha riconosciuto l'inconfondibile copricapo allontanarsi al galoppo, è montato in sella e si è lanciato all'inseguimento, mentre un altro paio di sentinelle si sono mosse dalle alture circostanti per intercettare il prigioniero francese in fuga.

A quel punto io e Napoleone, negli abiti di mio padre, siamo schizzati fuori dalle stalle come due palle di cannone e ci siamo lanciati al galoppo nella direzione opposta.

Che emozione! Come potrò mai descriverla su questo diario?

Io e il mio Imperatore... Il dio di Austerlitz e alle sue spalle solo Emanuele de Las Cases, il suo unico generale, il suo Murat!

Ecco la Grande Armata all'assalto degli inglesi barricati a Jamestown...

Abbiamo cavalcato sull'orlo della Scodella del Diavolo,

abbiamo fatto rimbombare gli zoccoli su questa terra infernale, abbiamo sorvolato muretti e cespugli, abbiamo spaventato gli alberi della gomma, abbiamo rincorso le nuvole a briglia sciolta e fatto ululare il vento.

Questo cuore, imbalsamato per quindici anni come quello di Desaix, batteva come un tamburo.

Arrivati alle prime alture abbiamo rallentato.

L'Imperatore si è complimentato prima con me, poi con il cavallo che ha accarezzato sul collo: «È un bell'animale, scattante, resistente. Me l'hanno consegnato la scorsa settimana, arriva dal Capo. Forse un po' troppo nervoso. Prima di essere pronto per la battaglia, avrebbe bisogno di un paio di mesi di scuola, ma probabilmente potrà farne a meno. Sembra un cavallo fortunato».

Lo ha accarezzato ancora e ha cominciato a raccontarmi dei suoi cavalli più amati, a partire da Marengo, il suo preferito, in sella al quale ha vissuto la gloria di tante battaglie, da Austerlitz e Wagram.

«Non era di grande statura, ma aveva il cuore dei soldati della Grande Armata. È stato ferito otto volte in battaglia, è sopravvissuto al gelo della Russia, non tremava davanti ai cannoni o alle baionette. Non ricordo una sola volta che si sia impuntato a un comando. Rispondeva come mi rispondevano le braccia e le gambe. Marengo era una parte del mio corpo. Nessuno mi è stato più vicino in guerra. Nessuno si è preoccupato di più della mia salvezza. Aveva sei anni quando l'ho fatto arrivare dall'Egitto. Ne aveva ventidue quando me l'hanno strappato a Waterloo. Ora sarà in Inghilterra. Darei tutto l'argento che mi è rimasto per sapere che sta bene. Ma se lasciano l'Imperatore in balia dei topi, cosa saranno in grado di fare al suo cavallo?»

Avrei voluto fargli alcune delle tante domande su Waterloo che mi porto dietro e che continuano a farmi male. Una su tutte: davvero avremmo vinto se solo non fosse piovuto? Può un grande impero crollare per colpa di qualche nuvola? Naturalmente non ne ho avuto il coraggio.

Siamo entrati a Jamestown badando a evitare i capannelli di soldati inglesi. Confidavamo sul fatto che pochi lo avessero incontrato di persona in questi due mesi. Non era semplice identificarlo dietro gli abiti comuni di mio padre.

Infatti perfino il signor Balcombe ha stentato a riconoscerlo quando siamo entrati nella sua bottega e, ingannato dalla mia presenza, lo ha accolto come fosse il Conte de Las Cases, per poi correggersi con divertente imbarazzo.

L'Imperatore ha comprato una serie di regali di Natale per i francesi di Longwood, piccoli oggetti per la servitù e balocchi per i bambini. Lydia ci è stata di grande aiuto con i suoi consigli, soprattutto per i regali più delicati: quelli per le signore Bertrand e Montholon...

La ragazza ha suggerito un paio di preziosi vasi cinesi, giunti di recente con la flotta che ha sbarcato la scacchiera dell'Imperatore. I vasi antichi erano della stessa dimensione in modo da non suscitare invidia tra le due donne, ma differenti nel disegno per non apparire identici.

Napoleone ha apprezzato la finezza strategica del consiglio, ma un maldestro movimento della scala maneggiata dal signor Balcombe, zoppicante, ha rischiato di compromettere il piano. Ha urtato infatti uno dei due vasi cinesi che è precipitato dallo scaffale di legno e si sarebbe frantumato in mille pezzi, se Lydia non lo avesse afferrato al volo con un'agilità insospettabile.

«Riflessi da spadaccina!» si è complimentato l'Imperatore.

«Da pittrice. Ho la magia nelle mani...» l'ha corretto la ragazza sorridendomi.

A Lazare regalerò una penna d'oca e inchiostro da poesia.

Napoleone si è accordato con il signor Balcombe per una consegna a Longwood "celere ma discreta" di tutto quello che aveva acquistato, poi mi ha guidato in una locanda del villaggio dove, per sentito dire, cucinava la miglior cuoca dell'isola.

Il locale era quasi per intero occupato da ufficiali inglesi, alcuni dei quali erano stati di guardia a Longwood ed erano quindi in grado di riconoscere la fisionomia dell'Imperatore. Infatti il brusio che si è diffuso come un formicaio nella locanda ha informato in fretta tutti gli avventori della presenza di Napoleone Bonaparte, l'uomo che ha tenuto in pugno il mondo.

I primi audaci si sono avvicinati presto al nostro tavolo per omaggiarlo, alcuni addirittura per esprimergli la propria ammirazione.

La cuoca era la ragazza africana con cui l'Imperatore aveva ballato a *Plantation House*, Cleo, la sorella di Amani. Mi è parsa divertita più che sorpresa dall'idea di rivederlo in un contesto molto meno imperiale.

Io mi sono presentato e lei mi ha ringraziato subito, con grande gentilezza, per come avevo preso le difese di suo fratello a Sandy Bay.

Se Amani, come ha detto Lazare, ha la luna in bocca, sua sorella ne porta un paio al posto degli occhi. Il resto della bellezza lo trasmette soprattutto con l'eleganza del movimento: cammina lenta e composta, come se sulla testa di riccioli neri tenesse in equilibrio una terza luna di cristallo.

Cleo si è scusata per la proposta che non aveva alternative: pollo con fagioli.

L'Imperatore si è detto più che soddisfatto dal momento che il pollo è da sempre uno dei suoi cibi preferiti e ha lanciato la sfida: «Se sarò soddisfatto della vostra cucina, vi regalerò una mia ricetta speciale che farà la fortuna della locanda: il pollo di Napoleone!».

Cleo si è allontanata sorridendo. Anch'io ho accolto la battuta come tale. Invece Napoleone ha ribadito che il pollo è per davvero in cima alle sue preferenze e che ha inventato per davvero una ricetta che lo riguarda: il Pollo alla Marengo.

«Dopo la vittoria di Marengo, battaglia decisiva nella campagna d'Italia, mi venne una gran fame. Mandai il mio cuoco a cercare qualcosa nelle fattorie della zona. Tornò con un pollo, gamberi, uova, pomodori... Ingredienti che apparentemente facevano guerra tra loro, invece quel genio ci cavò fuori un capolavoro. Fece rosolare il pollo e lo unì a un intingolo di pomodori, aglio, cipolla, vino bianco. A parte cucinò i gamberi e fece friggere le uova. In mezzo al piatto dispose i pezzi di pollo, attorno gamberi, uova e crostini di pane. Ogni vittoria successiva l'ho festeggiata sempre con il Pollo alla Marengo.»

«Pollo con i gamberi?» ho chiesto per conferma, tutt'altro che ingolosito.

«Certo. Un inno al mio Impero. L'Europa cos'è? Terra e mare» ha spiegato Napoleone.

Nel momento in cui è arrivato in tavola il pollo di Cleo, ha fatto irruzione a passo di carica il Governatore con un'espressione più spettrale del solito.

Lo avevano informato che era stato fermato il Conte de Las Cases travestito da Napoleone. Per un breve lasso di tempo, che dev'essergli sembrato eterno, ha temuto che quello vero fosse riuscito a lasciare l'isola.

CAPITOLO 14

Averlo ritrovato nella locanda centrale del villaggio, che non avrebbe mai dovuto raggiungere, omaggiato dagli ufficiali inglesi, non è stato esattamente un sospiro di sollievo.

Sir Hudson Lowe ha fatto immediatamente svuotare la locanda per impedire che qualcuno potesse ascoltare la conversazione.

«Quindi, generale, avete scelto di proseguire sulla strada della provocazione?» ha esordito il Governatore.

«Non vedo la provocazione, sir Lowe. Sono semplicemente venuto a togliermi la voglia di pollo, dal momento che i miei sono stati sbranati dai topi» ha risposto l'Imperatore.

«Avevate l'ordine di farvi scortare dalla sentinella di stanza a Longwood» ha ricordato il Governatore.

«Non è colpa mia se la vostra sentinella si è messa a inseguire il Conte de Las Cases invece di badare a me» ha spiegato l'Imperatore. «Non mi risulta che tra i molti divieti che ci avete imposto ci sia anche quello di scambiarci i vestiti.»

«Il ragazzo è il figlio del Conte? L'aggressore di mio nipote?» ha domandato allora Hudson Lowe spostando su di me i suoi occhi da aquila.

«No, è quello che lo ha disarmato» ha precisato il mio Imperatore.

Per il ritorno a Longwood, il Governatore ci ha messo alle costole un picchetto di otto guardie inglesi che non è riuscito però a farci sentire prigionieri.

Abbiamo lasciato Jamestown da conquistatori.

Tutto quello che dovevamo fare lo abbiamo fatto, dai regali di Natale al pranzo di pollo, e la gente è scesa in strada per vederci sfilare.

Dôle
15
LA LETTERA
3
SCACCHI

15

Il regalo di Lydia e il puledro del presepe. Il colore dell'Amore Vero. La lettera di mezzanotte.

24 dicembre 1815

Questa mattina sono andato con mio padre a Briars a recapitare i regali di Natale e gli auguri dell'Imperatore.

Il signore e la signora Balcombe hanno fatto a gara per esprimerci sorpresa e gratitudine e non sembravano affatto frasi di circostanza. Lady Jane era realmente entusiasta degli aromi di Grasse contenuti in un vaporizzatore di recente invenzione di cui la signora ignorava l'esistenza. Il massimo per un'inglese che si atteggia a parigina...

Ma anche il marito è rimasto affascinato dal suo dono: un atlante geografico dell'Italia con appunti di viaggio, pubblicato qualche anno fa a Lione da mio padre e impreziosito dalla dedica dell'autore.

Alle ragazze ho regalato due romanzi suggeriti direttamente dall'Imperatore e usciti dalla casse della *Newcastle*: *Gli amori del Cavaliere di Faublas* di Louvet de Couvray per Betsy e la *Nouvelle Héloïse* di Rousseau per Lydia.

Betsy non si è impegnata più di tanto a nascondere la sua delusione.

Ha soppesato il libro con una smorfia sofferta, come se avesse appena ricevuto in dono un masso: «Ma è lunghissimo... Ora che l'avrò terminato, sarò già sposata».

«Può essere che quando terminerai di leggerlo, avrai cambiato idea sul matrimonio» ho scherzato. «Questo libro in Francia ha fatto molto scandalo.»

«Davvero? Allora lo sfoglierò...» ha sorriso la piccola Balcombe mordendosi il labbro.

È intervenuta Lydia: «A mia sorella le allegre avventure di un libertino, a me un amore infelice. Grazie davvero, Emanuele... Le mie tele devono proprio averti convinto che sono una ragazza triste. Non meriti il regalo che ti ho dipinto».

«Certo che lo merito!» ho ribattuto incuriosito e ho mosso un passo per seguirla.

Betsy mi ha afferrato il polso: «Ti faccio vedere una cosa...».

Ma a differenza della volta precedente, mi sono liberato e ho raggiunto Lydia nella stanza delle tele.

Il dipinto che mi ha regalato è splendido. Non me l'aspettavo...

Ci sono io in sella che impenno un cavallo bianco, proprio come Napoleone nel famoso ritratto di Jacques-Louis David. Ma attorno a me, al posto di uno scenario alpino, ci sono la sabbia nera di Sandy Bay, l'oceano sullo sfondo e due granchi.

Ho impiegato dei secondi a richiudere la bocca spalancata dalla sorpresa e dall'emozione.

Poi l'ho ringraziata: «È magnifico, Lydia. Non ho mai ricevuto un regalo del genere. Grazie».

«Davvero ti piace?»

CAPITOLO 15

«Più che davvero... È la prima volta che entro in un quadro...» ho risposto. «Ma quanto ti è costato dipingere un uomo?»

«Nulla. In questa tela tu sei la natura, l'hai fatta regnare prendendo la difesa dei granchi attaccati dall'uomo. Non c'è differenza con gli altri quadri che ho dipinto.»

Anche Betsy ha voluto mostrarmi un cavallo, ma vivo, nelle stalle di Briars, così piccolo che non si reggeva in piedi. Era sdraiato sulla paglia accanto alla madre.

«È nato questa mattina» ha raccontato la giovane Balcombe. «Non è dolcissimo?»

«A Natale, in una mangiatoia... Sembra un presepe.»

«Auguriamogli di trovare un cavaliere migliore di te» mi ha punzecchiato Betsy.

«Ora scendo molto meglio nei burroni» l'ho informata. «Sono tornato alla cascata, pensavo di trovarti.»

«Perché avrei dovuto?»

«Perché eravamo stati bene la volta scorsa.»

«Chi credi di essere? Il Cavaliere di Faublas? O Napoleone che pianta una bandiera e pensa di aver conquistato tutto per sempre?»

«Cosa dovrei fare allora?»

«Dovresti leggere i romanzi invece di regalarli. In questi casi il cavaliere si impegna a dimostrare la forza dei suoi sentimenti.»

«Una prova d'amore?»

«Ti hanno raccontato del Cucchiaio del Diavolo?»

«Solo della Scodella.»

«Se ci fai caso c'è uno sperone di roccia lungo un paio di metri che sporge dal bordo verso l'interno del burrone. Sembra un cucchiaino posato sulla scodella. Quello sperone era una prova d'amore.»

«Cioè?»

«Un tempo gli innamorati dell'isola si sfidavano su quella roccia. Un passo per uno: chi appoggiava per ultimo il piede più vicino al burrone, cioè il più coraggioso, si meritava la donna contesa. E infatti l'ultimo pezzo di sperone che si allarga a forma di cucchiaio è un po' più scuro perché è il meno calpestato. Pochi hanno avuto il coraggio di arrivare fino là in fondo. Quella pietra scura è il colore dell'Amore Vero.»

«Devo arrivare sull'orlo del cucchiaio?»

«No, l'hanno già fatto in troppi. Serve qualcosa di più adatto a te, a un francese.»

«Ordina.»

Betsy mi è sfilata sotto il naso con una piroetta da danzatrice che l'ha portata sulla soglia della stalla: «Ci penso».

Non si è neppure accorta della dedica che le ho scritto nel libro del libertino con l'aiuto poetico di Lazare.

Ho appeso il quadro di Lydia nel granaio.

Ho cenato nella stanza di mio padre. Abbiamo giocato a reversi fino quasi a mezzanotte, poi lui ha letto a voce alta la lettera di mia madre arrivata qualche giorno fa da Parigi.

Mia madre ci ha chiesto di fare così: di aprirla pochi minuti prima di mezzanotte, in modo da entrare tutti e tre insieme nel giorno di Natale.

Era una lettera molto bella. Mia madre ha una grazia nella scrittura perfino superiore a quella di mio padre. Ci ha raccontato curiosità di parenti e amici che ci hanno fatto sorridere, ha descritto gli spettacoli che ha seguito recentemente a teatro e poi si è dilungata a ricordare alcuni Natali piacevoli che abbiamo trascorso insieme. Prima di farci gli auguri e salutarci, ha giocato a immaginare come sarà il prossimo che sicuramente ci vedrà riuniti.

Mio padre ha dovuto tossire un paio di volte per riuscire a portare a termine la lettura e si è passato una mano sugli occhi sforzandosi di sorridere.

L'ho abbracciato, anche se detesta le manifestazioni fisiche dei sentimenti che vanno oltre la stretta di mano. Ma questa volta il Conte de Las Cases invece di respingermi mi ha trattenuto.

È stato il nostro "Buon Natale".

Allenstein
BONUS
16
SPERONI
Losanna
Dego

16

Nuove offese. Il Natale dell'Imperatore. Il cannone del Re di Roma. Gli speroni di Dresda. La chela di un eroe.

25 dicembre 1815

Gli attesi provvedimenti punitivi per la beffa di Jamestown sono arrivati puntuali e nessuno si è meravigliato che ci siano stati comunicati proprio il giorno di Natale. Il Governatore è un nemico che ci combatte in una logorante guerra di posizione da oltre due mesi, ormai abbiamo imparato a conoscere ogni sua mossa. Era scontato che trovasse il modo di guastarci un giorno di festa.

In base al nuovo proclama di Hudson Lowe, l'ufficiale di guardia a Longwood sarà sostituito da un piccolo esercito di dieci soldati: due piantoneranno l'ingresso della proprietà, due l'ingresso delle stalle, gli altri sei presidieranno il perimetro della casa. Sarà rinforzato anche il numero delle sentinelle sulle alture.

Come ha commentato Santini: «Una stretta al cappio quasi definitiva».

All'Imperatore è stato fatto divieto assoluto di avvicinarsi al villaggio di Jamestown per evitare qualsiasi turbamento alla tranquillità del centro abitato, salvo convocazioni e autorizzazioni speciali firmate dal Governatore.

È stato confermato il limite delle quattro miglia per le cavalcate di Napoleone e l'obbligo di essere accompagnato da un ufficiale inglese a una distanza non superiore ai cento metri.

Il nuovo ufficiale messo alle calcagna dell'Imperatore è inquietante: ha le braccia corte, il muso appuntito e le orecchiette tonde di una mangusta. Si sposta con la stessa abilità mimetica dell'animale, spunta dal nulla.

I cinque fucili da caccia che ci sono stati concessi dovranno essere consegnati ogni sera alla tenda degli ufficiali di guardia e ripresi al mattino. Di notte non potremo più conservare armi all'interno di Longwood.

Naturalmente il generale Gourgaud si è acceso d'indignazione come una torcia e mio padre ha annunciato la solita protesta ufficiale, ma l'Imperatore è intervenuto perentorio a spegnere ogni scintilla. Voleva che nulla e nessuno rovinassero questo giorno di festa.

Così il nostro Natale è trascorso sereno e allegro come l'aveva progettato Napoleone.

Sui vasi cinesi nulla da eccepire. Sono piaciuti sia a madame Bertrand che a madame Montholon.

L'Imperatore è apparso davvero felice di avere attorno a sé le famiglie dei suoi generali e dei suoi collaboratori più stretti, che ha riunito a tavola sotto la tenda montata dai soldati del 53° Reggimento.

Prima del pranzo ha detto solo poche parole che hanno commosso tanti e deluso chi si attendeva proclami infuocati e allusioni a una prossima ribellione: «Signore, signori, vi esprimo la mia profonda gratitudine per essere con me su questa rupe dimenticata e formulo un augurio: che ognuno di voi riesca a essere Francia, cioè casa, per chi gli sta vicino. Buon Natale».

Enzo e Lisandru hanno sputato per terra.

I più però hanno condiviso il bisogno di serenità di Napoleone e gli sono stati vicini come la gloriosa Guardia Imperiale per scortarlo lungo questa giornata di festa. Gourgaud e Montholon hanno perfino tenuto a freno la loro insofferenza reciproca, nota a tutti, e quando l'hanno lasciata affiorare nessuno si è sentito in imbarazzo, anzi il bisticcio ha giovato all'allegria della tavola.

«Generale, da quando vi occupate delle cantine, il vino è diventato insopportabile» ha commentato a un certo punto Gourgaud.

«Come il vostro odore da quando vi occupate delle stalle, generale» ha ribattuto Montholon.

Ha sorriso anche l'Imperatore che dopo pranzo ha tenuto sulle ginocchia la piccola Ortensia, figlia di Bertrand, e ha letto a voce alta una favola di La Fontaine per il figlio minore di Montholon, Tristan, che non ha ancora sette anni.

Napoleone curiosamente ha stroncato il finale dell'apologo: «Il lupo avrebbe dovuto strozzarsi mangiando l'agnello, altrimenti i bambini imparano che i più forti hanno sempre ragione. Dove sta la lezione?».

Poi l'Imperatore ci ha raccontato il Natale di suo figlio, il Re di Roma: «Venne al mondo freddo e silenzioso, sembrava senza vita. Stavamo già per disperare quando partirono i centouno colpi di cannone che ne annunciavano la nascita. Il Re di Roma ebbe un tale sussulto per lo spavento che prese colore e cominciò a piangere. Non c'è stato cannone in tutte le mie campagne che mi abbia portato tanta gioia...».

Nel giorno di Natale la distanza da suo figlio dev'essergli

sembrata ancora più enorme e spietata. Almeno un oceano in più, direi, se la misuro con la lontananza da mia madre che ho avvertito in questo giorno di festa. Ma averlo trascorso con i figli dei suoi generali sicuramente gli è stato di conforto. Ortensia ha la stessa età del Re di Roma.

Sull'onda di questi sentimenti paterni, a metà pomeriggio, prima di ritirarsi a riposare, l'Imperatore mi ha chiesto di seguirlo in biblioteca dove mi ha consegnato un paio di speroni: «Un po' malandati, ma ancora gloriosi».

«Li avete usati in battaglia?» ho chiesto emozionato come se stringessi in pugno il Sacro Graal.

«A Dresda e a Champaubert» ha confermato l'Imperatore.

«Me li state mostrando o regalando, Maestà?»

«Non è un regalo, è un premio. Te li sei meritati nella campagna di Jamestown» ha spiegato Napoleone.

«Davvero posso metterli ai miei stivali?»

«Puoi, ma senza esagerare. Ricorda che è la fiducia nel cavaliere che fa volare un cavallo, non il dolore.»

Ho calzato gli speroni imperiali agli stivali, ho chiesto a mio padre il permesso di prendere uno dei fucili da caccia e me la sono data al galoppo cercando di arrivare in tempo per salvare le truppe del maresciallo Saint-Cyr, accerchiato a Dresda dall'armata di Boemia.

In realtà ho raggiunto la capanna di Amani che sta a *Half Tree Hollow*, una vallata rocciosa poco distante da Jamestown.

Il mio amico africano è stato molto più interessato dal regalo che gli ho fatto che dagli speroni di Napoleone: una grande carta geografica dell'Africa che ha recuperato mio padre. Amani l'ha distesa sul pavimento e ci è montato sopra a quattro zampe puntando i nomi con le dita e sillabando quelli che riusciva a leggere.

CAPITOLO 16

Mentre attraversava i deserti come un cammello, sua sorella Cleo mi ha fatto assaggiare un dolce di cioccolato e banane che aveva impastato per Natale. Devo riconoscere che alla tavola imperiale di Longwood non ho mangiato nulla che fosse paragonabile a quella delizia.

Le ho fatto complimenti superflui. Credo che abbia capito da sola, dalla voracità con cui l'ho terminato, quanto abbia apprezzato il suo dolce.

Amani ha voluto ricambiare il mio dono mettendomi al collo una collana dalla quale pendeva una chela di granchio: «Era il mio granchio preferito, Libero».

«Allora devi tenerla tu» ho obbiettato con un mezzo passo indietro.

«No, mi fa piacere donartela. È giusto. Hai combattuto per i granchi. Te lo sei meritato.»

Dopo gli speroni, la collana: mi stavo ricoprendo di onori...

«Perché era il tuo preferito?» ho chiesto ad Amani.

«Perché era l'unico che non rispondeva alle mie dita. Decideva di testa sua. Per questo l'ho chiamato Libero.»

«È morto di vecchiaia?»

«No, è stato l'unico a marciare contro Kendall invece di scappare verso gli scogli come avevo ordinato. Ha attaccato gli inglesi...»

Il mio amico dai denti di luna ha fatto una pausa, poi ha aggiunto: «Avrai al collo la chela di un eroe. Ti darà coraggio».

Mi sono infilato la collana e ho promesso: «Lo vendicherò. Andiamo a fare un giro a cavallo?».

Siamo montati insieme sulla groppa di Marengo e abbiamo cavalcato verso Longwood. Ora il mio destriero bianco si chiama così.

Amani mi ha chiesto subito del fucile, gli ho risposto che saremmo andati a caccia di pernici e che gli avrei fatto provare un vero moschetto francese, ma l'idea di sparare non lo eccitava affatto. Anzi.

«Non mi piace andare a caccia.»

«Ti piace mangiare gli uccelli?» gli ho domandato.

«Sì, ma non ucciderli. Non mi hanno fatto nulla.»

«Però qualcuno deve farlo per servirteli nel piatto.»

«Il giorno che per mangiarli dovrò sparare, ci penserò. Per ora posso farne a meno.»

«Anche i soldati ne farebbero a meno. Ma senza guerre, avremmo sempre un nemico in casa» gli ho fato notare.

«Se non andiamo a caccia, ti faccio scoprire l'angolo più bello di tutta l'isola» ha rilanciato Amani. «Lo conoscono in pochi.»

«Dov'è?»

«Sul Picco di Diana. Si chiama il Bianco di Diana.»

Mi sono voltato sulla sella e l'ho guardato negli occhi: «Se è un trucco per non farmi sparare alle pernici, torno indietro e le stermino da solo».

Con uno strattone di redini ho cambiato strada e Marengo ha puntato la montagna più alta dell'isola.

Amani mi ha raccontato delle attenzioni asfissianti di Hudson Lowe per sua sorella Cleo. Il Governatore, che pure è sposato, le manda spesso fiori a casa e le spedisce di continuo regali che lei respinge. L'unico vantaggio di questa persecuzione è che gli ufficiali inglesi sanno della predilezione di Lowe e, pur essendo bellissima, non le danno fastidio alla locanda dove cucina. E poi il Governatore le offre lavoro, ben retribuito, anche a *Plantation House* in occasione di feste e ricevimenti.

«Ma appena ne avremo la possibilità, lasceremo Sant'Elena.

Presto» ha assicurato Amani. «Io voglio abitare in una grande città, studiare e conoscere il mondo. Cleo cucinerà in un ristorante famoso, pieno di gente importante e vestita bene.»

«Parigi» ho deciso. «Dovete venire a Parigi. Ci ritroviamo tutti là. Io, te, Cleo, l'Imperatore, Lazare, Betsy...»

Ha sorriso. Gli ho raccontato delle sorelle Balcombe e del quadro che mi ha regalato Lydia. Mi sono tenuto per me il bacio alle cascate di Briars. Non siamo ancora a questo grado di confidenza.

Dopo aver risalito il Picco di Diana per un buon tratto, Amani mi ha fatto abbandonare il sentiero e ci siamo inoltrati nella foresta che si è fatta sempre più fitta. Non riuscivo a capire dove leggesse i segnali per darmi le indicazioni di marcia: "avanti, a destra, da questa parte...".

A un certo punto il cielo è sparito sopra le nostre teste, la vegetazione si è chiusa come una tagliola e ho avuto la sensazione che tutta la foresta si stesse stringendo attorno a noi. Per proseguire dovevo farmi largo con le mani, scostare liane, rami spinosi, ragnatele, fogliame.

«Sicuro che sia la strada giusta?» ho domandato preoccupato.

«Sicuro. È casa mia» ha risposto Amani quando ci siamo trovati davanti a un muro verde che ci sbarrava il cammino.

Mi ha chiesto di proseguire ugualmente.

«Marengo è in gamba, ma non passa attraverso le montagne» gli ho fatto notare.

«Non è una montagna. Andiamo avanti.»

Per la prima volta ho usato gli speroni di Dresda, Marengo ha obbedito al comando e il suo collo è sparito nel nulla. Ero in sella a un cavallo senza testa... Con un altro strattone di redini, anche noi abbiamo attraversato la spessa barriera di foglie e ci siamo trovati in una spettacolare radura a cielo aperto.

Amani ha sorriso della mia meraviglia che era il suo trofeo di caccia...

Mi sono avvicinato a un ruscello limpidissimo che assomigliava a quello delle cascate di Briars. L'acqua sembrava alta un metro circa. Dopo tanto calore soffocante e tanta vegetazione addosso, avevo proprio bisogno di un bagno rinfrescante.

Mi sono tolto la camicia e le braghe e mi sono messo in piedi sulla sella.

«Non qui, più avanti» ha provato a fermarmi l'africano. «Non siamo ancora arrivati in paradiso.»

«Mi accontento del purgatorio» gli ho detto. «Ho troppo caldo.»

«Non qui, può essere pericoloso» ha insistito lui afferrandomi un polso.

«Amani, non hai imparato nulla dal coraggio di Libero: non spari, non ti tuffi...»

Mi sono lanciato dalla sella.

L'acqua, incredibilmente gelida, mi ha dato una scossa rigenerante che mi ha rimesso al mondo. D'incanto i muscoli si sono riempiti di forza. Piacevole anche la melma fresca sotto i piedi.

Poi però mi è sparito il sorriso.

Le gambe non si staccavano dalla sabbia molle, affondavano. Per quanto mi sforzassi di strapparle, una forza superiore me le tirava giù e l'acqua mi risaliva la pancia.

«Amani!»

Il mio amico, che aveva intuito il pericolo, si era già arrampicato su un albero per staccare un ramo. È sceso con un balzo da tigre, si è avvicinato alla riva, ha allungato il legno, io ho teso le braccia, ma l'ho sfiorato soltanto e poi mi sono allontanato perché affondavo ancora...

«È corto!» ho urlato.

CAPITOLO 16

Amani è tornato sull'albero, ha staccato un altro ramo, questa volta l'ho afferrato, ho tirato con tutte le mie forze e l'acqua del ruscello, che mi era salita alla gola, ha cominciato a scendere. Il fango mi ha restituito le gambe un pezzo per volta. Poi un *crack* mi ha gelato il sangue...

Il ramo si è spezzato, sono finito sott'acqua, ho cercato di rimettermi subito in piedi, ma il peso del corpo mi ha fatto sprofondare di nuovo e il ruscello mi è tornato alla gola.

È in quell'istante che ho avuto la lucida consapevolezza che stavo per morire, immerso nel fango, il giorno di Natale, a diecimila chilometri da mia madre. Poi il panico ha lasciato il posto a una strana serenità, a una specie di torpore.

Mi ha risvegliato un urlaccio di Amani: «Afferra! Presto!».

A mezzo metro dagli occhi avevo la canna del mio fucile, l'ho afferrata d'istinto mentre l'acqua mi sfiorava le labbra.

Amani aveva legato le redini di Marengo al tronco di un albero e, tenendolo per la coda, si era sporto da riva allungandomi il fucile. Era l'ultima catena che poteva salvarmi.

Appena ho afferrato la canna del moschetto, il ragazzo africano ha urlato al cavallo di avanzare e il destriero gli ha ubbidito come un granchio tirandomi fuori dall'inferno.

Siamo rimasti sdraiati sulla schiena senza dirci nulla per almeno mezz'ora. Per metà, fino alla pancia, ero una statua di fango.

Mi sono lavato nel ruscello, rivestito e finalmente ho ringraziato Amani. Gli devo una vita.

«Tu hai affrontato una pistola per me e non mi conoscevi ancora» ha risposto l'africano facendo sorridere i suoi dentoni bianchi. «Siamo pari.» Mi ha mostrato una mano aperta: «Stringimela».

Le nostre dita si sono intrecciate e chiuse.

«Questo è il patto del granchio» ha sancito. «Ora siamo amici.»

«Amici» ho giurato.

Siamo risaliti a cavallo. Mi sono chinato sul collo di Marengo e l'ho accarezzato. Mai più infilerò degli speroni nel fianco dell'eroe che mi ha salvato la vita.

A Longwood ho trovato l'Imperatore nel giardino con Tobia.

Lo schiavo era arrivato da Briars per offrire aiuto a Napoleone senza chiedere nulla in cambio. Ha promesso che con il tempo e il lavoro trasformerà questo pezzo di terra disastrato nella bella oasi di fiori e frutta dei Balcombe.

È il suo modo per ricambiare la gentilezza ricevuta dall'Imperatore.

Napoleone ha accettato la proposta dello schiavo, ma ha cercato di impedire che cominciasse a ribaltare zolle proprio nel giorno di Natale.

Tobia però è stato disarmante: «Buon Signore, è l'unico regalo che posso permettermi».

A cena l'Imperatore ci ha raccontato il suo Natale: «Sono nato il giorno dell'Assunta. Mia madre era una donna forte e molto devota. Volle andare a tutti i costi alla messa anche se sentiva già le doglie. Infatti, tornata a casa, non riuscì a raggiungere la camera da letto. Mi ha partorito su un tappeto rosso istoriato da immagini di eroi e di scene dell'*Iliade*. La prima cosa che ho visto sulla Terra è stata la guerra e la gloria di chi la vince».

Non ricordo quale sia stato il mio tappeto e quali immagini abbia visto appena ho aperto gli occhi. Non so quale sia il mio destino e quale sarà la mia vita.

Ma so per certo che questo Natale, anno di somma disgrazia 1815, non lo dimenticherò mai. Mi ha portato in dono una chela di eroe, due speroni imperiali e un amico che mi ha salvato la vita.

Allenstein
PALLONE
Martigny
Monte
N
17
MOSCHETTO
Mondovi

17

A caccia con Gourgaud. La battaglia dei Due Mondi al paradiso di Diana. Misteri a Hut's Gate.

13 gennaio 1816

Questa mattina sono uscito a caccia con Gourgaud. Siamo noi i tiratori scelti dell'esercito di Longwood. Quando il cuoco Lepage reclama selvaggina, io e il generale dal cuor di leone partiamo in missione sulle pendici boscose del Picco di Diana.

Non è stata la prima volta, ma è sempre un'emozione incredibile cavalcare e sparare insieme al più coraggioso soldato della Grande Amata, insignito della Gran Croce della Legion d'Onore per i suoi gesti di eroismo.

Mi sono già fatto raccontare due volte di quando salvò la vita all'Imperatore a Brienne. Napoleone aveva vinto la battaglia contro l'esercito russo-prussiano ma aveva perduto il cavallo e il cappello dalle parti di Arcis-sur-Aube. Stava tornando al quartier generale, quando fu attaccato da un gruppo di cosacchi che erano riusciti a penetrare nelle nostre retroguardie.

L'Imperatore ne trafisse un paio con la spada, altri ne respinse a mani nude, ma sarebbe stato ucciso dal cosacco che gli era piombato alle spalle se la pistola di Gourgaud non lo avesse fermato.

Di sicuro il generale non avrebbe fatto in tempo a ricaricare l'arma. Aveva a disposizione solo quello sparo per salvare la vita al suo sovrano. Non poteva sbagliare. Mirò in corsa, a cavallo, un bersaglio in movimento e non ha sbagliato. Sono andato a caccia con un tiratore del genere...

«La cosa curiosa» mi ha raccontato Gourgaud «è che lo scontro si svolse accanto a un albero e, a pericolo sventato, l'Imperatore lo riconobbe. Era lo stesso albero di Brienne sotto il quale leggeva la *Gerusalemme Liberata* quando era uno studente della tua età. All'ombra di quelle fronde aveva sognato grandi imprese e proprio lì stava per perdere la vita in un'imboscata di cosacchi...»

È incredibile pensare che quest'episodio sia accaduto soltanto due anni fa e che ora Gaspard Gourgaud stia facendo la guerra a tortore e pernici su un'isola sperduta. È come se la Storia di colpo fosse precipitata nella Scodella del Diavolo.

La mira di Gourgaud non è peggiorata affatto. Stamattina mi ha fatto sbalordire.

«Questa ti casca in braccio» ha annunciato.

Ha puntato con la canna del moschetto una pernice, l'ha seguita per un tratto di volo, poi ha premuto il grilletto. L'uccello ha perso quota sbattendo le ali. Non ho dovuto scendere da cavallo per recuperarlo. Mi è cascato per davvero in braccio...

Grazie ai consigli del generale, è migliorata anche la mia mira. Si è accorto che non tenevo in giusta considerazione gli effetti del contraccolpo che tende a sollevare la canna. Mirando più in basso, come mi ha suggerito Gourgaud, sono diventato quasi infallibile. Anche stamattina ho ben gareggiato per numero di prede.

CAPITOLO 17

Dopo una pernice sorpresa al volo con una veloce torsione sulla sella, il generale si è complimentato: «Bravo. Presto avremo bisogno di buoni tiratori...».

Non so se l'ha detto così per dire o se si stanno tessendo trame di cui non sono al corrente.

Con Gourgaud posso finalmente discutere di armi e mettere a frutto tutte le mie conoscenze militari. Stamattina abbiamo parlato delle differenze dei vari modelli di moschetti Charleville e di quello da dragone, più corto e leggero, in dotazione alla cavalleria.

Ma soprattutto, grazie alla sua ricca esperienza, ha dato vita e colore alle mie aride nozioni scolastiche.

Io sapevo bene che ogni cartuccia, fatta in carta cerata, contiene una palla da ventisei grammi e dodici grammi e mezzo di polvere da sparo. E sapevo che per caricare il moschetto bisogna strappare la carta con i denti, tenere in bocca la palla, versare la polvere nel bacinetto e poi mettere la palla nella canna. Ma non sapevo che molti codardi, per evitare di andare in guerra, si fanno cavare tutti i denti in modo da non poter stracciare la cartuccia.

Sapevo bene che le baionette dei nostri moschetti sono a sezione triangolare e misurano quaranta centimetri, ma non sapevo che sono di un metallo così scadente che i soldati della Grande Armata in Egitto li piegavano facilmente in uncini per ripescare dal Nilo i cadaveri dei Mamelucchi e rapinare tutto l'oro che portavano addosso.

Vale più un'uscita di caccia con Gourgaud che dieci anni di Accademia a Parigi.

Sulla strada del ritorno abbiamo incrociato Betsy che stava cavalcando con Kendall e altri amici verso Briars. Ci siamo salutati senza fermarci.

Sono contento che la Balcombe mi abbia visto al fianco del generale, con un fucile e tanta selvaggina appesi alla sella.

«Molto graziosa la signorina» ha commentato Gourgaud.

«Molto» ho confermato.

Quale sarà la prova d'amore?

Al pomeriggio sono tornato con Amani al Bianco di Diana.

Ormai ci andiamo quasi ogni giorno e riconosco anch'io i segnali invisibili che ci guidano al finto muro di foglie attraverso la fittissima vegetazione. Come se la natura, prima diffidente, a forza di riconoscermi, mi avesse poco a poco concesso la sua confidenza e schiuso i suoi segreti.

Per arrivare al Bianco si prosegue lungo il ruscello per altre tre miglia dal punto in cui ho rischiato di annegare nel fango. La meta, nel cuore della foresta, è un bagliore di luce inaspettato: una vasca naturale di pietra bianca di cui nessuno ha mai saputo spiegare l'origine che raccoglie l'acqua di una piccola cascata. Un assurdo neo chiaro sul corpo nero dell'isola vulcanica. Una piscina di marmo incendiata dal sole.

Il debole fiotto della cascata piove lungo una parete di pietra nera alta almeno venti metri. La prima volta che Amani mi ha sfidato a scalarla, ero certo che stesse scherzando. Invece il mio amico dai denti di luna ha infilato il piede in un buco della montagna, si è aggrappato a uno sperone di roccia e, di appoggio in appoggio, ha cominciato a salire come un granchio e a rimpicciolirsi verso il cielo.

Ho seguito con il fiato sospeso l'arrampicata suicida, sicuro che l'avrei visto precipitare da un momento all'altro. Invece è arrivato in cima, si è messo in piedi e la testa gli è finita dentro il sole: sembrava uno di quei santi con l'aureola dipinti nelle chiese.

CAPITOLO 17

È tornato giù con la stessa impressionante velocità e la stessa sicurezza con cui era salito. Quel ragazzo è un granchio, non è un uomo.

Oggi, non so per quale ragione, ho raccolto la sua sfida.

Ho iniziato l'arrampicata con una certa agilità, ma appena ho provato a guardare sotto, come Amani mi aveva sconsigliato di fare, la parete si è fatta di vetro e sono precipitato all'indietro.

Ricordo solo qualcuno che ripeteva il mio nome e i polmoni che non si riempivano di aria, come se si fossero bucati di colpo, poi si è spento il sole.

Ho ripreso i sensi pochi minuti dopo davanti ai dentoni di Amani che sorrideva: «Ogni volta che vieni in paradiso, rischi di finire all'inferno...». Ma il mal di schiena mi è servito per vincere la mia prima battaglia dei Due Mondi.

Dalla piscina naturale emergono due massi bianchi distanti un metro. Ci montiamo sopra e giochiamo a sbilanciarci: chi finisce per primo in acqua ha perso. La chiamiamo appunto la battaglia dei Due Mondi.

Naturalmente Amani è imbattibile, perché ha i piedi prensili e, da buon granchio, lo scoglio è il suo regno.

Oggi, mentre stavamo duellando, ho finto una smorfia di dolore, mi sono toccato la schiena e ho chiesto una pausa. Appena l'africano si è distratto, gli ho afferrato un braccio e l'ho trascinato in acqua.

Naturalmente ha protestato.

«Non hai imparato proprio nulla da Austerlitz: simula una debolezza, il nemico ti attacca e tu lo distruggi. Inutile che ti faccia le rappresentazioni in spiaggia con i granchi, allora...»

Siamo rientrati in groppa a Marengo e ci siamo fermati a *Hut's Gate*, perché ho notato qualcosa di strano. Il Gran Maresciallo

Bertrand stava facendo entrare in casa Gourgaud e Montholon, appena arrivati a cavallo. Con loro c'erano anche il dottor O' Meara e un altro uomo dalla barba folta che non conoscevo.

Ho passato il cannocchiale ad Amani. Neppure lui aveva mai visto quel tipo a Sant'Elena.

Perché quella riunione lontano da Longwood? Soltanto perché lì siamo braccati dalle spie? L'Imperatore ne era al corrente?

Ho ripensato subito alla frase di Gourgaud: "Presto avremo bisogno di buoni tiratori".

Davvero si stanno tessendo delle trame sotterranee?

Ne ho parlato con Lazare che naturalmente ci ha visto i sintomi di una rivoluzione imminente, di quelle che incendiano i poeti.

Si è rimesso in salute, ma suo padre gli proibisce ancora di cavalcare.

Eylau
Friedland
Montebello
18
CLEO
DANZA

18

Il cantastorie di Sandy Bay. Un piatto a sorpresa per l'Imperatore. In attesa di una prova d'amore. Odiare, combattere, scappare.

25 gennaio 1816

L'Imperatore si è alzato a metà mattinata e ha dato ordine alle scuderie di prepararli il calesse informando che sarebbe rimasto fuori a pranzo. Pensavamo che avrebbe raggiunto *Hut's Gate* ospite dei Bertrand, come fa spesso, anche perché ama intrattenersi a giocare con la piccola Ortensia; invece ha affidato il calesse a Tobia che è partito per Jamestown, dove l'Imperatore non può entrare.

Lo schiavo della Malesia è tornato un paio d'ore più tardi con Cleo che reggeva una cesta e indossava un cappellino di paglia annodato sotto il mento. Solo allora abbiamo appreso che Napoleone si sarebbe concesso un pranzo all'aperto con la sorella di Amani e che il pranzo lo aveva preparato la bellissima cuoca africana.

Prima di partire, l'Imperatore ha chiesto alla Mangusta di rispettare la distanza dei cento metri e, per quanto gli fosse possibile, di rendersi invisibile. Non potendo disporre della libertà autentica, voleva per lo meno godere di una rappresentazione che ne fosse il più possibile fedele.

Tanto per cambiare, Enzo e Lisandru hanno sputato per terra al suo passaggio.

Lazare invece ha salutato il pranzo all'aperto come un'altra battaglia vinta. Per lui la raffinatissima strategia dell'Imperatore a questo punto è chiara: conquistare a uno a uno tutti gli abitanti di Sant'Elena per poi ritrovarsi in mano l'isola. Prima i Balcombe, i soldati del 53° Reggimento, la vecchietta di novantatré anni, Tobia, Cleo... Alla fine Hudson Lowe si ritroverà da solo e sarà costretto a passare le consegne.

In fondo Napoleone si comporta così anche in battaglia: spezza il fronte nemico per poi conquistarne ogni singola parte.

Il poeta mi ha riproposto la sua teoria oggi pomeriggio mentre cavalcavamo verso Sandy Bay, dove ero certo di trovare Amani con i granchi. Ho caricato Lazare su Marengo in modo che si stancasse di meno e soprattutto, al riparo del mio corpo, evitasse i venti freddi che ghiacciano il sudore addosso.

Siamo stati accolti dall'entusiasmo di Tao che ha preteso la rappresentazione di un'altra battaglia. Ha fatto correre la voce tra gli amici e in un attimo si è raccolto un discreto pubblico. Le rappresentazioni successive a quella di Austerlitz hanno avuto un buon successo. Ormai sono diventato il cantastorie di Sandy Bay...

Il bello è che tra i tanti che vengono in spiaggia a seguire la rappresentazione delle battaglie della Grande Armata a base di granchi e conchiglie c'è sempre anche un giovane soldato inglese, magro e alto come l'albero di una nave, ufficialmente per garantire l'ordine pubblico, in realtà spettatore interessato, tanto che più di una volta mi ha fatto domande sullo svolgimento della battaglia e sulle armi in dotazione.

Se non altro, la presenza dell'ufficiale tranquillizza Amani che non è mai troppo entusiasta di mettere a disposizione i suoi granchi per cose di guerra: almeno può stare certo che non si presenterà nessuno a sparare con la pistola.

Oggi ho messo in scena la battaglia di Eylau, una delle mie preferite, anche se non una delle più risolutive.

Ho cominciato così: «Dopo l'avanzata fulminea in Germania, Napoleone ha deciso di fare i conti con la Russia, che considera un grande ostacolo per la pace in Europa. La Grande Armata avanza in Polonia. A Varsavia, dove viene accolto con tutti gli onori, l'Imperatore organizza un gran ballo per la nobiltà locale. Durante le danze viene a sapere che le truppe russe si stanno avvicinando. Il 7 febbraio 1807 gli eserciti si affrontano vicino alla cittadina di Eylau che è questo cerchio che ho tracciato nella sabbia, occupato dalle conchiglie dell'Impero russo. I francesi attaccano e conquistano la città mentre il nemico si ritira in posizioni difensive che ha preparato strategicamente. Avanza, Amani!».

Tao sposta indietro tutte le conchiglie, mentre i sessanta granchi, divisi in tre battaglioni da venti, occupano il cerchio di sabbia. Più staccato, un altro battaglione di granchi per ora non si muove.

Ho ripreso a raccontare: «La gelida mattina dell'8 febbraio enormi nuvoloni neri si abbassano sul campo di battaglia, scende una fitta nevicata. L'artiglieria russa comincia a martellare la Grande Armata per sfruttare la superiorità dei cannoni: quattrocento contro duecentocinquanta. Napoleone decide allora di scatenare il suo piano numero uno...».

«L'attacco al centro» mi ha anticipato la guardia inglese.

«Esatto» ho confermato. «Le truppe del generale Augerau dall'ala sinistra e quelle di Saint-Hilaire puntano al cuore lo schieramento russo.»

Amani ha fatto schioccare le dita e due gruppetti di granchi hanno marciato verso le conchiglie.

«Però l'attacco non ha dato l'esito sperato perché Augerau, ostacolato dalla tormenta di neve che impediva la visibilità, non è riuscito a unirsi alle truppe di Saint-Hilaire e si è ritrovato isolato, bersagliato dai cannoni russi.»

Con un altro schiocco di dita, Amani ha fatto sterzare due gruppetti di granchi che Tao ha subito circondato di conchiglie.

Mi sono preso una pausa, da attore esperto, per caricare l'attesa e l'emozione degli spettatori, poi ho ripreso di getto: «L'attacco frontale è fallito. La Grande Armata è sull'orlo della sconfitta. La Guardia personale di Napoleone si stringe attorno al comandante che rischia di essere catturato e ucciso sul campo. È mezzogiorno. L'Imperatore chiama Gioacchino Murat e gli chiede: "Ci lascerai divorare da quella gente?". Poi ordina l'attacco della cavalleria. Ottanta battaglioni, migliaia di cavalli, i migliori d'Europa, requisiti ai prussiani, si avventano al centro dell'esercito russo: la più colossale carica di cavalleria di tutte le guerre napoleoniche! E dietro a quel diavolo scatenato di Murat muovono le altre truppe della Grande Armata, a cavallo o alla baionetta. Questa volta il colpo al cuore riesce! Nonostante il soccorso prussiano, l'esercito russo, travolto da un ciclone di eroi, deve ritirarsi. La guerra è vinta! Amani, ci lascerai divorare da quelle conchiglie?».

Il mio amico africano ha schioccato nuovamente le dita. I granchi, rimasti fino ad allora in disparte, si sono mossi verso il centro dell'esercito russo, seguiti da tutti gli altri crostacei che hanno ricoperto spettacolarmente le conchiglie facendole risuonare con le loro chele.

A questo punto Tao ha lanciato il solito urlo di vittoria: «Trionfo! Trionfo! Trionfo!» tre volte, come il nostro tricolore, e gli spettatori inginocchiati in spiaggia hanno applaudito.

Mentre i granchi recuperavano il mare, Amani ha dissotterrato le conchiglie schiacciate dalla cavalleria di Murat e mi ha chiesto: «Quanti morti ci sono stati a Eylau?».

«Quasi quarantamila» ho risposto.

«Quarantamila morti in due giorni per una battaglia che non ha deciso nulla?» mi ha domandato ancora il mio amico.

«È la guerra.» Non mi è venuta una risposta più convincente.

Amani mi ha raccontato che sua sorella si è divertita molto durante la gita in calesse con l'Imperatore. Gli ha confidato che Napoleone con lei si comporta sempre in modo rispettoso e che l'ha divertita tantissimo quando si è messo a leggere non so quale commedia di Molière interpretando con passione le varie parti. Pare che sia davvero bravo a cambiare la voce e la mimica dei gesti e che lei, seduta sul prato, si sia sentita come a teatro.

Insomma, Bonaparte si è meritato il piatto a sorpresa che a un certo punto Cleo ha estratto dalla cesta: il Pollo alla Marengo.

L'Imperatore l'ha apprezzato fino a commuoversi, ha giurato Amani. Durante il pranzo hanno parlato a lungo dell'America, destinazione che sta a cuore a entrambi.

Ho salutato il mio amico africano con la stretta del granchio, intrecciando le dita, poi siamo tornati verso Longwood. Lazare mi ha costretto a fare una deviazione a Briars perché gli presentassi Lydia.

«Ma è troppo più grande di te...» gli ho fatto notare.

«Anche la luna è grande. Dovrei amarla di meno per questo?»

Inutile mettersi a discutere con un poeta...

Lazare ha chiesto subito alla maggiore delle Balcombe di poter ammirare i suoi quadri di cui aveva sentito tanto parlare. Naturalmente li ha magnificati, poi ha preso il largo parlando di natura, Dio e poesia.

Intanto io mi sono messo a cercare Betsy. L'ho trovata in giardino che ritirava delle lenzuola, fresche di bucato, stese ad asciugare.

L'ho aiutata a raccogliere e ripiegare le lenzuola che poi Tobia ha trasportato in casa.

«Hai deciso la prova d'amore?»

«Forse» ha risposto la Balcombe.

«Dimmela.»

«Qui? Hai mai letto di una dama che richiede la prova d'amore al suo cavaliere mentre stende il bucato?»

«Allora al Bianco di Diana, quello è il posto giusto. Lo conosci?» ho chiesto.

«Certo che lo conosco. Sei tu lo straniero, non io.»

«Andiamo insieme e mi chiedi la prova?»

«Uno di questi giorni andremo» ha sentenziato Betsy.

La prospettiva mi ha ubriacato i pensieri per il resto del viaggio di ritorno, tanto che sfilando davanti a *Hut's Gate* è stato Lazare ad accorgersene: «È quello il tipo barbuto di cui mi hai parlato?».

Era lui, teneva sotto braccio un rotolo di fogli di carta e stava entrando nella Capanna con Bertrand.

I due sono usciti circa un quarto d'ora più tardi e si sono salutati. Il barbuto misterioso si è allontanato verso Jamestown, mentre il Gran Maresciallo, con il rotolo di fogli, ha imboccato la strada per Longwood. Lo abbiamo seguito.

Alla fattoria ha trovato ad attenderlo Gourgaud, Montholon e mio padre che si sono riuniti immediatamente nella biblioteca dell'Imperatore.

«Lo dicevo che sta fermentando, la rivoluzione...» ha commentato Lazare, eccitatissimo.

CAPITOLO 18

Dopo un'ora scarsa, è uscito di casa il solo Napoleone che si è incamminato verso la scogliera e si è fermato accanto all'albero a scrutare le navi che si stavano avvicinando al porto. Aveva le mani giunte dietro la schiena e lo sguardo fisso di chi sta osservando dentro sé più che fuori.

Questa notte ho riempito di domande mio padre, che però non ha potuto svelarmi nulla, né l'identità dell'uomo misterioso incontrato due volte in pochi giorni, né il senso delle riunioni a *Hut's Gate* e a Longwood. Mi ha chiesto di comprendere le ragioni che lo inducono alla riservatezza, anche con un figlio.

«Posso solo dirti questo. Tre giorni fa l'Imperatore mi ha dettato ricordi sulla battaglia di Marengo e sull'azione eroica di Louis Desaix che ha ribaltato le sorti della guerra. Come sai, è stato poi colpito a morte da un proiettile che gli è entrato dalla schiena e gli ha spaccato il cuore. Il suo cuore è stato imbalsamato. Napoleone ha voluto commentare: "Desaix si era voltato sulla sella per incitare i suoi soldati alla carica. Non conosco altro modo dignitoso per dare le spalle al nemico".»

Il Conte de Las Cases voleva farmi capire che l'Imperatore non scapperà mai da Sant'Elena, così come non è scappato dopo Waterloo. Non cercherà mai la libertà dando le spalle agli inglesi, ma solo guardandoli in faccia.

Ma è la stessa cosa voltare le spalle in battaglia e voltarle a un nemico che ti ha incatenato ingiustamente a uno scoglio? È giusto che l'Imperatore consideri solamente la propria dignità e non la fame di libertà di chi lo ha accompagnato all'inferno?

Io attendo di conoscere la mia prova d'amore. Ma ho la sensazione che tanti di noi la stiano aspettando da Napoleone Bonaparte: odiare, combattere, scappare.

Marengo
19
MURAT
Liberté.
Mon Général,

19

Sospetti e minacce a Longwood. Al Bianco di Diana: una giornata non bella finita ancora peggio. L'onore e le donne.

14 febbraio 1816

È stata una mattinata molto movimentata a Longwood, probabilmente la più tesa da quando siamo sbarcati a Sant'Elena.

Poco prima delle nove una carrozza a quattro cavalli, scortata da sei guardie, si è fermata davanti alla nostra residenza. È sceso un ufficiale che ha chiesto direttamente del *generale* Napoleone Bonaparte e del medico-chirurgo Barry Edward O' Meara.

Si è fatto avanti mio padre, spalleggiato da Gourgaud e Montholon, che si è proposto come messaggero, in quanto *l'Imperatore* era ancora nelle sue stanze.

L'inglese ha srotolato un foglio e ha dato lettura dell'ordinanza di sir Hudson Lowe che imponeva al dottor O' Meara l'immediato trasferimento a Jamestown in attesa della sua prossima partenza per Londra a bordo della fregata *Phaeton*. Doveva ritenersi espulso dall'isola per "attività clandestina, atta a sovvertire l'ordine costituito dalla Corona inglese nella colonia di Sant'Elena".

Il generale Gourgaud non ha reagito con la prevedibile indignazione infuocata, ma si è scambiato con Montholon uno sguardo di complice disappunto, come se avessero preso atto che le loro trame segrete erano state intercettate dal nemico.

Questa è stata anche l'interpretazione di Lazare che ha avuto una conferma in più a ciò che sostiene da tempo: è in atto una rivoluzione sotterranea.

La notizia dell'espulsione del dottor O' Meara ha fatto in breve il giro di Longwood e tutti ne sono rimasti rattristati, perché il chirurgo irlandese in questi quattro mesi si è fatto ben volere dalla Piccola Francia in esilio. Non solo ha presidiato con competenza la salute dell'Imperatore, ma si è preso cura anche dell'ultimo dei servitori con generosità e disponibilità. Il fatto poi che sia un cittadino della Corona passato volontariamente al servizio del nemico sconfitto lo rende ancora più meritevole.

Raccolti i bagagli, preso congedo da Napoleone e salutati tutti noi con affetto, il dottor O' Meara è salito sulla carrozza che lo ha condotto a Jamestown.

In quello stesso istante faceva il suo ingresso a Longwood il Governatore, scortato da altre dieci guardie che, a un suo cenno, sono entrate nella residenza e hanno cominciato a perquisire i locali. Avevano l'ordine di prelevare ogni carta geografica e ogni foglio scritto che avessero rintracciato.

Hanno iniziato a cercare in modo selvaggio, senza il minimo rispetto dell'intimità della casa, ribaltando sedie e tavoli, rovesciando cassetti, buttando all'aria vestiti. Peggio dei topi che ci saccheggiano ogni notte.

Quando le guardie hanno raggiunto le stanze dell'Imperatore, la perquisizione però ha trovato resistenza ed è degenerata in una battaglia corpo a corpo. Dall'interno arrivavano urla, rumore di porcellane in frantumi, mobili crollati, poi all'improvviso uno strano silenzio.

Sono usciti l'Imperatore con un libro in pugno e, dietro di lui, Santini che stringeva il capo delle guardie, immobilizzato con un rasoio sotto la gola. Gli ufficiali inglesi hanno puntato immediatamente pistole e moschetti contro Napoleone e il suo parrucchiere còrso.

«Sir Hudson Lowe, vi suggerisco di procedere in altro modo» ha esordito l'Imperatore. «I vostri uomini indicheranno cosa intendono perquisire e i miei glielo consegneranno. Non amo che estranei mettano le mani nelle mie proprietà, ne sono molto geloso, in particolare dei miei libri. Conosce questo, Governatore?»

Napoleone ha mostrato il volume delle *Memorie di Madame Roland*: «Lettura interessante. È stata madame Roland a sospirare: "Oh Libertà, quanti crimini si commettono nel tuo nome!". Lo sto verificando. Sapete come morì madame Roland? Ghigliottinata».

Il capo delle guardie inglesi, che sentiva alla gola la lama di Santini, ha deglutito rumorosamente.

Il Governatore ha fatto segno di abbassare i moschetti e ha ordinato di procedere all'interno della residenza nel modo suggerito da Napoleone, al quale poi ha proposto: «Se ci date ciò che stiamo cercando, togliamo subito il disturbo».

«Lo faremmo, se sapessimo di cosa si tratta» ha garantito Napoleone.

«Conoscete il Capitano Thomas Johnstone?» ha domandato sir Lowe.

«Non ne ho il piacere» ha risposto l'Imperatore.

«L'hanno avuto i vostri generali e il Conte de Las Cases che l'hanno incontrato di nascosto nei giorni scorsi» ha raccontato il Governatore. «Questo galantuomo di mare, conosciuto in Inghilterra come il Contrabbandiere, ha abitato più volte le nostre galere. È un irlandese come il dottor O' Meara che sicuramente ha favorito il contatto. Il Capitano Johnstone, che verrà rispedito in patria insieme al dottore, non ha voluto svelarci il motivo del vostro incontro. Ci è rimasta la curiosità di scoprirlo.»

«Ve la togliamo senza fatica» si è fatto avanti mio padre. «Come tanti altri capitani di passaggio da Sant'Elena, Johnstone ha voluto omaggiare l'Imperatore.»

«Non sottovalutate il lavoro delle mie sentinelle, Conte» ha incalzato sir Lowe. «Johnstone ha incontrato solo voi e i tre generali a *Hut's Gate*, dove avete discusso a lungo davanti a un grande foglio di carta, così interessante da essere consultato successivamente dal generale Napoleone. È quel foglio che stiamo cercando.»

«Anche in questo caso la spiegazione è semplice» ha assicurato mio padre. «Ho pubblicato un atlante che ha avuto discreto successo, come sapete. I capitani in transito spesso mi cercano per parlarne, per complimentarsi, e ci troviamo a discutere di rotte davanti a qualche carta geografica. Ciò che stavate cercando, lo troveranno certamente i vostri soldati.»

«Io credo invece che troveranno qualcosa di molto più interessante di una mappa e ho la sensazione che anche voi farete presto rotta verso l'Europa, Conte» ha minacciato il Governatore con un sorriso da serpe. «Intanto, in caso di bisogno, potrete contare sul mio medico personale.»

«Non vi disturbate, sir, fate già molto per influire sulla nostra salute» ha ribattuto l'Imperatore con bella ironia. «Arriverà dall'Europa un dottore di mia massima fiducia.»

Santini si è messo in tasca il rasoio. Gli occhi di suo figlio Enzo brillavano d'orgoglio.

CAPITOLO 19

A Santini ho chiesto di darmi una spuntata ai capelli. Ho scelto la camicia bianca più bella che avessi nel granaio, ho lucidato gli stivali e ci ho attaccato gli speroni di Dresda. Mi sono preparato come uno sposo perché finalmente era arrivato il giorno scelto da Betsy per la gita al Bianco di Diana.

Me lo ha fatto penare quest'appuntamento...

Tre volte lo ha fissato e poi cancellato per impegni improvvisi, la quarta è scoppiato un temporale tremendo. Un fulmine ha ucciso tre cavalli nelle scuderie del Governatore.

Oggi, giornata limpida, con un insolito sole clemente e temperatura sopportabile, sembrava il giorno perfetto. Invece, arrivato a Briars, mi sono sentito l'imperatore degli imbecilli con la mia camicia bianca e i capelli in ordine...

Betsy mi stava aspettando in giardino con sua sorella, Kendall e London pronti a seguirci.

«Ci divertiremo tutti insieme al Bianco» ha annunciato la ballerina salutandomi.

«Non pensavi mica di tenere per te gli occhi che illuminano Sant'Elena come Parigi?» ha chiesto Kendall.

Quella era la dedica che Lazare mi aveva suggerito per il libro di Faublas che ho regalato a Betsy per Natale. E lei l'ha data in pasto a tutti.

Mi sono sentito anch'io come se mi avessero perquisito il cuore e avessero buttato all'aria le mie cose più intime.

Però mi sono sforzato di apparire calmo e ho risposto: «Sto andando a prendere Amani. Ci vediamo al Bianco».

«Io non nuoto con uno schiavo» ha reagito il nipote del Governatore.

«Se io nuoto con un inglese, tu puoi nuotare con uno schiavo» ho concluso spronando Marengo al galoppo.

Dopo avere caricato il mio amico africano a *Half Tree Hollow*, sono ripassato da Longwood a prendere Lazare che ci ha seguiti con il suo cavallo.

Se al Bianco di Diana doveva ritrovarsi il mondo intero, tanto valeva che ci fosse anche il poeta dal cuore in fiamme che così avrebbe potuto dibattere con la sua pittrice preferita sulla natura sovrana e sulla forza dei sentimenti.

A differenza di quanto mi aspettassi, ci siamo divertiti a giocare insieme.

Ci siamo tuffati dalla sella dei cavalli, poi Kendall ha slegato una liana da un tronco, che evidentemente conosceva, e ha oscillato sulla piscina naturale prima di lasciarsi cadere in acqua. Lo abbiamo imitato tutti.

Lazare, più bianco della vasca di marmo, si mimetizzava come un camaleonte. I suoi occhi azzurri Camargue spiccavano come due sassolini posati sul fondale.

A un certo punto Amani si è arrampicato per oltre dieci metri sulla parete della cascata con una velocità e un'agilità da granchio che ha stregato tutti. Ci ha messo i brividi.

Ha fatto perno su uno sperone di roccia e si è voltato con le spalle contro la montagna. Ho trattenuto il respiro.

Si è lasciato cadere a corpo morto, ha fatto una capriola in aria e ha imbucato il laghetto come un pellicano che va a pescare. I secondi che hanno impiegato i dentoni di Amani a riemergere mi sono sembrati secoli.

Perfino London ha applaudito la prodezza. Ho provato un sussulto d'orgoglio, come se quel tuffo perfetto l'avessi fatto io.

Appena Betsy è uscita dall'acqua e si è appartata sul prato, l'ho raggiunta.

CAPITOLO 19

«Pensavi che venissi da sola con te al Bianco prima della prova d'amore?» mi ha chiesto.

«Alle cascate di Briars eravamo da soli» le ho fatto notare.

«Sì, ma lì era per conoscerci.»

«Hai deciso?» ho domandato senza indugi.

«Il cappello di Napoleone.»

«Scusa?» ho chiesto per conferma.

«Dicono tutti che sia così famoso e che il mondo intero lo tema.»

«Ma tu lo consideri un tiranno sanguinario. Tu lo odi.»

«Odio anche il diavolo, ma mi incuriosisce l'inferno. Voglio toccare quel cappello. Se ha vinto tante battaglie, vuol dire che porta fortuna.»

«Non le ha vinte perché è fortunato.»

«Lo voglio toccare lo stesso.»

«Ti sembra che io possa rubare qualcosa al mio Imperatore?» ho domandato con un mezzo sorriso.

«Non devi rubarlo, lo prendi in prestito, poi lo rimetti al suo posto. Lo voglio solo tenere in mano.»

«Meglio se mi chiedi il Cucchiaio del Diavolo.»

Betsy mi ha guardato seria, avvicinandosi al mio viso: «Tu mi trovi bella?».

Il bagliore di luce della vasca le accendeva ancora di più gli occhi scuri.

Non ho potuto fare a meno di rispondere: «Molto».

«Mi hanno insegnato che tutto ciò che è molto bello costa molta fatica e molto coraggio» ha concluso la Balcombe.

Il quel momento mi è cascato tra i piedi un ramo d'albero lungo un metro. Kendall, in equilibrio su uno dei due massi bianchi che emergevano dalla piscina, ne impugnava uno simile: «Vieni, Napoleone».

L'ho raggiunto, ho messo i piedi sul mio masso. Prima ancora che mi sollevassi per prendere posizione e iniziare la battaglia dei Due Mondi, il nipote del Governatore mi ha mollato una legnata terribile in faccia.

Ho sentito una frustata calda alla guancia e un dolore sordo al naso che ha cominciato a gocciolare. Il sangue esplodeva al contatto con l'acqua e si sfilacciava in tanti piccoli girini rossi.

Kendall mi ha sparato una seconda bastonata alla bocca dello stomaco che mi ha piegato in due e con un pugno sulla nuca mi ha fatto crollare nella vasca.

Fatto fuori in cinque secondi...

Un'aggressione criminale, disonesta, ma ero così infuriato con me stesso per non averla messa in preventivo che non mi sono lamentato di nulla mentre l'inglese ripeteva: «Waterloo! Waterloo! Vittoria!», e London gli faceva la solita eco esultando.

Ci hanno promesso un salvacondotto per l'America e invece ci hanno spediti in esilio all'inferno. Solo un imbecille come me poteva ancora fidarsi di un inglese...

Avevo la vista sfocata per il colpo alla testa.

Lazare si è avvicinato al bordo della pozza e ha teso la mano per aiutarmi.

Betsy si è preoccupata del sangue, ma solo per la piscina: «Esci in fretta che sporchi l'acqua».

Amani con un balzo ha occupato il masso bianco che avevo appena liberato senza gloria. Non impugnava nulla.

Kendall però gli ha voltato le spalle: «Non combatto con gli schiavi».

Lydia lo ha inchiodato: «Così sembra che hai paura».

Il lentigginoso si è voltato di scatto e con un solo movimento ha cercato di colpire al volto il mio amico africano, puntando ancora sull'effetto sorpresa. Amani, però, reattivo come un pesce, ha evitato il colpo piegandosi sulle ginocchia.

Kendall ha abbassato il tiro mirando al basso ventre. Amani è saltato e il legno gli è passato sotto i piedi, si è accucciato sul masso bianco e da quella posizione ha allungato una gamba che ha falciato l'avversario alle caviglie.

L'inglese è atterrato di sedere sulla sua roccia, poi è rotolato in acqua.

Lazare ha esultato e ha infierito come solo i poeti sanno fare.

Sulla strada del ritorno nessuno ha detto nulla.

Al momento di dividerci, Kendall mi ha salutato così: «Ricordati che ti ho fatto sanguinare».

«E tu che hai perso con il mio schiavo» ho ribattuto di getto, alla Santini.

«Purtroppo per lui non lo dimenticherò» ha minacciato il rosso.

Un secondo dopo aver pronunciato le mie parole, me ne sono vergognato. "Schiavo"...

Volevo umiliare quella carogna inglese e invece ho fatto molto più male al mio migliore amico che ha affrontato le bastonate a mani nude per vendicarmi.

Amani non mi ha rimproverato nulla, ma è rimasto in silenzio fino al momento in cui ci siamo separati e io non ho avuto il coraggio di chiedergli scusa.

Non è stata una bella giornata ed è finita ancora peggio.

Dopo cena, l'Imperatore si è ritirato nel suo studio con i generali e con mio padre che ha tradotto tutti i giornali arrivati con la fregata *La Tebana*. E così abbiamo scoperto con grande emozione la morte di Gioacchino Murat.

È stato catturato e fucilato in Italia, dopo lo sbarco in Calabria e il fallito tentativo di riprendersi il Regno di Napoli.

Napoleone è rimasto molto turbato dalla notizia e non solo perché gli ha dato in sposa la sorella più giovane, Carolina. L'Imperatore ha sempre considerato Murat uno dei suoi soldati migliori e lo ha confermato anche questa sera davanti a tutti: «Non ho mai visto alla testa di una cavalleria un comandante più deciso, più coraggioso e più brillante di lui».

Ci sono stati anche grandi incomprensioni e duri scontri tra loro. Per due volte, a cavallo dell'Elba, Napoleone si è sentito tradito dal focoso cognato: prima perché troppo amico degli austriaci, poi perché troppo nemico. L'Imperatore gli ha scritto parole di fuoco, ma anche questa sera davanti ai suoi generali lo ha ribadito con grande amarezza: «Avrei dovuto portarlo a Waterloo contro il volere di tutta la Francia. Murat avrebbe rotto tre o quattro quadrati inglesi con la sua cavalleria e la guerra avrebbe avuto altro esito. Era l'uomo giusto».

Ne sono certo anch'io. Ci fosse stato Murat a Waterloo, oggi dormirei a Parigi e non in un granaio sperduto nell'oceano.

Ogni notte che ho sognato di essere un eroe della Grande Armata, fin da bambino, ho sognato di essere Gioacchino Murat alla testa della cavalleria, ho sognato di essere il comandante senza paura che ha scritto la leggenda in Egitto, in Russia, a Eylau.

E quando sogno a occhi aperti su questa rupe infernale, sogno Napoleone che viene a dirmi: "Emanuele, ci lascerai divorare da quella gente?". Io allora parto al galoppo contro Hudson Lowe e suo nipote.

Ma sognavo di diventare Murat anche perché portava boccoli neri che gli cascavano sulle spalle e le più belle dame di Parigi se lo mangiavano con gli occhi. Sulla sua sciabola aveva fatto incidere: *L'onore e le donne*.

Il mio onore? Le mie donne?

Oggi ho detto "schiavo" al mio migliore amico e ho perso Betsy perché non ruberò mai il bicorno del mio Imperatore.

Avrò giornate migliori.

Abensberg
EMICO
20
BATTAGLIA
Elchingen
BONUS

20

Sole che brucia, pioggia che marcisce.
Undici ragazzi sulla coscienza dell'Imperatore.
Resa o vittoria?

13 marzo 1817

Si è sentito uno sparo all'interno della residenza e le guardie inglesi sono entrate di corsa con i fucili in braccio. Anche il resto della comunità francese di Longwood si è accalcata attorno alla casa per controllare che cosa fosse successo. Lazare è stato uno dei primi ad accorrere, convinto che fosse l'inizio della rivoluzione, la presa della Bastiglia. Invece si trattava solo di topi...

Madame Albine de Montholon, esasperata dall'invasione dei roditori, ha afferrato il moschetto del marito e ha sparato contro l'enorme ratto che stava rosicchiando la tesa di un cappellino giallo come fosse formaggio.

Tutto è tornato alla normalità in pochi minuti. La Mangusta ha trasportato fuori la salma del topo tenendolo per la coda e credo che si sia appartato per mangiarselo. Alle manguste piacciono i topi.

Gourgaud non si è lasciato scappare l'occasione di commentare: «Madame Albine spara molto meglio del marito...».

È stata la sola emozione da un po' di giorni a questa parte.

L'eccitazione che sento nello stomaco e che mi tormenta soprattutto di notte, la voglia di iniziare qualcosa di nuovo, di rinascere, credo che abbia a che fare con la primavera. È la coda della lucertola europea che continua a muoversi anche se è stata tagliata, perché qui la primavera non esiste. Esiste una sola eternità di pioggia e di sole. E alla fine, sotto un cielo sempre uguale, diventiamo tutti uguali anche noi. L'acqua e i raggi torridi scoloriscono le tinte e trasformano natura e uomini in entità bianche e vecchie.

Piove senza pietà da giorni. Mio padre si è ammalato d'intestino e da tre giorni è a letto con la febbre. La notte scorsa la temperatura ha toccato i picchi più alti facendolo vaneggiare nel sonno. L'ho assistito cambiandogli di continuo gli stracci bagnati sulla fronte. Mi ha fatto davvero pena: si rotolava nel letto senza pace e chiamava di continuo mia madre. Le urlava di salire sul sommergibile perché presto sarebbe arrivata la tempesta e dovevano salpare verso l'America. Spero si riprenda in fretta perché non possiamo più contare sulle cure del dottor O' Meara e dei medici del Governatore non si fida nessuno.

In cinque mesi mio padre è invecchiato cinque anni. Come tutti noi.

Lo confesso: per esempio mi mette tristezza osservare che l'Imperatore non si cambia più le calze bianche con la frequenza dei primi giorni. Vederlo così dimesso nell'aspetto, con i pantaloni macchiati, con la solita giacca da caccia ormai lisa mi stringe il cuore, sembra quasi un segnale di resa. Perché sotto questa eternità di sole che brucia e di pioggia che marcisce, perde colore anche la speranza che prima diventa attesa e poi, appunto, resa.

Quando Lazare attacca Napoleone con una rabbia sempre più simile a quella di Enzo e Lisandru e gli rimprovera di non fare nulla per rispondere alle continue umiliazioni che gli infligge il Governatore fino a tagliargli i rifornimenti d'abiti e costringerlo all'abbruttimento, lo difendo con sempre maggiore energia.

Non solo Napoleone sembra lontano dall'idea di fare la rivoluzione che sogna Lazare, ma intercetta anche quelle degli altri, quasi fosse una spia di sir Hudson Lowe.

Ha saputo dal còrso Cipriani che Santini stava organizzando un'imboscata per uccidere il Governatore, lo ha fatto chiamare nel suo studio davanti ai tre generali, lo ha costretto a confessare e lo ha investito di urla... Gli ha chiesto come facesse a non capire che una coltellata vigliacca avrebbe gettato solo polvere sulla gloria conquistata in tanti anni di battaglie in faccia al nemico.

Napoleone sembra aver preso in dispetto qualsiasi forma di guerra, perfino quelle mimate, come gli scacchi. Dopo cena, sfida con sempre minore frequenza i suoi generali e si rifugia sempre più volentieri nella lettura. Ieri a tavola ha dissertato a lungo su *Delphine* di Madame de Staël definendo il romanzo folle come la sua autrice che anni fa, dopo la campagna d'Italia, lo aveva perseguitato a lungo.

Gli scriveva lettere di fuoco in cui teorizzava che Napoleone meritasse al fianco una donna geniale e scatenata come lei e che solo per errore aveva sposato la tranquilla Madame Bonaparte. Un giorno Madame de Staël si presentò addirittura alla reggia e, mentre le guardie la allontanavano spiegando che il sovrano si stava vestendo, la scrittrice rispose urlando: "Non importa, il genio non ha sesso!".

Pare che l'Imperatore abbia perso perfino interesse per le proprie guerre gloriose. Non detta più le sue memorie con la frequenza e la viva passione che aveva mostrato sulla *Northumberland* e a Briars.

Infatti, quando ieri mi ha convocato nella sua biblioteca per dettare, data l'indisposizione di mio padre, ho sussultato d'emozione, non solo per l'onore dell'incarico, ma perché pensavo che quello segnalasse un ritorno alla combattività e soprattutto perché potevo ascoltare dalla sua voce il racconto di una delle imprese della Grande Armata su cui ho fantasticato in questi anni.

Invece Napoleone mi ha parlato di un episodio strano, che non ha nulla di glorioso e che non rientra nelle sue campagne leggendarie. E prima di raccontarmelo, appena mi sono seduto al tavolino con la penna d'oca in pugno, mi ha fatto una domanda ancora più strana: «Come prosegue la campagna di conquista della signorina Balcombe?».

Ho sorriso per l'imbarazzo: «Come quella di Russia. Il nemico arretra...».

«Hai due grandi vantaggi, generale. Primo: qui non c'è il Grande Inverno, non dovrai ritirarti per il freddo. Secondo: Sant'Elena non è una steppa infinita, per quanto arretrerà, la raggiungerai.»

Forse è stato proprio a causa di questo preambolo che l'Imperatore mi ha dettato un episodio della sua giovinezza, quando era solo un capitano innamorato, e non le solite memorie di guerra.

«Avevo poco più di vent'anni e mi avevano assegnato un reggimento a Nizza, dove conobbi una ragazza incantevole che volevo conquistare a tutti i costi. Per impressionarla, mi inventai un colpo a effetto: una guerra tutta per lei. Sì, la invitai sul Col di Tenda in una piacevole giornata di primavera e organizzai un'esercitazione militare con i cadetti del mio reggimento. Impartii gli ordini con grande autorità, ma per un maledetto errore balistico qualcosa andò storto e undici cadetti morirono sul serio presi a cannonate.»

L'Imperatore, che come suo costume aveva dettato passeggiando, si è fermato davanti alla finestra a osservare la pioggia torrenziale: «Credimi, Emanuele, i quattrocentomila soldati caduti nella campagna di Russia non mi pesano sulla coscienza quanto quegli undici ragazzi morti per gioco. Scrivilo pure».

È uscito dalla stanza senza aggiungere altro.

Oggi è questo il mio Imperatore: detta ricordi d'amore, parla poco di guerra, porta spesso a passeggio Cleo in calesse, passa ore intere a fissare il mare accanto all'albero della scogliera, segue con grande attenzione i lavori nell'orto di Tobia che sta magicamente ridando vita a un pezzo di terra che sembrava un cimitero.

E intanto Hudson Lowe gli sta costruendo una prigione attorno, giorno dopo giorno. L'opera di un folle.

Dopo l'arresto del Contrabbandiere e di O' Meara, convinto di aver intercettato un tentativo di ribellione e di evasione, il Governatore ha dato ordine di accerchiare Longwood con un perimetro fortificato. Le sue guardie stanno costruendo fossati e palizzate assurde perché inutili.

Da cosa dovrebbero proteggere? Dai nostri cinque fucili da caccia?

Quale pericolo potrebbe arrivare dal mare?

Esiste un solo porto presidiato dall'esercito, al largo del quale un muro di vascelli filtra qualsiasi tipo di imbarcazione in arrivo dall'oceano, anche un gozzo a remi. Ogni altra ansa d'approdo è protetta da soldati e da cannoni.

Probabilmente la folle prigione che il Governatore ci sta costruendo attorno è solamente un altro strumento di tortura. Quelle fosse, quelle palizzate servono solo per ricordarci una volta di più che abbiamo perso la nostra libertà.

Ma se Gourgaud, ogni volta che usciamo a caccia, vorrebbe

scaricare il suo moschetto sulle guardie al lavoro con pale e picconi, l'Imperatore sembra non essersi accorto di nulla.

Forse l'isola sta trasformando anche lui, come ha trasformato la fronte rocciosa di Hudson Lowe. Napoleone Bonaparte assomiglia sempre di più a un granchio pacifico, che si sposta lateralmente e non cerca lo scontro.

Come ci assomiglia Amani, che non ama le battaglie, rispetta le conchiglie e non ha abbattuto Kendall per vincere una guerra, ma per fare un regalo a un amico. Amani, nella lingua della sua terra, significa "pace".

L'Imperatore, che un tempo voleva impressionare le ragazze a cannonate e ora le fa sorridere recitando i libri, e Amani, che continua a mostrarmi i suoi dentoni allegri anche se l'ho chiamato "schiavo", sono le persone meno arrabbiate di Sant'Elena.

Ma la loro serenità è una resa o una forma di vittoria?

Non lo so. So solo che io non sarò mai un granchio. Porto con orgoglio sulla guancia la cicatrice che mi ha lasciato Kendall. Mi serve per ricordare.

Io non voglio cambiare, io voglio la guerra.

Elchingen
21
L'OROLOGIO
Primolano

21

L'assedio dei venti. Granchi in fuga a Sandy Bay. Betsy gioca a croquet. Sul lettino di Austerlitz.

21 marzo 1816

L'assedio dei venti, che non cessa mai, oggi è stato furibondo. Alla lunga credo che sia l'arma più potente di cui dispone sir Hudson Lowe, perché questo fischio eterno che ci è entrato nelle orecchie sta marciando a tappe forzate verso il nostro cervello e alla fine ce lo guasterà.

Aveva ragione l'Imperatore nel commentare la morte di Murat: «I calabresi sono stati molto più clementi degli inglesi che ci uccidono un poco per volta».

Oggi pomeriggio Napoleone ha convocato mio padre e gli ha ordinato di andare a Jamestown per vendere qualche pezzo di argenteria, perché i soldi si stanno esaurendo e il Governatore, su decreto del Parlamento inglese, ha tagliato ulteriormente i finanziamenti.

Il pensiero che tanti aiuti economici in arrivo dall'Europa, a cominciare da quelli inviati da Roma dalla madre dell'Imperatore, finiscano direttamente nelle tasche del Governatore è molto più di un sospetto.

Napoleone si è raccomandato che Rousseau, responsabile dell'argenteria, facesse una scelta intelligente dei pezzi da vendere, scegliesse cioè i meno preziosi e soprattutto staccasse il simbolo dell'Aquila imperiale. L'Impero non si vende.

Appena ho sorpreso Rousseau intento in questa penosa operazione, mi ha preso una tale rabbia che sono montato a cavallo, ho sfondato al galoppo l'assedio del vento e ho puntato Sandy Bay, deciso a raccontare la battaglia più imponente e sanguinosa di tutte le guerre napoleoniche: Wagram.

Sentivo nelle braccia, nelle gambe, in ogni angolo del mio corpo, una disperata necessità di combattere che mi bruciava più del sole di fuoco che avevo sulla testa. E probabilmente, anche se faticavo ad ammetterlo, sentivo una pari necessità di riconoscere il mio Imperatore in battaglia e non al fianco di Tobia a governare truppe di patate e zucchine.

Il comandante che ripeteva "Posso perdere una battaglia, ma non perderò mai un minuto", ora perde giornate intere.

E accetta di smembrare la propria argenteria.

Naturalmente il piccolo Tao è stato entusiasta del programma e ha radunato in spiaggia un pubblico senza precedenti, proporzionato allo spiegamento di forze nella piana austriaca del *Marchfeld*, il 5 e 6 luglio 1809.

Proprio da qui, dai numeri della battaglia, ho cominciato il mio racconto: «Preparatevi. State per assistere allo scontro più colossale e cruento di tutte le campagne di Napoleone. Gli austriaci hanno invaso la Baviera e i francesi hanno marciato verso Vienna per rispondere all'offesa. La Grande Armata e l'esercito austriaco dell'arciduca Carlo schierano in campo trecentomila uomini e oltre ottocento cannoni. Mai visto uno scontro di queste dimensioni...».

Creata la giusta attesa e riscaldata l'atmosfera, ho messo in scena una variante rispetto al solito scontro granchi-conchiglie. Ho scavato un canale nella sabbia nera e l'ho riempito di acqua di mare.

«Siamo a meno di venti chilometri da Vienna, nei pressi della cittadina di Wagram. Le truppe austriache si dispongono lungo il Danubio. Napoleone decide di attraversare il fiume per attaccarle e il generale Bertrand, che potete incontrare a *Hut's Gate*, organizza le teste di ponte per il guado di centosessantaduemila uomini sull'altra sponda.»

Al mio cenno, Amani ha schioccato le dita e tutti i granchi hanno attraversato spettacolarmente il canale scavato nella sabbia portandosi in faccia all'esercito delle conchiglie. Immersi nel pathos dell'azione, nessuno degli spettatori ha badato al fatto che i crostacei hanno distrutto gli argini del fiume e che il Danubio si è prosciugato in pochi secondi.

Ho ripreso: «Gli austriaci si attendevano la mossa e hanno anticipato l'attacco assalendo la Grande Armata che stava ancora disponendosi sul campo di battaglia dopo aver guadato il fiume. A questo punto Napoleone ordina il suo piano numero uno...».

«Attacco al centro!» mi ha anticipato ancora una volta Thomas, il giovane ufficiale inglese.

«Esatto» ho confermato. «Ma l'attacco non va a segno, perché la controffensiva dell'arciduca Carlo è massiccia e anche per la confusione che si crea a causa di un curioso incidente: i sassoni che combattono al fianco della Francia indossano una divisa bianca simile a quella degli austriaci. Ci si spara addosso... Insomma, alla fine del primo giorno di battaglia le postazioni restano sostanzialmente invariate.»

Infatti Amani e Tao non hanno mosso i granchi e le conchiglie.

«All'alba del secondo giorno parte il grande attacco austriaco. L'arciduca Carlo impegna tutto il fronte francese, sulle ali e al centro, con l'intenzione di accerchiarlo. E la mossa sembra che stia per riuscire. La Grande Armata è in difficoltà.»

Tao ha fatto avanzare le sue conchiglie.

«Alle undici Napoleone Bonaparte decide di rompere gli indugi e sceglie la carta per ribaltare la battaglia.»

«La cavalleria!» ha esclamato Kalil, l'amico africano di Amani.

«No» ho corretto. «Questa volta sceglie l'artiglieria. Per prime si schierano le batterie a cavallo della Guardia del generale D'Aboville con cannoni da otto libbre...»

Amani ha schioccato le dita e una prima falange di dieci granchi è avanzata davanti alle conchiglie.

«Subito dopo si schierano quattro batterie a piedi, comandate dal generale Drout, con cannoni da dodici libbre.»

Amani ha fatto avanzare una seconda linea di granchi alle spalle della prima.

«Infine i cannoni bavaresi e quelli dell'Armata d'Italia.»

Il mio amico africano ha mosso la terza falange di crostacei.

«Ecco davanti a voi la Grande Batteria!» ho annunciato con enfasi. «Un inferno di fuoco mai schierato prima: centododici cannoni distesi su un fronte di quasi due chilometri, a poco più di trecento metri dal nemico! "Il fuoco è tutto... Il resto non ha importanza" commenta l'Imperatore e al suo segnale si rovescia sugli austriaci un inferno di novantacinquemila colpi che devasta la resistenza dell'arciduca Carlo. A questo punto, l'assalto al centro, il colpo al cuore degli ottomila uomini guidati dal generale Jacques MacDonald non può fallire. Avanti, Amani! La guerra è vinta, il nemico scappa!»

Amani ha schioccato le dita per far avanzare verso le conchiglie austriache l'ultimo gruppo di granchi che non si era schierato nelle tre linee della Grande Batteria.

Ma, a sorpresa, i crostacei, invece di puntare il nemico, si sono mossi verso gli scogli, seguiti anche dai granchi dell'artiglieria.

A dispetto della Storia, era la Grande Armata a battere in ritirata...

Neppure Amani, che continuava a schioccare le dita senza ottenere risposta, riusciva a spiegarsi il perché di quella spettacolare diserzione. Poi il campo di battaglia è stato ricoperto all'improvviso da un'ombra proiettata alle mie spalle che si è allungata sulle conchiglie austriache. Era una sagoma inconfondibile perché terminava con un cappello a due punte.

Mi sono voltato e mi sono reso conto che il pubblico era sparito. Non c'era più nessuno in spiaggia, erano scappati tutti, come i granchi.

Restava solo l'Imperatore a cavallo.

«Sai chi ha vinto questa battaglia?» mi ha chiesto Napoleone.

Mi sono sentito morire. Ero certo che mi stesse rimproverando ciò che aveva appena visto, che mi considerasse un traditore perché avevo cambiato di mia iniziativa l'esito della battaglia di Wagram per far vincere gli austriaci.

«Certo, Maestà, abbiamo vinto noi, la Grande Armata!» ho risposto quasi urlando.

«No, Emanuele, hanno vinto i granchi perché sono ancora tutti vivi. Noi abbiamo perso trentamila uomini» mi ha corretto prima di voltare il cavallo e andarsene.

Amani ha sorriso e ha cominciato a recuperare le conchiglie.

Rientrando verso Longwood mi sono fermato al solito promontorio della scogliera da dove è possibile vedere bene

Plantation House, la residenza di Hudson Lowe. Ho puntato il cannocchiale e, come temevo, ho riconosciuto Betsy impegnata in una partita a *croquet* con il nipote del Governatore. Le palle di legno scivolavano sull'erba tagliata alla perfezione come su una tovaglia di velluto.

Mentre Kendall era concentrato nella preparazione del colpo, la Balcombe si è avvicinata a un tavolo ombreggiato da un parasole e ha bevuto un bicchiere di limonata ghiacciata. Ho fissato le sue labbra e la pelle bianca del collo che emergeva dal vestito azzurro. Mi sono risentito addosso le cascate di Briars.

Ho lanciato Marengo al galoppo. Gli ho risparmiato gli speroni di Dresda solo perché dopo le sabbie mobili ho dato la mia parola di non farlo più.

Sapevo che Napoleone, di passaggio da Sandy Bay, si sarebbe fermato dai Bertrand. Avevo qualche ora a disposizione.

Ho riportato il cavallo nella scuderia di Longwood, mi sono rinfrescato, ho attraversato lo studio e per la prima volta sono entrato nella camera dell'Imperatore.

L'ho fatto in punta di piedi, come se il pavimento avesse potuto sprofondare da un momento all'altro. Non credo che si possa camminare in altro modo quando si avanza nella leggenda.

Davanti a me avevo il lettino da campo sul quale l'Imperatore aveva dormito per poche ore dopo il trionfo di Austerlitz. Accanto c'era un divano ricoperto da libri, al centro della stanza un tavolo rotondo dove Napoleone fa colazione e cena quando vuole restare da solo. Alla sera Marchand posa su quel tavolo un candeliere a tre braccia coperto da un paralume.

Tra le due finestre, di fronte alla porta, c'era il cassettone che contiene la biancheria dell'Imperatore e, sopra, il suo servizio di toeletta.

CAPITOLO 21

Un piccolo specchio è appeso al muro proprio sopra il caminetto decorato da diversi quadri. Due ritraggono il figlio di Napoleone: nel primo è a cavallo di un montone, nel secondo si sta provando una pantofola seduto su un cuscino. In mezzo ai due quadri c'è un busto di marmo dello stesso bambino, il Re di Roma.

L'arredo del caminetto è completato da due candelieri e da due tazze d'argento dorato del servizio imperiale.

Quando Napoleone si sdraia sul divano a riposare, ammira sulla parete di fronte il ritratto della moglie Maria Luisa con il figlio tra le braccia, dipinto da Isabey.

L'Imperatore è padre e marito e soffre le stesse distanze che soffriamo mio padre e io, soprattutto di notte.

Forse l'ho realizzato per davvero solo questa sera davanti ai ritratti di famiglia, ma è stato un attimo, perché poi ho riconosciuto due orologi da brividi su una mensola di legno e Napoleone è tornato immediatamente il figlio della Storia, padre di tutti noi francesi.

Il primo è il meraviglioso orologio d'argento di Federico il Grande, preso a Posdam, il secondo è la sveglia dell'Imperatore, quella che ha suonato l'ora di Marengo e di Austerlitz, con la cassa d'oro e la lettera "B" incisa sopra.

L'ho osservata da vicino con emozione e con ancora più emozione ho ammirato il bicorno posato accanto. Quello vero, quello indossato in battaglia. Durante le escursioni a Sant'Elena ne indossa un altro, il cappello di scorta.

Ho allungato una mano per toccarlo, ma l'ho ritirata prima che terminasse la corsa, per rispetto o per paura.

Avrei potuto rubarlo per consegnarlo a Betsy. Nessuno mi avrebbe incolpato. Tutti avrebbero supposto un oltraggio di una sentinella inglese, commissionato dal Governatore. Ma per quanto ripensassi al gesto naturale con cui Betsy si era sfilata il vestito a Briars mentre camminava, per quanto ricordassi il momento in cui la cascata aveva smesso di piovere, le sue labbra rosse, la sua pelle bianca, non mi saliva al cuore il coraggio di violare quel pezzo di Storia.

Io non tradisco il mio Imperatore, io non sono Grouchy.

Ho combattuto duramente contro me stesso e alla fine ho vinto.

Per questo mi sono sentito in diritto di sdraiarmi per qualche secondo sul letto da campo dell'Imperatore, come dopo Austerlitz. E, non so come possa essere successo, mi sono addormentato anch'io.

Mi hanno svegliato i rumori della casa. Napoleone era rientrato. Mi avesse sorpreso a russare nella sua stanza, mi sarei giocato definitivamente il futuro nella Grande Armata.

Sono fuggito dalla finestra, come uno dei tanti topi che infestano Longwood.

Landshut
Ulm
22
IL SOMMERGIBILE
Arcole
NEMICO
SALA DA BAGNO

22

Un segreto sotto gli occhi. L'Imperatore non è granchio ma leone!

9 aprile 1816

Lo avevo notato per la prima volta una settimana fa e non mi ero fermato a ragionarci sopra. L'Imperatore era uscito dal suo studio con una specie di annaffiatoio che Tobia era andato a riporre nella baracca degli attrezzi.

Poteva essere che Napoleone avesse voluto annaffiare di persona la pianta che adorna il tavolo della sua biblioteca, d'altra parte ha abbassato di molto il livello imperiale delle sue occupazioni, a cominciare proprio dalle attenzioni che riservava al giardino curato dallo schiavo della Malesia.

Fare cose nuove, anche se inadeguate al suo rango, lo aiutano a combattere la noia di queste giornate infinite. Per questo ho dimenticato in fretta l'episodio dell'annaffiatoio.

Stamattina però ho visto Tobia uscire dal casotto di legno con i suoi arnesi in pugno e un tascapane di juta sulle spalle che ha posato accanto al giardino prima di mettersi a lavorare. Poco dopo, l'Imperatore, che era sotto l'albero della scogliera a osservare il mare, si è avvicinato, ha scambiato qualche parola con lo schiavo, ha raccolto il tascapane ed è entrato nella residenza.

È qui che ho recuperato il ricordo dell'annaffiatoio e ho cominciato a riempirmi la testa di pensieri.

Un'ora più tardi Napoleone è tornato in giardino e ha posato a terra il tascapane che Tobia, poco prima di pranzo, ha riposto nel casotto di legno insieme agli attrezzi.

Ho riferito tutto a Lazare che con la geniale velocità dei poeti, capaci di trovare in un lampo connessioni nascoste, ha detto: «Per me lì dentro c'è ciò che cercava Hudson Lowe».

Nel pomeriggio abbiamo atteso che Tobia tornasse a Briars e che l'Imperatore uscisse in calesse, poi abbiamo studiato i movimenti delle sentinelle inglesi per evitare i loro sguardi, soprattutto quello spietato della Mangusta, e siamo scivolati nel gabbiotto di legno.

Abbiamo perquisito dappertutto. Abbiamo svuotato un cassone di legno e sul fondo è sbucato il tascapane di juta. L'ho aperto subito con la frenesia dell'emozione e ho estratto dei fogli bianchi ripiegati e ricoperti da scritte e disegni. Gli occhi azzurri di Lazare si sono illuminati come stelle.

Al galoppo abbiamo raggiunto il Bianco di Diana per avere la certezza di non essere spiati dagli inglesi, abbiamo disteso i fogli sul prato e ci siamo sdraiati a studiarli.

Il primo sembrava una carta geografica disegnata a mano in modo grossolano. Si riconoscevano il triangolo del continente africano, il puntino dell'isola di Sant'Elena e due rotte tracciate che terminavano in Europa e nel Nord America.

Il secondo foglio era indecifrabile, zeppo di numeri, frecce, cancellature e parole probabilmente scritte in codice che non avevano significato. Si poteva solamente sospettare che quella fila di sgorbi con le antenne fossero schizzi di navi allineate.

Siamo rimasti in silenzio per alcuni minuti, poi Lazare ha indicato una specie di zucchina, un uovo sbilenco tratteggiato sotto una linea orizzontale.

«Sai che cos'è questo?» mi ha chiesto.

«No.»

«Un sommergibile» mi ha spiegato Lazare.

«Mio padre quando vaneggiava per la febbre continuava a ripetere la parola "sommergibile"...» ho detto a me stesso prima ancora che al poeta.

«Lo vedi?» ha esclamato Lazare mettendosi in piedi eccitato. «Allora è proprio così! Lo sai che Napoleone aveva già pensato a un sommergibile?»

«Quando?» ho chiesto sorpreso e un po' deluso perché ero sicuro di conoscere tutto sugli strumenti di guerra della Grande Armata.

«Quando diventò Primo Console e pensava di invadere l'Inghilterra» ha raccontato il poeta. «Progettava di passare sotto le navi inglesi che presidiavano la costa e sbucare direttamente davanti alle scogliere di Dover. Ha fatto studiare il progetto del sommergibile a un marinaio, ma poi lo ha lasciato perdere perché alla fine ha deciso di fare la pace con l'Inghilterra e ha firmato il trattato del 1802.»

«Quindi, secondo te, ora l'Imperatore ha riconsiderato l'idea del sommergibile per scappare da Sant'Elena?» ho domandato.

«Esatto» ha confermato Lazare che con il piede poi ha indicato la fila di sgorbi con le antenne disegnati sul foglio. «Vedi? Questa è la fila di vascelli che protegge la baia di Jamestown. Napoleone potrebbe imbarcarsi di notte sul sommergibile che emerge a riva, passare sotto i vascelli di guardia e salire su una nave che attende al largo per poi far rotta verso l'Europa o l'America come si legge sull'altro foglio. Di sicuro, l'irlandese arrestato dal Governatore era coinvolto nel progetto. Tuo padre, che era presente all'incontro, ha ascoltato tutto. Per questo mentre vaneggiava ha ripetuto la parola sommergibile.»

«Se l'irlandese continuerà a tenere la bocca chiusa, il progetto potrà ancora andare in porto» ho auspicato io. «Sono sicuro che in Francia tanti si stanno dando da fare per liberare l'Imperatore da questo inferno, a cominciare da madame Mère. È stata proprio la madre di Napoleone a mandare qui il nuovo medico, Francesco Carlo Antommarchi, nato in Corsica come l'Imperatore e quindi fidatissimo. Mio padre mi ha detto che Letizia Bonaparte ha il carattere di Santini e una notevole ricchezza a disposizione. A Roma, dove vive, si sta battendo in ogni modo, prendendo contatto con tutte le diplomazie del mondo, per liberare suo figlio.»

«Scommetto che sta già facendo costruire il sommergibile che ci libererà tutti!» ha esclamato il mio amico poeta.

Ci siamo buttati nella vasca bianca per spegnere l'eccitazione che si stava bruciando.

Ma l'eccitazione non si è spenta neppure ora che sto scrivendo il mio diario nel granaio, al lume di candela.

Il mio Imperatore non si è arreso quindi, non si è ritirato tra patate e zucchine, ma sta combattendo come sempre.

Non è diventato un granchio, è il solito leone!

Mi vergogno di averne dubitato.

Si concede gite galanti in calesse, vende l'argenteria, non reagisce alla palizzata che gli stanno costruendo attorno, è vero, ma intanto sta progettando il sommergibile con cui conquisterà la libertà passando sotto il naso del nemico, come Ulisse sotto le pecore del Ciclope.

Questa è la tattica di Austerlitz e io, cieco, non l'avevo riconosciuta: fingere una debolezza per poi piazzare l'attacco al cuore!

Mi specchio nel quadro che mi ha dipinto Lydia.

Stanotte mi addormenterò così: eroico, impennato sugli zoccoli del mio Marengo, pronto a seguire il mio Imperatore fino in America cavalcando sul fondo del mare!

Jena
23
CROQUET
Verona
d'étrangers

23

Sogni di fuga sul sommergibile. Siamo nati per il gioco o per la guerra? All'attacco, generale!

18 aprile 1816

Lazare è venuto a dirmi di aver scoperto importanti novità sul sommergibile. Mi ero accorto che negli ultimi giorni si era allontanato spesso da solo. I poeti sono senza pace.

Gli ho dato appuntamento al Bianco e sono volato a prendere Amani perché volevo che il mio amico africano fosse al corrente di tutto. Durante la cavalcata da *Half Tree Hollow* al Picco di Diana infatti gli ho raccontato ciò che avevamo scoperto.

Al Bianco, Lazare ha aggiunto le ultime novità: «Sono stato più volte a Jamestown a parlare un po' con i marinai inglesi che chiacchierano molto, soprattutto quando escono dalle taverne. Noi poeti sappiamo sciogliere le lingue meglio del vino. Insomma una domanda qua, una domanda là e ho ricostruito la storia del sommergibile. Dunque, pare che il primo sia stato costruito nel 1800 da un ingegnere americano di nome Fulton, Robert Fulton. Si chiamava *Nautilus*, era lungo sei metri e si muoveva grazie a quattro pale azionate a mano. Poi questo

Fulton, che era un mezzo genio, ha inventato il battello a vapore e ha applicato la novità al sommergibile. È stato lui a proporre il progetto a Napoleone.»

«Però poi la Francia non lo ha usato, giusto?» ho chiesto.

«Giusto. L'Inghilterra, venuta a conoscenza del piano, ha affidato la costruzione di un suo sottomarino a un altro mezzo genio, che era però anche un mezzo bandito...» ha proseguito Lazare. «Sapete come si chiama? Thomas Johnstone.»

«Il tipo che ha incontrato mio padre e i generali a *Hut's Gate*!» ho sussultato.

«Proprio lui» ha confermato il poeta. «Immagino che l'Inghilterra non sia stata troppo entusiasta del suo progetto e così l'irlandese, che non si è mai fatto troppi scrupoli, tramite il suo connazionale O' Meara, è venuto qui in gran segreto a proporlo a Napoleone per la sua fuga.»

«Ora che il dottor O' Meara è tornato in Europa, andrà senz'altro a Roma dalla madre dell'Imperatore e le parlerà del sommergibile» ho ipotizzato.

«Lo penso anch'io. E se non sarà il Contrabbandiere a costruirlo, sarà qualche altro ingegnere, ma di sicuro madame Mère finanzierà l'impresa» ha proseguito Lazare. «Ci vorrà del tempo, magari anche un anno, ma vedrete che prima o poi un sommergibile spunterà da queste acque e ci porterà via.»

«Com'è fatto un sommergibile?» ha chiesto incuriosito Amani.

«Può imbarcare fino a sei persone e restare sott'acqua fino a dodici ore» ha spiegato il poeta. «È dotato di siluri che possono affondare dieci navi.»

«Quelle che presidiano la baia di Jamestown» ho precisato.

«Chi sale sul sommergibile?» ha chiesto ancora Amani. «Siete molti più di sei.»

«L'Imperatore, i tre generali, io e mio padre» ho risposto subito. «Poi torneremo a liberare l'isola.»

«Io lascerei giù un generale e imbarcherei un poeta» ha suggerito Lazare.

Abbiamo giocato a fare i sommergibili, cioè a chi restava più a lungo in immersione. Naturalmente ha vinto Amani che respira sott'acqua come un granchio, mentre Lazare, che ha polmoni grossi come conchiglie, ha tenuto la testa a mollo un attimo, poi si è messo a tossire.

Ripensandoci, io sbarcherei i tre generali e sul sommergibile, che si chiamerà *l'Aquila* come l'Impero, farei salire Napoleone, mio padre, Amani, Lazare e Betsy.

Oggi ho rivisto la ballerina che, dopo il giorno della prova d'amore, praticamente non si è più fatta vedere, barricata a *Plantation House* tra una partita a *croquet* con il lentigginoso e una limonata ghiacciata.

L'ho rivista perché i Balcombe ci hanno invitati a pranzo a Briars. Siamo arrivati con largo anticipo, il che ci è costato una sfida a *croquet* di cui evidentemente Betsy non può più fare a meno.

Il solo ricordo della Waterloo a *whist* è bastato a farmi impallidire per la tensione.

Napoleone dev'essersene accorto perché mi ha chiesto subito: «Ci sai fare come a carte o possiamo sperare di evitare la disfatta?».

«Non ho mai giocato a questo gioco, Maestà» ho fatto notare.

«Neanch'io, ma non è una buona ragione per perdere» ha ribattuto l'Imperatore.

Lydia ci ha spiegato con pazienza le regole.

Ogni giocatore delle due squadre deve fare passare la sua palla all'interno di una serie di archetti piantati nel terreno colpendola con un martelletto di legno. Al termine del percorso si deve colpire un primo picchetto, poi tornare indietro imbucando di nuovo i ponticelli e centrare il picchetto finale. Vince la squadra che completa per prima il percorso.

«Generale Emanuele, si tratta di far passare i nostri due eserciti all'interno di questi piccoli archi di trionfo. Siamo nati per questo. Coraggio, dunque.»

Queste parole, da soldato a soldato, hanno avuto l'effetto delle poche che l'Imperatore pronunciò davanti alle Piramidi. Non so spiegarmi altrimenti la tranquillità che mi è entrata improvvisamente nel corpo e soprattutto la precisione dei miei tiri che infilavano inesorabilmente un archetto dietro l'altro.

Ero io il primo a esserne sorpreso. Non ho sbagliato un solo colpo, nonostante la perfida opposizione di Betsy che invece di cercare di fare punti con la sua palla, la scagliava contro la mia per allontanarla dal ponticello, come il gioco di strategia consente.

«Complimenti per tanta cattiveria, signorina» ha commentato a un certo punto l'Imperatore. «È così che si vincono le guerre: facendole perdere al nemico.»

Ma tanta cattiveria non è bastata, perché Napoleone non è stato inferiore alla mia precisione e abbiamo raggiunto il picchetto finale quando le sorelle Balcombe avevano appena toccato il primo.

Ancora una volta sono rimasto impressionato dall'impegno e dall'entusiasmo che l'Imperatore ha mostrato nel gioco.

Preparava il colpo con meticolosa attenzione, palleggiava a lungo lo sguardo tra l'archetto e la palla per calibrare la forza e la direzione del colpo, poi mimava due o tre volte il tiro con il martelletto prima di effettuarlo per davvero. E quando la palla passava attraverso l'archetto, festeggiava con un lampo di soddisfazione negli occhi che difficilmente gli riconosco durante la giornata in qualsiasi altra occupazione.

Sembrava quasi che volesse smentire nei fatti ciò che mi aveva ricordato a parole prima della partita.

Ma allora: siamo nati per la guerra o per il gioco?

«Bravo generale, ottima campagna» si è complimentato Napoleone.

«Grazie, Maestà» ho risposto veramente emozionato.

Lydia ha condiviso la mia plateale soddisfazione con il solito sorriso buono.

Il pranzo è stato ottimo, rovinato però dal troppo profumo di madame Balcombe che evidentemente, dopo quattro mesi, non è ancora riuscita a domare il vaporizzatore che l'Imperatore le ha regalato per Natale. Gli aromi di Grasse finivano per mescolarsi ai sapori del cibo guastandoli inesorabilmente. Per cortesia di ospiti nessuno di noi naturalmente lo ha fatto notare.

Al momento del caffè, tanto caro a Napoleone, ci siamo spostati al padiglione sopraelevato che abbiamo abitato nei primi due mesi d'esilio, dove l'aria è più piacevole. Qui Lydia ha esortato l'Imperatore alla lettura alta del volume che si era portato da Longwood: «Il Conte de Las Cases ci ha magnificato le vostre qualità di narratore e di interprete. Siamo ben lieti di essere vostro pubblico, Maestà».

«Temo che non vi basterà essere mio pubblico» ha spiegato l'Imperatore aprendo il libro e cominciando a sfogliarne le pagine. «Questo romanzo narra di due giovani, Paul e Virginie, che sono cresciuti amandosi su un'isola sperduta. Credo che alla mia età risulterei abbastanza ridicolo se prestassi loro la mia voce. Io posso introdurre un brano della storia, ma per i dialoghi ho bisogno dell'aiuto di Betsy ed Emanuele.»

Mi sono irrigidito per l'imbarazzo, mentre la Balcombe ha sorriso divertita.

Napoleone ha cercato il punto da dove cominciare a leggere, ha schiarito la voce con un colpo di tosse, poi ha iniziato a declamare: «*Virginie, dolce, modesta, ingenua come Eva; e Paul, simile ad Adamo, avente la statura di uomo e la semplicità di un fanciullo. Qualche volta, trovandosi sola con essa nel ritornar dal lavoro, ei le diceva...*».

A questo punto Napoleone mi ha passato il libro e mi è toccato leggere a voce alta: «*Allorché sono stanco, la tua veduta mi dà sollievo. Quando dall'alto della montagna ti scorgo in fondo di questa valle, mi sembri in mezzo de' nostri giardini come un bottone di rosa*».

L'Imperatore mi ha interrotto: «Emanuele, non stai leggendo un'ordinanza del Governatore! Lo senti? Queste sono parole d'amore. Mettici del cuore, allora! Virginie è qui davanti a te, guardala ogni tanto... Sei un francese, figliolo, ricordatelo!».

Ho sentito ridacchiare attorno a me, le guance mi sono esplose di calore, avrei voluto montare su Marengo e scappare sul Picco di Diana. Ma poi ho guardato Betsy.

Era così bella in attesa delle mie parole, con gli occhi che le sorridevano e i denti bianchi sul labbro inferiore, che ho abbassato in fretta lo sguardo e ho ripreso: «*L'azzurro del cielo sembrami meno bello di quello de' tuoi occhi. Se ti tocco soltanto colla punta d'un dito, il mio corpo tutto si scuote di contento...*».

Mentre leggevo memorizzavo le parole successive in modo da

poterle ripetere fissandola negli occhi. Leggevo e la guardavo, leggevo e la guardavo...

Ho proseguito così, come il mare, onda dopo onda, sempre più sereno, e ho provato una specie di delusione quando ho riconosciuto le virgolette in fondo alla frase, come un cavallo lanciato al galoppo che deve frenare di colpo davanti a un ostacolo imprevisto.

Ho ripassato il romanzo all'Imperatore che ha allungato il volume a Betsy.

La piccola Balcombe mi ha sorriso con una dolcezza nuova prima di abbassare gli occhi sulla pagina e rialzarli immediatamente per dirmi: *«I raggi del sole che sul mattino rischiarano questi scogli, non mi portano tanto giubilo quanto la tua presenza»*.

A un certo punto, sulla strada del ritorno a Longwood, Napoleone ha affiancato Marengo, mentre mio padre, che non è un ottimo cavaliere e soffriva il caldo, è rimasto indietro, non lontano dalla Mangusta inglese che ci braccava.

«Se ti devo dire la verità,» mi ha confidato Napoleone «non ho avuto l'impressione che i russi fossero in ritirata. Anzi, da come ti osservava mentre leggevi, sembrava piuttosto che il nemico si fosse già disposto in campo in attesa dell'assalto.»

«Vorrà dire che andrò all'assalto...» ho risposto sorridendo.

«Sì, ma sai come dicevo ai miei soldati?» mi ha chiesto l'Imperatore. «Posso perdere una battaglia...»

«Ma non perderò mai un minuto» l'ho preceduto completando la frase.

«E allora attacca, generale!» ha ordinato il mio comandante.

Attaccherò!

Ratisbona
Jena
24
IL BICORNO
Auerstag
MICO
DIPINTO

24

Furibonda guerra di nuvole. La battaglia di Sandy Bay e la vittoria della Scodella del Diavolo. Nel regno dell'Amicizia Vera.

11 maggio 1816

Nessuna novità particolare sul sommergibile, se non il fatto che mio padre ogni tanto si ferma a parlare con Tobia. Dal momento che il Conte de Las Cases, a differenza di Napoleone o, meglio, del Napoleone di Sant'Elena, non ha mai concesso facile confidenza a gente di rango inferiore, il rilievo non è banale come sembra.

Lazare sospetta che lo schiavo, potendosi muovere al porto di Jamestown senza gli occhi degli inglesi addosso, svolga mansioni di messaggero e di contatto con i marinai coinvolti nel progetto di fuga che sbarcano sull'isola.

Questa mattina è piovuto per tre volte e per tre volte un sole di fuoco ha riconquistato il cielo, teatro di una furibonda guerra di nuvole. Venti gelidi di Normandia e un attimo dopo un caldo umido da foresta tropicale.

Forse il modo migliore per non darla vinta a un cielo del genere è ignorarlo, come abbiamo fatto il generale Gourgaud e io stamattina. Siamo usciti comunque a caccia e ci siamo presi in testa tutto ciò che capitava, sole o pioggia, con un'indifferenza eroica ai dispetti del clima.

Hanno sofferto solo le pietre focaie dei nostri moschetti che faticavano a incendiare le polveri per l'umidità, ma non è stato un grande danno perché in realtà abbiamo esploso ben pochi colpi.

Delle due una: o abbiamo fatto già strage di tutta la selvaggina dell'isola o l'abbiamo messa in fuga in questi primi mesi di caccia. Non si vede più volare una pernice.

Verrebbe da pensare che su questa rupe infernale per davvero tutto ha vita breve, non solo gli uomini.

Oggi pomeriggio finalmente si è presentata l'occasione per il grande attacco...

L'Imperatore è uscito in calesse con Cleo; mio padre e Bertrand sono stati ricevuti dal Governatore dopo la lettera ufficiale di protesta per le opere di fortificazioni che stanno soffocando Longwood; Montholon ha accompagnato la moglie nella bottega dei Balcombe, dopo aver saputo dell'attracco di una nave commerciale in arrivo dalle Indie. Albine non voleva farsi anticipare da Fanny nella scelta di nuovi tessuti e capi di abbigliamento.

La casa era quasi deserta.

Sono sceso nella camera dell'Imperatore. Ho osservato l'orologio sul caminetto e ho deciso senza indugi che stesse segnando l'ora della mia battaglia. La "B" incisa sulla cassa questa volta non significava Bonaparte, ma Betsy.

D'altra parte, era stato Napoleone in persona a darmi l'ordine d'attacco.

Con un'emozione che fatico a descrivere su questo diario, ho sollevato a due mani il glorioso bicorno dell'Imperatore, quello indossato ad Austerlitz, l'ho riposto con delicatezza in una sacca di tela come fosse stato di cristallo e in groppa a Marengo ho lasciato Longwood.

Betsy non era a Briars. Sua sorella, che stava dipingendo in giardino, mi ha consigliato di cercarla a Sandy Bay. Una notizia sconfortante. Con ogni probabilità infatti l'avrei trovata con Kendall e con gli altri amici inglesi. Non avrei certo potuto consegnare la prova d'amore in loro presenza.

Invece, arrivato sulla spiaggia nera, l'ho trovata da sola che lanciava sassi nell'oceano. Li tirava con una violenza cattiva, come se avesse voluto far male alle onde. Erano bracciate da maschio che la scomponevano tutta, eppure, per magia, conservava ugualmente l'eleganza di una danzatrice. Ai miei occhi, per lo meno.

Sono arrivato alle sue spalle senza farmi sentire: «Ecco la prova».

Ha aspettato qualche secondo, immobile davanti al mare, prima di voltarsi e sorridermi, bella come non l'avevo mai vista.

Ha raccolto il cappello con la stessa delicatezza con cui io lo avevo preso dal caminetto e se lo è messo in testa annunciando: «Ecco la tua Imperatrice».

Ho sorriso anch'io, pronto a servirla fino alla fine del mondo.

In quel momento sono arrivati in spiaggia Kendall, London e altri tre ragazzi inglesi. Sono smontati da cavallo.

Mi si è gelato il sangue.

«Mettilo qui, veloce» ho ordinato a Betsy aprendo in tutta fretta la sacca di tela.

Ma lei, invece di infilare il cappello dentro la borsa, con un guizzo a sorpresa, si è voltata e ha cominciato a correre verso gli amici urlando: «Guardate!».

Ho tardato a reagire all'imprevisto. Quando li ho raggiunti di corsa, il bicorno si era già posato sui capelli rossi di Kendall, che annunciava solenne: «Dio me l'ha dato e guai a chi me lo tocca!».

Gli amici sono scoppiati a ridere.

«Dammelo subito!» ho urlato.

«Vieni a prenderlo» mi ha provocato il lentigginoso.

Gli sono saltato addosso, ma un attimo prima che gli afferrassi la camicia sotto la gola, ha fatto volare il cappello fino a London che l'ha passato a un amico. Si sono messi in cerchio.

Correvo da un punto all'altro, come un toro all'interno di un recinto, mentre gli inglesi si passavano il bicorno di Napoleone ridendo come ubriachi. Non avevo altra scelta. La reliquia di Austerlitz non poteva stare un secondo di più in quelle luride mani.

Il cappello è tornato a Kendall che lo ha lasciato cadere ai suoi piedi: «Ora puoi prenderlo, vieni. Striscia...».

Appena mi sono chinato per raccoglierlo, il rosso mi ha sparato uno stivale sul viso che mi ha spaccato un labbro e rovesciato sulla sabbia. Poi con un calcio ha passato il bicorno a London. L'ho raggiunto a carponi e mi è arrivata in faccia una seconda violenta scarpata che mi ha aperto un sopracciglio.

Più sanguinavo, più ridevano.

Mi sono trascinato sulle mani e sui piedi come un cane bastonato. Sapevo bene che avrei preso altri colpi ogni volta che mi fossi avvicinato ai loro stivali per recuperare il bicorno, ma dovevo farlo. Anzi, lo cercavo quel dolore fisico, lo volevo, perché mi faceva stare meglio, mi serviva di punizione, mi aiutava a vincere la vergogna e la rabbia. Per colpa mia, il cappello dell'Imperatore stava rotolando nella sabbia, preso a calci dai nemici.

Molti dei ragazzi che di solito ascoltavano le rappresentazioni delle battaglie di Napoleone sono accorsi in spiaggia. Invece di granchi e conchiglie potevano osservare una guerra vera, con sangue vero. Nessuno aveva il coraggio di intervenire. La giovane guardia alta e magra purtroppo non c'era. C'era invece Tao, che è corso subito a chiamare Amani.

Quando il mio amico africano è arrivato, avevo già un occhio chiuso e una gran voglia di sdraiarmi sulla sabbia e di addormentarmi per non sentire più dolore.

«Stai lontano, schiavo! Tu non c'entri» gli ha ordinato Kendall.

Invece Amani con la sua agilità da rettile è passato sotto le braccia che cercavano di fermarlo, è entrato nel cerchio e si è accovacciato accanto a me.

È riuscito a sorridere anche in quella circostanza: «Questa battaglia è persa, ma c'è ancora tempo per vincerne un'altra».

Le parole del generale Desaix a Marengo.

Amani si è spostato sulla sabbia con passi laterali da granchio, poi con un balzo dei suoi ha afferrato il bicorno e l'ha ricoperto con la pancia per non farselo portare via.

In un attimo gli inglesi lo hanno circondato e hanno cominciato a bombardarlo di calci ai fianchi e sulle costole per costringerlo a rigirarsi e recuperare la preda. Amani resisteva e si proteggeva la testa con le mani. Al posto della schiena ha la corazza solida di un granchio.

Mi sono buttato su di lui per fargli scudo e gli ho ordinato in un orecchio: «Corri al mio cavallo più veloce che puoi!».

Ho fatto passare una mano sotto la sua pancia, ho afferrato il bicorno e mi sono alzato di scatto prendendo gli inglesi di sorpresa. Sono montato al volo su Marengo, Amani è balzato in sella dietro di me e ci siamo lanciati al galoppo sulla strada per Longwood.

Kendall e i suoi hanno recuperato i cavalli e si sono buttati all'inseguimento.

Il mio cavallo volava sulla terra morta dell'isola. Lo incitavo, lo spronavo con le redini, senza ricorrere però agli speroni di

Dresda come promesso. Il vento mi strappava gocce di sangue dalla faccia e le sparava al nemico che mi inseguiva.

«Siamo in due, pesiamo di più! Ci prenderanno!» ha urlato Amani.

«Ma non hanno Marengo!» ho risposto.

Solo Kendall è riuscito a reggere il passo della mia cavalcata, sicuramente montava il miglior cavallo dell'isola. Alla fine ci ha superati e ci ha sbarrato la strada nella strettoia della Scodella del Diavolo.

Non c'era spazio per evitarlo se non rischiando di finire nel burrone. Sono stato costretto a fermare Marengo. Gli altri quattro inglesi sopraggiunti al galoppo ci hanno chiuso la via di fuga alle spalle.

Non avevamo più scampo.

Kendall è smontato da cavallo, si è avvicinato al mio e ha allungato un braccio con un sorriso trionfante: «Vero che adesso me lo dai?».

Stavo per farlo, ma Amani me lo ha strappato di mano, è smontato da Marengo con un balzo e si è avvicinato al Cucchiaio del Diavolo.

«No!» ho urlato per fermarlo.

Il mio amico ha messo un piede dietro l'altro, allargando le braccia per aiutare l'equilibrio e ha percorso lentamente i due metri dello sperone roccioso, largo non più di trenta centimetri, sospeso su un baratro di venti metri.

Lo abbiamo seguito tutti con il fiato sospeso.

Amani ha posato il bicorno nell'ultimo tratto del Cucchiaio, nel regno dell'Amore Vero, si è voltato ed è tornato indietro.

Sbarcato sulla terra ferma, ha annunciato: «Puoi prenderlo. È tuo».

CAPITOLO 24

Tutti gli occhi si sono spostati su Kendall che ha mosso un passo verso il burrone, poi però si è fermato a fissarlo pensieroso. In quei secondi probabilmente ha fatto il conto del coraggio che gli restava nel cuore e ha deciso che non bastava per arrivare in fondo al Cucchiaio del Diavolo.

Si è voltato quasi di scatto, è montato a cavallo e ha ordinato ai suoi: «Torniamo!».

Neppure Gioacchino Murat ha mai ribaltato il destino di una battaglia con un colpo di genio come quello del mio amico Amani!

L'ho abbracciato a lungo come fanno i granchi nel periodo dell'amore, pancia contro pancia.

«Non stringere troppo...» ha implorato l'africano. «I calcioni degli inglesi mi hanno rotto le ossa...»

Lui con le costole ammaccate, io con un occhio chiuso e la faccia gonfia. Ma trionfatori, abbiamo vinto noi!

Dopo la campagna di Sandy Bay, ecco la vittoria della Scodella del Diavolo...

Arriveremo presto a sessanta come Napoleone!

Solo quando ci siamo staccati dall'abbraccio festoso, mi sono reso conto che Betsy non aveva seguito gli amici inglesi, ma era ancora lì.

Ha provato a scusarsi: «Mi spiace, Emanuele. Ho sbagliato...».

«Sparisci» le ho risposto, e con uno sperone di Dresda ho accelerato la partenza del suo cavallo verso Briars.

Sembrava tutto finito, invece questa giornata folle che ha alternato emozioni di continuo, così come al mattino ha alternato la pioggia e il sole, doveva riservarci ancora la più forte, quella definitiva.

Dalla nuvola di terra sollevata dal cavallo di Betsy è comparso il calesse di Napoleone.

L'Imperatore ha studiato il mio volto pesto, poi ha riconosciuto il suo bicorno sul Cucchiaio del Diavolo senza chiedermi nulla.

Amani si è mosso subito per andare a recuperarlo, ma l'ho fermato.

Toccava a me.

«Non staccare gli occhi dai piedi, non guardare sotto.»

Ma se sono riuscito a raggiungere la terra dell'Amore Vero e a tornare indietro, non è stato per i consigli di Amani, è stato perché volevo a tutti i costi riprendere quel cappello e riportarlo al mio Imperatore. Ci tenevo più della mia stessa vita per la vergogna che provavo in quel momento.

L'Amore Vero in fondo che cos'è?

È desiderare una persona a tutti i costi, oltre le proprie paure, oltre il proprio egoismo. La stessa forza che nei secoli ha spinto tanti innamorati su quella lingua di roccia ha spinto anche me fino al cappello di Napoleone.

L'ho spolverato come ho potuto con la manica della mia camicia insanguinata e l'ho restituito all'Imperatore, che è ripartito senza dirmi nulla.

Non ha riferito nulla neanche a mio padre, una delicatezza da uomo d'onore che ha accresciuto ancora di più la mia vergogna.

Ho tradito la fiducia del sovrano che mi ha accolto alla sua tavola, che mi ha scelto come compagno di cavalcata, che si è fatto addirittura scudiero dei miei sentimenti inventandosi la lettura di *Paul et Virginie* per consentirmi di guardare negli occhi Betsy mentre le recitavo parole d'amore.

Credeva di aiutare un bravo studente di greco, un promettente soldato, invece ha scoperto di essersi messo in casa un ladro.

CAPITOLO 24

A mio padre ho raccontato tutto io.

Il Conte de Las Cases non è mai stato uomo di grandi sceneggiate. Si è limitato a comunicarmi che per un mese non avrei potuto allontanarmi da Longwood e ricorrere all'uso di un cavallo. Con lo stesso tono con cui avrebbe letto una nuova ordinanza di Hudson Lowe.

Ma più delle privazioni, che restringono la cella di un prigioniero, mi ha fatto male la delusione che gli ho letto negli occhi e la vergogna che dovrà sopportare lui stesso ogni volta che guarderà l'Imperatore.

Mi conforta solo il pensiero di Amani.

Dopo avermi salvato la vita alla palude, ha rischiato la sua per me. Oltre le paure e gli egoismi. Credo che quella terra scura in fondo al Cucchiaio del Diavolo, oltre a essere il regno dell'Amore Vero sia anche quello dell'Amicizia Vera. L'abbiamo raggiunto entrambi.

Esiste qualcosa di più prezioso di un vero amico?

Da oggi Amani e io saremo inseparabili, ovunque noi saremo. La mia pelle è la sua.

Per Betsy invece da oggi ho un cuore imbalsamato, come quello del generale Louis Desaix. Non provo più nulla. Questo almeno è ciò che ho deciso.

Però se ora, qui nel granaio, ripenso a quanto fosse bella stamattina mentre lanciava i sassi in mare con cattiveria, mi viene da sorridere anche se mi fanno male le ossa della faccia. La verità è che io so tutto dei moschetti Charleville, ma ancora nulla dell'amore, che dev'essere una landa infinita e misteriosa, come la steppa russa.

NOUVEAU MEXIQUE, LOUISIANE, CANADA, ET LES ETATS UNIS
Par M. Brion.
Echelle
Auerstag
Pultusk
25
STATI UNITI
ello
Alessandria

25

I chilometri di Amani. Un poeta ci spiega l'America. L'infame invito di Hudson Lowe.

28 maggio 1816

L'Imperatore non mi ha più convocato al suo tavolo per la cena, né mi ha più chiesto di scrivere le sue memorie. La sua indifferenza è la peggiore delle punizioni.

Se non altro, i fratelli Santini ora mi salutano quasi con entusiasmo. Evidentemente i due còrsi hanno riconosciuto segni di fratellanza nel mio occhio pesto e nella faccia livida e di sicuro la versione poetica dell'accaduto diffusa da Lazare mi ha reso molto più eroico di quanto sia stato in realtà: io da solo contro cinque inglesi sull'orlo di un burrone, riuscito alla fine vincitore con il nemico in fuga. Immagino che sia andato in giro a declamare una storia del genere.

Secondo lui "i veri soldati devono essere feriti e i veri poeti ammalati".

«Non ti bastava la cicatrice sulla guancia?» ha scherzato Gourgaud.

«Siete il mio modello, generale. So che voi siete stato ferito ad Austerlitz, a Smolensk e a Montmirail» ho risposto. «Non volevo essere da meno...»

«Per tua informazione allora sappi che il primato spetta al generale Rapp che nella battaglia della Moscova è stato ferito la ventiduesima volta» mi ha raccontato. «Dopo l'ultima pallottola, è stato condotto davanti a Napoleone che ha esclamato: "Un'altra ferita, Rapp!". Il generale si è quasi scusato: "Maestà, è un mio vizio, lo sapete"».

Amani mi viene a trovare quasi tutti i giorni. Percorre dieci chilometri a piedi di cui molti in salita sotto un sole feroce o sotto la pioggia per farmi compagnia. Non ho certo bisogno di altre prove di amicizia dopo quello che ha fatto per me, ma nel conto aggiungo anche queste camminate.

Mi ha raccontato che una decina di chilometri è la distanza massima che può percorrere un granchio in un giorno solo e che un granchio può vivere fino a cinquant'anni.

«Sai perché i granchi vivono più a lungo di altri animali?» mi ha chiesto Amani. «Perché evitano le battaglie.»

«Sai perché Napoleone è arrivato quasi a cinquant'anni?» gli ho risposto. «Perché ne ha vinte sessanta.»

Facciamo lunghe passeggiate nei dintorni, meno lunghe se ci accompagna Lazare che ha un'autonomia decisamente inferiore a quella dei granchi.

Amani ci racconta i segreti dell'albero della gomma e di ogni pianta e animale che incontriamo. Ci apre la natura davanti agli occhi come fosse un libro.

Lazare, da buon intellettuale, ci spiega invece il mondo degli uomini e racconta cose non meno interessanti che spalancano gli occhi del mio amico africano.

Ci ha parlato a lungo dell'America e ci ha spiegato che

l'Imperatore vuole andarci. Non soltanto perché lo aspettano suo fratello Giuseppe e tanti francesi che si sono trasferiti lì.

Ce lo ha spiegato alla sua maniera, con ondate di immagini e di parole, come quando ha la febbre: «L'America è una lavagna ancora tutta da scrivere, non c'è posto migliore per una seconda vita. Lo vedete? Ogni marinaio che sbarca a Sant'Elena vuole vedere l'Imperatore, vengono a Longwood, si nascondono tra i cespugli, sugli alberi. Se Napoleone non riesce a stare tranquillo su uno scoglio in mezzo all'oceano, come potrebbe farlo in Europa dove non esiste un solo fiore di campo che non lo conosca? In America, ovunque sarà, gli basterà cavalcare mezza giornata per ritrovarsi da solo sotto il cielo. E poi la pace. Sapete cosa sarebbe diventata l'Europa se, al culmine dell'Impero, Napoleone fosse entrato a Mosca e avesse conquistato anche la Russia? Sarebbe diventata un continente solo, in pace. A quel punto l'Inghilterra si sarebbe ridotta a una puntura di zanzara, non di più. Senza nemici da combattere, l'Imperatore si sarebbe finalmente dedicato alle scuole, alle strade, ai palazzi... Un uomo deve passare la prima metà della sua vita a fare guerra per conquistare la pace, la seconda metà deve viverla in pace alla ricerca della felicità. Un uomo che invecchia con le armi in mano diventa ridicolo. Purtroppo però la Grande Armata non ha conquistato la Russia, l'Impero è caduto e l'Europa è ancora in fiamme. Allora Napoleone ricercherà la felicità negli Stati Uniti, grande nazione in pace. Già noi francesi abbiamo aiutato gli americani a diventare indipendenti, gli abbiamo passato la fiamma della nostra rivoluzione e il fuoco dei nostri cannoni. Ora Napoleone li aiuterà a migliorare le università, le strade, le leggi, a trapiantare la bellezza della nostra Francia. E noi poeti salperemo con lui, perché non è vero che ci piace cantare soltanto la guerra. Canteremo la ricerca della salute, i viaggi nelle praterie sconfinate, le nuove invenzioni, gli uomini finalmente tutti uguali, nobili e contadini, neri e bianchi, ricchi e poveri...»

«Bravo» ha apprezzato Amani. «I granchi non hanno colore.»

Sì, bravo poeta, ma finché esisteranno gli inglesi, in Europa ci sarà bisogno della guerra.

L'ultima infamia di Hudson Lowe ha fatto ribollire il sangue a tutti, non solo a Santini.

Mio padre ha ricevuto un invito per una serata di danze a *Plantation House*, il 18 giugno prossimo, giorno in cui verrà celebrato il primo anniversario della battaglia di Waterloo. Questa volta l'invito comprende anche il "generale" Napoleone Bonaparte.

Il Governatore vorrebbe mostrare il nostro Imperatore come si fa con una belva feroce catturata in una battuta di caccia, esporlo alla derisione degli ufficiali inglesi e della piccola nobiltà di Sant'Elena, magari applaudirlo mentre balla come si fa con gli orsi ammaestrati.

Naturalmente il nostro carnefice sa benissimo che nessun francese si presenterà mai a *Plantation House* il 18 giugno, ma la sola richiesta di partecipare alla festa per Waterloo gli dev'essere sembrata la più sublime delle torture. Immagino il suo ghigno satanico, impastato a quel naso appuntito, mentre scriveva di suo pugno il foglio d'invito.

Mi spiace che Napoleone abbia negato a Gourgaud il permesso di recapitare personalmente la nostra risposta a sir Hudson Lowe. Sicuramente quella canaglia inglese avrebbe battuto il primato di ferite raggiunto dal generale Rapp nella battaglia della Moscova.

CAPITOLO 25

Ieri Lydia è passata a trovarci a Longwood e ha lasciato un quadro per l'Imperatore. È il suo ritratto mentre gioca a *croquet*. Stupendo. Napoleone è concentrato nella preparazione del colpo. Se resto a fissare il quadro per cinque secondi, alla fine mi convinco che il martelletto stia per colpire la palla sul serio tanto l'immagine assomiglia alla realtà.

Anche a Sant'Elena l'Imperatore regna molto più della natura, quindi l'eccezione della Balcombe alle sue predilezioni di pittrice è assolutamente comprensibile.

Da quando sono in punizione non è la prima volta che Lydia è passata a trovarci. A me fa sempre piacere. La sua dolcezza è confortante come l'ombra.

Lazare mi ripete: "Vorrei che mi guardasse come guarda te".

Malinconie da poeta, in realtà Lydia gli vuole bene e subisce il suo fascino da incantatore. Un giorno mi ha confessato: «Quando mi parla con quegli occhi azzurri, mi sento più piccola di lui».

Ho buoni amici che mi aiutano a sopportare il peso di queste giornate infinite senza Marengo. Mi auguro però che il Conte de Las Cases rinunci per una volta all'intransigenza della sua educazione e mi riduca la pena. Gli chiederò la grazia di una decina di giorni. Un mese è troppo lungo.

Mi manca il vento in faccia quando cavalco. Brucio dalla voglia di andare al Bianco di Diana e di sfidare mio fratello Amani alla battaglia dei Due Mondi. Prima o poi lo batterò, anche se lui ha piedi da granchio.

Wagram
Auerstag
26
GRANCHIO
Pultusk
14

26

Amani vuol dire pace.

21 giugno 1816

La mattina del 18 giugno ci siamo svegliati tutti male. Questa data è una baionetta piantata nella memoria perché ha cambiato per sempre le nostre vite. Tutti a Longwood hanno pensato a Waterloo, anche se nessuno ne ha parlato. È passato un anno che ci è parso un secolo.

L'Imperatore è rimasto nelle sue stanze per l'intera mattinata, Amani non si è fatto vedere anche se il giorno prima ci eravamo accordati per sperimentare un sentiero nuovo che dalla nostra scogliera porta al mare. Finalmente avevo il permesso di allontanarmi dalla fattoria.

Così ho passato la mattina nelle stalle ad aiutare Gourgaud a ferrare i cavalli e ho pranzato in cucina con Lazare e suo padre, che ci ha messo nei piatti due uova e gli avanzi di carne dei generali.

Napoleone ha saltato il pasto. A metà pomeriggio è uscito dalla residenza e si è fermato ad ammirare l'orto che Tobia ha ormai trasformato in una meraviglia di colore e di verdure. Teneva lo sguardo fisso e le mani giunte dietro la schiena.

Per quanto il lavoro portato a termine dallo schiavo fosse spettacolare, non credo che meritasse tanta attenzione.

Sapevo bene a cosa stesse pensando realmente l'Imperatore: a dove si trovava quella stessa ora di un anno prima, quando avevamo la battaglia in pugno e attendevamo l'arrivo delle truppe di Grouchy per chiuderla definitivamente. Se solo quel vigliacco avesse obbedito alla prima regola di guerra e avesse raggiunto i cannoni che tuonavano da cinque ore, oggi saremmo a Parigi.

Wellington, il comandante inglese, il Duca di Ferro, scappava di quadrato in quadrato, braccato come una volpe e piangeva di rabbia vedendo migliaia dei suoi migliori soldati infilzati dalle nostre sciabole.

Quando da un'altura l'Imperatore riconobbe una nuvola di truppe che si stava avvicinando sulla via di Wavre, pensò che l'ora della gloria stesse per scoccare ancora una volta, invece gli toccò battersi la fronte: «Non è Grouchy, è von Blücher!».

Non erano i nostri rinforzi, erano i loro. Erano i prussiani che ribaltarono le sorti della battaglia. Quella canaglia di Grouchy aveva tradito e poi ha incolpato la pioggia che aveva frenato la sua corsa.

La Grande Armata fu annientata e messa in fuga.

Era già buio quando Napoleone smontò da cavallo e con la sciabola in pugno si lanciò in mezzo a un quadrato. Suo fratello Girolamo lo seguì urlando: «Qui deve finire tutto ciò che si chiama Bonaparte!».

Ma i generali afferrarono il loro Imperatore e lo rimisero in sella di forza, un ufficiale afferrò le briglie e lo trascinò al galoppo, come faccio io con Lazare quando passiamo dalla strettoia della

Scodella del Diavolo. Napoleone attraversò le linee prussiane evitando obici e pallottole che sembravano deviare per rispetto. Finalmente arrivò a Jemappes dove provò per l'ultima volta a riordinare le truppe, ma era impossibile e si convinse che solo a Parigi avrebbe potuto ricompattare l'esercito e salvare la Francia.

Il 21 giugno era nella capitale. Il giorno dopo è stato costretto ad abdicare. Si è imbarcato per l'Inghilterra che lo ha pugnalato alla schiena e da un anno siamo qui.

A questo stava sicuramente pensando Napoleone fissando l'orto.

Era dal giorno del furto del bicorno che non gli rivolgevo la parola. Mi è sembrato il momento giusto per farlo. L'ho affiancato e ho trovato finalmente il coraggio di porgergli la domanda che mi tormentava: «Maestà, ma se non fosse piovuto, sarebbe stato diverso?».

L'Imperatore non ha spostato gli occhi dalla verdura: «Certo. Se non fosse piovuto, Tobia non avrebbe mai creato questa meraviglia».

In quel preciso istante un granchio si è affacciato tra il mio stivale e il suo.

Ci siamo guardati e voltati insieme.

Una fila di crostacei sfumava oltre l'ingresso di Longwood.

Ho sentito un pugno freddo allo stomaco e sono scappato verso le stalle. Mi sono lanciato al galoppo mentre l'Imperatore urlava un ordine a Gourgaud.

La catena di granchi mi ha guidato fino all'orlo della Scodella del Diavolo.

Non dimenticherò mai quella scena, vivessi anche mille anni: Amani disteso su un letto di granchi sul fondo del burrone. Saranno stati duecento, trecento, ricoprivano le pareti del cono infernale e brillavano come diamanti colpiti dal sole. Il mio amico era ricurvo su un fianco, come addormentato, a bocca aperta.

Ho urlato di disperazione fino a sentire male alla gola. Il mio "Nooo!" è rimbombato nel cono ed è arrivato fino in cielo.

Avrei voluto raggiungerlo laggiù in qualche modo, anche se era impossibile farlo senza morire. L'Imperatore mi ha trattenuto con la forza. Gourgaud è volato come il vento a Longwood ed è tornato con una fune e Montholon, che lo ha aiutato a calarsi nel cono. I granchi si sono fatti da parte per favorire i soccorsi del generale.

Gourgaud ha imbragato il corpo di Amani che è risalito a strappi dall'inferno, con le braccia e le gambe abbandonate nel vuoto: sembrava una medusa che veniva a galla.

Montholon ha depositato per terra il mio amico con grande delicatezza e poi gli ha passato una mano sul viso per chiudergli gli occhi.

Napoleone ha cercato di fermarmi ancora, ma io mi sono liberato e sono balzato in sella a Marengo.

«Seguilo!» ha ordinato Napoleone a Gourgaud.

Ho galoppato più veloce di quanto abbia mai fatto in vita mia, mentre il vento mi staccava le lacrime dalla faccia. Ho attraversato il muro di foglie del Picco di Diana senza rallentare, agli occhi di Gourgaud devo essere sparito come un fantasma.

Arrivato al Bianco, ho cominciato a scalare con frenesia la parete della cascata. Avevo fretta di morire ed ero certo di farcela, come Napoleone a Waterloo quando si è lanciato nel quadrato con la sciabola in pugno. Neanch'io volevo resistere alla disfatta, alla disperazione. Volevo farla finita quello stesso giorno, ma qualcuno lo ha impedito anche a me.

Guardavo di sotto per farmi venire le vertigini, avevo la vista sfocata per le lacrime, eppure i piedi trovavano gli appoggi da soli e le mani restavano incredibilmente attaccate a rocce umide e scivolose, come se il dente di Libero che portavo al collo mi avesse trasmesso una magia o come se il mio amico Amani morendo mi avesse passato la sua anima da granchio.

Salivo verso il cielo anche se volevo precipitare all'inferno.

Arrivato in cima, ho alzato le braccia come faceva lui quando immergeva la testa nel sole e ho urlato per sputare fuori il rimorso che mi stava torturando.

Amani è morto per colpa mia, perché mi ha difeso. L'hanno gettato nella Scodella del Diavolo dove Kendall è stato umiliato davanti agli amici. Non fossi mai sbarcato a Sant'Elena, oggi sarebbe ancora vivo.

Ho urlato, pianto, poi mi sono sdraiato sul prato e mi sono addormentato.

Gourgaud mi ha aspettato di sotto come un buon fratello maggiore.

Oggi pomeriggio lo abbiamo seppellito.

L'Imperatore ha allestito la sua carrozza a sei cavalli. L'ha guidata Tobia vestito in livrea. All'interno ci siamo accomodati solo io, Napoleone in uniforme da Primo Console e Cleo, sorella di Amani, bella anche nella sua composta disperazione. Alla carrozza abbiamo legato il carro che trasportava la bara di legno del mio amico.

Dietro venivano i generali a cavallo e a piedi tutti i francesi di Longwood. Al corteo si sono poi aggiunti gli africani e i cinesi di Jamestown. Della famiglia Balcombe era presente soltanto Lydia.

Il Governatore, per l'occasione, ha pensato bene di sospendere il bando e di permettere all'Imperatore l'ingresso al villaggio.

Guardateci, inglesi, questo è il nostro esercito che presto verrà a stanarvi nelle vostre case. Restate pure ai margini della strada mentre passiamo, scivolate come topi lungo i muri, sbirciate da dietro le finestre. Li vedete gli occhi di Santini? Fate bene ad avere paura.

Amani non è morto "per un gioco di ragazzi", come manda a dire il Governatore, è stato ucciso, e presto noi lo vendicheremo.

Però Cleo sulla pietra posta sulla terra che lo ricopre ha fatto scrivere soltanto: *Amani vuol dire pace*.

Königsberg
Auerstag
IMPERO
27
DIARIO
Dôle

27

Il fiume della nostalgia. L'anima di granchio di Amani. Il poeta e la pittrice contro la disperazione.

25 dicembre 1816

Riapro questo diario dopo sei mesi, anche se non ho tenuto fede alla promessa che mi ero fatto il giorno che lo chiusi, dopo aver seppellito Amani. Avevo giurato sulla chela di Libero che la prossima cosa che avrei raccontato su queste pagine sarebbe stata la morte di Kendall.

Invece non l'ho ucciso.

Nei primi mesi perché non ho potuto, in quelli successivi perché non ho voluto.

Il giorno stesso del funerale l'Imperatore ordinò a mio padre di tenermi a Longwood e di impedirmi di cavalcare, ben sapendo che sarei andato a cercare il nipote del Governatore.

Mi sentivo come un prigioniero con le catene ai polsi e alle caviglie. Piangevo, urlavo, digrignavo i denti per strapparle dal muro della mia cella, ma ero assolutamente impotente. Potevo fare solo lunghe passeggiate sul sentiero che porta al mare scendendo a picco dalla scogliera, quello che avremmo dovuto scoprire insieme il giorno che uccisero Amani.

In genere abbandonavo presto il sentiero e proseguivo tra le rocce, senza rallentare il passo, senza badare agli appoggi, cadendo spesso, sbucciandomi le ginocchia o le braccia, cercando apposta di farmi male, perché solo il sangue e il dolore riuscivano in qualche modo ad alleviare la disperazione che mi mangiava dentro.

Ogni volta tornavo ferito come da una battaglia.

Un mese più tardi, quando mi ha riconsegnato Marengo, l'Imperatore ha ordinato a Gourgaud di seguirmi come un'ombra ovunque andassi. È stato durante quelle lunghe cavalcate mute che ci siamo legati come fratelli. Il silenzio ci ha uniti più del sangue.

E poi fatico a spiegare che cosa sia capitato nei mesi successivi.

È come se il fiume della nostalgia di Amani fosse uscito dal suo letto e avesse ricoperto tutto, anche la rabbia e il desiderio di vendicarlo. Sentivo solo il dolore per la sua mancanza e nient'altro.

Mi sono ritrovato come Napoleone sull'altura di Waterloo quando aspettava Grouchy e invece ha riconosciuto von Blücher. Io mi ascoltavo dentro: aspettavo la rabbia e riconoscevo solo dolore. E così il pensiero di uccidere Kendall è finito per sembrarmi non solo una cosa inutile, ma addirittura sbagliata, come lo era per Amani sparare alle pernici e alle tortore.

Ormai ne sono certo: il mio amico africano morendo mi ha passato per davvero la sua anima di granchio.

A distanza di mesi dalla sua morte, invece di progettare la vendetta e di ferirmi sugli scogli, trovavo consolazione nelle lunghe cavalcate solitarie che ormai mi permettevano e che avevano per destinazione i tanti posti che Amani mi ha fatto scoprire. Mille volte ho scalato la cascata del Bianco di Diana e mi sono sdraiato sul prato. E ogni volta il piacere del ricordo rubava un po' di spiaggia al dolore dell'assenza. Una lenta marea che saliva, la vita che mi rimontava.

Poi l'amicizia ha fatto il resto.

Ho ripreso a cavalcare con Lazare, ma anche con Lydia: i due che più mi hanno scortato mentre guadavo la disperazione. Il poeta sa trasformare le parole in medicine, la pittrice fa ombra al dolore con i suoi sorrisi buoni.

Oggi, giorno di Natale, Lydia è venuta a portarmi il suo regalo. Un altro quadro splendido che mi ha strizzato il cuore. C'è Amani che sorride trionfale a braccia alzate su uno dei due massi del Bianco. I suoi dentoni risplendono. Sulla spalla ha un granchio.

È lui, esattamente lui, perché ha negli occhi solamente la felicità del gioco, non c'è la minima traccia della soddisfazione per aver fatto cadere il nemico dal mondo accanto.

Amani non ha mai conosciuto il bene che deriva dal fare male agli altri.

Ho appeso il quadro accanto al mio, nel granaio. Non due generali vittoriosi, ma due amici felici.

Nel pomeriggio sono andato a trovarlo al cimitero di Jamestown.

Un anno prima, alla stessa ora, Amani mi aveva salvato la vita tirandomi fuori dalle sabbie mobili del Paradiso di Diana. Aveva impedito che finissi sotto terra. Io non sono stato capace di ricambiare. Anzi, indirettamente ho contribuito perché lui ci finisse.

Sulla lapide di pietra c'era un granchio vivo.

Ne ho sempre trovato uno tutte le volte che sono passato. Credo che si diano il cambio per tenergli compagnia.

Königsberg
IMPERO
28
MAIALE
Allenstein
BONUS

28

Un'altra isola di Circe. La follia si diffonde a Sant'Elena. Alla ricerca della palla ideale. L'Imperatore scopre la poesia di un rimbalzo.

11 gennaio 1817

Forse quest'isola è come quella di Circe, solo che invece di trasformarci in maiali ci stiamo trasformando tutti in granchi pacifici. Per questo i crostacei di Sant'Elena obbedivano con tanta prontezza agli ordini di Amani: in realtà sono marinai e soldati vittime di un incantesimo.

Il più avanti nella trasformazione sembra l'Imperatore. Non mi meraviglierei se da un giorno all'altro gli spuntasse la prima chela.

Da mesi ormai non detta un ricordo di guerra a mio padre e invece di attaccare il Governatore che sta costruendo attorno a Longwood un vero e proprio fortino, si sposta con movimenti laterali e gioca.

La partita di *croquet* a Briars lo ha appassionato a tal punto che con l'aiuto di Tobia ha spianato l'unico prato alle spalle della scuderia. Ha diretto di persona le operazioni di taglio dell'erba che ha fatto rifinire da Santini con forbici da parrucchiere e ci ha piantato i ponticelli che si è procurato nella bottega dei Balcombe.

Non è esattamente il campo di *Plantation House*, ma la palla colpita dal martelletto corre in modo abbastanza regolare.

Napoleone ci passa le ore con i suoi generali che all'inizio sono stati costretti a seguirlo attraverso i sei piccoli archi di trionfo con malcelato fastidio, ma che ormai sono stati contagiati dalla passione del gioco e si sfidano con sempre maggiore partecipazione, come fosse una battaglia vera.

Gourgaud e Montholon si ritrovano regolarmente avversari e non perdono occasione per litigare. Ognuno si diverte a bersagliare la palla dell'altro piuttosto che a imbucare l'archetto, come faceva Betsy con me.

Non ho più visto la giovane Balcombe e non mi manca. Al ricordo della sua pelle bianca e dei pochi passi che l'hanno portata dal cavallo alla cascata, il carapace che mi si è formato sul cuore scricchiola, ma so con certezza che resisterà.

La sua assenza al funerale di Amani e il fatto che non mi abbia mai reso visita nelle settimane successive mi autorizzano a sospettare che possa essere stata presente alla Scodella del Diavolo quando hanno gettato dentro il mio amico, così com'era presente quando hanno preso a calci me e il cappello di Napoleone.

Betsy è morta, molto più di Amani che vive accanto a me.

Naturalmente alla vista dell'Imperatore e dei generali che giocano a *croquet*, Enzo e Lisandru sputano per terra.

Temo che l'isolamento, il sole e il vento ci stiano lentamente facendo impazzire, come capita ai prigionieri incatenati nelle segrete di una torre.

Lazare condivide il mio sospetto, ma non è preoccupato. Anzi. Ritiene che la follia sia una raffinata forma di poesia e una preziosa predisposizione alla rivoluzione.

CAPITOLO 28

Quando dice cose del genere, il poeta dimostra di essere il più pronto di tutti noi a perdere il senno, ma nelle ultime settimane Napoleone lo ha rimontato a tappe forzate.

Non ho avuto il coraggio di chiedergli che cosa abbia in testa, ma credo di averlo intuito: una specie di *croquet* gigante, da giocare con una palla grande come quella di un cannone e da colpire con i piedi invece che con un martelletto di legno.

Tutto è cominciato un pomeriggio quando ha riempito di stracci e camicie dismesse una specie di sacca di cotone, che poi ha annodato con un laccio e preso ripetutamente a calci. L'obbiettivo era farla passare in mezzo a due pali di legno che aveva piantato nel campo da *croquet*.

Nella vita dell'Imperatore tutto è stato più grande che in quella degli altri uomini: l'ambizione, la gloria, la dimora. Ha preso una nazione e ne ha fatto un Impero. In un certo senso quindi è logico che, guidato da quello stesso istinto di grandezza, abbia sentito il bisogno di dilatare le proporzioni del suo gioco preferito.

Sebbene centrasse i due pali con crescente disinvoltura, conservava sul viso una palese insoddisfazione, tipica dell'inventore che non riconosce nell'esperimento i risultati attesi. Mentre andava a recuperare la palla di stracci dondolava il capo.

Era proprio quello il motivo della delusione: la palla.

Un giorno ha tolto gli stracci dalla sacca di cotone e l'ha riempita di fieno. La nuova palla, calciata dagli stivali, adesso volava con una nuova leggerezza. Napoleone ha reagito con un sorriso quasi impercettibile, che però distava dalla soddisfazione come Sant'Elena dall'Africa.

Un pomeriggio che mi trovavo a Sandy Bay con Lazare, ho raccontato agli amici di Amani i curiosi esperimenti di Napoleone.

Tao mi ha assicurato che il mio Imperatore era in ritardo di almeno duemila anni rispetto al suo, perché nell'antica Cina esisteva già un gioco di nome *cuju* con una palla ripiena di piume e capelli di donna da prendere a calci.

Ho riferito la notizia a Napoleone che si è messo immediatamente in azione. Ha fatto spennare alcune galline e, non potendo tosare madame Bertrand e madame Montholon, ha dato ordine a Santini di procurarsi una buona dose di capelli tra i francesi di Longwood, anche se il parrucchiere còrso avrebbe desiderato usare il rasoio per ben altri scopi.

Mi sono messo in fila anch'io con la servitù nella corte e quando è venuto il mio turno ho dato il mio contributo di capelli.

Riempita di scalpi e di piume, la palla sembrava volare con molto più equilibrio e conservare la direzione del tiro molto meglio di quella colma di paglia.

L'Imperatore appariva moderatamente soddisfatto dei progressi e ha colpito la nuova palla con grande vigore. La punta dello stivale ha perforato la tela ormai logorata, ed è caduta in volo una spettacolare pioggia di ciocche bionde e nere, lisce e crespe.

A quel punto la ricerca della palla ideale ha coinvolto tutta Longwood.

L'idea più brillante, non a caso, è venuta a un uomo di scienze: il dottor Antommarchi.

In un primo momento Napoleone ha reagito con un'espressione disgustata e infuriata nello stesso tempo: «Una vescica di maiale? Ma vi sembra che un Imperatore possa giocare con una porcheria del genere? Mi meraviglio di voi e del vostro ingegno. Dovrò scrivere a mia madre che mi spedisca dall'Europa un altro dottore».

Il medico còrso, che aveva in mano l'organo del suino, ha

provato a illustrare le sue ragioni: «Maestà, vi assicuro che questa pellicola, una volta riempita d'aria, può esercitare l'uso che richiedete meglio di qualsiasi altra cosa al mondo».

«Ma non sentite come puzza?» ha ribattuto Napoleone facendo un passo indietro.

«Puzza perché è stata appena estratta dal maiale» ha spiegato Antommarchi.

«E me lo dite pure!» ha tuonato il sovrano al culmine dell'indignazione.

«Maestà, ve l'ho portata fresca di macello perché solo così può trattenere l'aria al suo interno» si è affrettato a spiegare il medico. «Provate a gonfiarla e sono sicuro che vi ricrederete.»

Nel momento in cui il dottore ha allungato la vescica a Napoleone, ho temuto davvero per la sua sopravvivenza. Avesse avuto la spada al fianco, l'Imperatore lo avrebbe sicuramente trapassato come un cosacco.

Invece si è limitato a tuonare, rosso in volto: «Antommarchi, state chiedendo all'Imperatore di appoggiare le labbra sulle budella puzzolenti di una scrofa? Come vi permettete? Soffiate voi che siete abituato alle autopsie e a porcherie del genere!».

Tobia, che stava lavorando nell'orto vicino e aveva ascoltato la discussione, si è messo a disposizione: «Buon Signore, se credete, io ho dei validi polmoni».

Il dottore gli ha mostrato un bocchino di terracotta, infilato nella vescica dell'animale, e lo schiavo l'ha riempita di fiato in pochi secondi.

Davanti all'involucro sferico colmo d'aria che il dottor Antommarchi lanciava in aria e riprendeva tra le mani con una certa soddisfazione, l'Imperatore ha cambiato improvvisamente umore. Il mare in tempesta è diventato un lago.

«Sì, però basta un calcio e la buco...» ha commentato con un filo di voce.

«Io consiglierei di ricoprirlo con delle strisce di cuoio» ha suggerito Tobia. «In questo modo diventerà molto più resistente. Sono stato ciabattino, posso farlo io se volete.»

Il giorno dopo, come racconta Lazare a suo modo, "Napoleone Bonaparte ha scoperto la poesia di un rimbalzo".

Ha lasciato cadere la palla di cuoio cucita da Tobia e quella, invece di accasciarsi sull'erba come la sacca di stracci, è risalita verso il cielo e poi è tornata di nuovo sulla terra.

«Non siamo anche noi come quella vescica di maiale?» si è già chiesto Lazare. «Tendiamo al cielo, ma ricadiamo sempre giù. E spesso puzziamo.»

L'Imperatore ha ripetuto per altre tre volte l'esperimento. Al quarto tentativo, dopo il rimbalzo, prima che la palla ritoccasse l'erba, l'ha colpita violentemente con il collo del piede destro. Il globo di cuoio è volato dritto nell'aria come una sfera di cannone ed è passato in mezzo ai due pali di legno.

Forse non avrebbe sorriso con la stessa gioia se sull'altura di Waterloo avesse riconosciuto Grouchy al posto di von Blücher.

Naturalmente davanti a tanto entusiasmo Enzo e Lisandru hanno sputato a ripetizione come lama.

Anch'io, confesso, sono rimasto perplesso, ma mi astengo da qualsiasi critica per non cadere nuovamente nella trappola di Austerlitz. Sicuramente l'Imperatore vuole mostrarsi distaccato, debole, arrendevole, perfino pazzo, per ingannare il nemico e poi colpirlo di sorpresa.

In effetti, quando non fa esperimenti per il grande *croquet*, quando non esce in calesse con Cleo e quando non si concede lunghe passeggiate a piedi con mio padre, Napoleone si ritira davanti a grandi fogli bianchi che riempie di appunti e disegni. Sicuramente progetta strategie che riguardano la fuga con il sommergibile.

Quello che mi chiedo è perché lo faccia all'aria aperta, sotto la tenda, ben sapendo di avere addosso gli occhi delle spie, e non nell'intimità del suo studio.

Ogni volta che l'Imperatore si mette al lavoro sotto la tenda, la Mangusta parte a cavallo. Sono sicuro che va a riferire al Governatore.

Lazare pensa che si tratti di una provocazione, di una mezza dichiarazione di guerra. La rivoluzione è vicina, giura. E come prova adduce il fatto che l'Imperatore passa ogni sera accanto all'albero della scogliera a scrutare l'oceano, come se dovesse riconoscere da un momento all'altro la nave che attraccherà al largo per poi portarci in America.

Guarda il mare con una mano infilata nella giacca e lo stivale destro appoggiato sul pallone di cuoio da cui non si separa più.

Mos
WE
Allenstein
29
PALLONE
Martigny

29

Una guerra di pace per i ragazzi di Sant'Elena. Orgoglio, delusione e odio si intrecciano.

27 gennaio 1817

Com'era facile prevedere, il Governatore in persona è tornato a Longwood, scortato da una decina di guardie a cavallo, e ha sorpreso l'Imperatore al lavoro davanti alle sue carte, sotto la tenda montata nella corte dal 53° Reggimento.

«Generale, finalmente mi consegnerete ciò che stavamo cercando» ha esordito sir Hudson Lowe smontando dalla sella con un sorriso trionfale.

I tre generali avevano la mia stessa espressione preoccupata.

«Buongiorno, Governatore. Vi stavo aspettando. Accomodatevi pure» ha risposto invece Napoleone con grande tranquillità.

Hudson Lowe si è seduto sulla sedia indicata dall'Imperatore e ha cominciato subito a studiare il foglio steso sul tavolo: «Vediamo dunque come è fatto questo famoso sommergibile...».

«Sommergibile? Non so di che cosa stiate parlando, sir.»

«Generale, il vostro grande errore, anche a Waterloo, è stato quello di sottovalutare l'intelligenza degli inglesi» ha insistito il

Governatore puntando un dito sulla carta. «Quindi il sommergibile che vi ha offerto quel furfante irlandese di Johnstone è lungo otto passi e alto un paio di metri. Leggo bene gli appunti?»

«No, questo è un arco di trionfo» lo ha corretto l'Imperatore. «Come vedete ce n'è un altro della stessa dimensione dalla parte opposta del rettangolo.»

Le rughe del dubbio hanno scavato la fronte a picco del Governatore: «Archi di trionfo?».

«È un nuovo gioco che sto mettendo a punto» ha spiegato Napoleone.

Sir Lowe si è irrigidito: «Pensate di burlarvi di me, generale?».

«Al contrario» ha assicurato l'Imperatore. «Proprio perché considero il gioco una questione seria da trattare con riservatezza, vi pregherei di far fermare a questo tavolo un vostro fidato aiutante e di far allontanare gli altri. Io tratterrò solo il Conte de Las Cases e suo figlio Emanuele. Restringiamo il cerchio, poi vi illustrerò di che cosa si tratta.»

Pur contrariato per dover obbedire a un ordine invece di impartirlo, il Governatore ha raccolto l'invito di Napoleone. Ha fatto sedere accanto a sé il capo delle guardie, quello che ha conosciuto da vicino il rasoio di Santini, congedando la Mangusta e gli altri soldati.

Io mi sono fatto avanti con lo stesso grado di imbarazzo che riconoscevo sul volto dei tre generali, seppur fosse di natura diversa. Il mio era imbarazzo d'orgoglio, il loro di fastidio per l'esclusione dal tavolo delle trattative a favore di un ragazzo di sedici anni.

«Sentiamo» ha sollecitato sir Hudson Lowe, nervoso.

«Si tratta di un gioco che ricorda il *croquet*,» ha esordito l'Imperatore «ma disputato da due squadre di undici giocatori su un campo rettangolare che, come potete leggere, ha due lati lunghi cento passi e due cinquanta. Gli archetti sono solo due, posti al centro dei lati corti e, come sapete già, misurano otto passi in lunghezza e un paio di metri in altezza. Ogni squadra deve far passare la palla nell'arco dell'avversario. Ogni palla che entra vale un punto, vince la squadra che avrà messo a segno più punti».

«Ma è un gioco folle!» ha esclamato il Governatore con una risata isterica. «Ci vogliono due giorni per spingere una palla da *croquet* su un campo lungo cento metri. Sarebbe lo sport più noioso del mondo...»

«Infatti non si gioca con una palla da *croquet*, ma con una palla grande quanto una sfera di cannone: il "pallone", che ho chiamato così dalla fusione delle parole "palla" e "cannone"» ha spiegato Napoleone recuperando da sotto il tavolo la sfera di cuoio cucita da Tobia.

Il Governatore se l'è rigirata tra le mani con grande attenzione, poi ha arricciato il suo naso da aquila: «Ma puzza...».

«Non sono stati ancora inventati maiali che profumano, sir» ha fatto notare l'Imperatore. «All'interno c'è una vescica di porco riempita d'aria.»

Hudson Lowe l'ha restituita immediatamente: «Ma per spingere una palla del genere che tipo di martelletto serve?».

«Nessun martelletto, soltanto i piedi. Le due squadre dovranno spostare la palla e farla entrare nel rispettivo arco di trionfo prendendola a calci» ha risposto l'Imperatore che si è alzato dal tavolo, ha lanciato la palla in aria con le mani e l'ha colpita con una pedata poderosa.

Tutti hanno seguito con meraviglia la parabola della sfera di cuoio che, come un piccolo sole, ha attraversato il cielo della corte ed è tramontata proprio sulla carrozza del Governatore. Un cavallo si è imbizzarrito per lo spavento.

«Come vedete, con un paio di calci come questo il pallone percorre cento metri in pochi secondi. Non sarà affatto un gioco noioso» ha assicurato Napoleone rimettendosi a sedere.

A quel punto, sir Hudson Lowe ha abbassato gli occhi sulle carte e ha cominciato a setacciarle con i suoi occhi da spia per cercare di capire in che modo quella follia potesse avere a che fare con un piano di fuga da Sant'Elena.

Incapace di riconoscere indizi e sospetti, alla fine si è arreso e ha fatto la domanda diretta: «Generale, perché vi siete inventato questo gioco?».

«Per due ragioni» ha spiegato l'Imperatore. «La prima è perché sei mesi fa abbiamo seppellito un ragazzo finito nella Scodella del Diavolo. Nessuno desidera che altri facciano la stessa fine. Se i ragazzi dell'isola vorranno sfidarsi, ora potranno farlo con questo gioco che ricorda la guerra. Servirà strategia: sfondare al centro o accerchiare il nemico? Da dove e come far partire la palla di cannone? Attaccare in massa o aspettare la carica dell'avversario? Due eserciti di undici giocatori si faranno guerra, ma senza lasciare sul campo neppure un ferito perché in questo gioco sono vietati calci, pugni e qualsiasi forma di violenza. Vincerà chi si dimostrerà più abile a far correre il pallone e a farlo passare nell'arco di trionfo. Voglio regalare ai ragazzi una guerra di pace che non farà male a nessuno. Questa è la prima ragione.»

«E la seconda?» ha incalzato il Governatore.

«La seconda è un regalo che faccio a voi, sir Lowe: consentirvi di celebrare l'anniversario di Waterloo come desiderate» ha risposto Napoleone.

«Spiegatevi meglio» ha ordinato il nostro carceriere, assestandosi sulla sedia.

CAPITOLO 29

«Il prossimo 18 giugno potreste organizzare una sfida al nuovo gioco tra i ragazzi francesi e quelli inglesi. A *Plantation House* avete un giardino meraviglioso che può ospitare tranquillamente un campo dalle dimensioni indicate. Io verrei a guidare l'esercito dei nostri ragazzi e così nel giorno di Waterloo voi potreste ospitare a casa vostra il comandante francese sconfitto.»

La sola ipotesi ha fatto lampeggiare gli occhi del Governatore, nascosti dalle boscose sopracciglia: «Davvero sareste disposto a venire a *Plantation House* il giorno di Waterloo?».

«Posso darvi fin da ora la mia parola, e la parola di un Imperatore vale più di ogni altra parola sulla terra» ha assicurato Napoleone. «Nel caso accettaste la sfida, dovremmo trovarci presto per stabilire nei dettagli, nero su bianco, le regole del gioco. Poi i ragazzi avranno a disposizione poco meno di cinque mesi per esercitarsi, scegliere gli undici soldati migliori e prepararsi alla battaglia. Io posso già annunciarvi che il generale alla guida dell'esercito francese sarà il qui presente Emanuele de Las Cases. Immagino che voi sceglierete vostro nipote Kendall. Mi hanno raccontato che ha già dimostrato ottima attitudine al nuovo gioco prendendo a calci il mio bicorno. Sarà una sfida appassionante, ne sono sicuro, sir Lowe.»

«D'accordo. Ci penserò e vi farò sapere» ha concluso il Governatore. «Nel caso accettassi, però, dovrete metterci a disposizione qualche pallone per le nostre esercitazioni.»

«Naturalmente. Vi spiegheremo come costruirle. Di sicuro tra voi inglesi i maiali non mancano» ha ribattuto brillantemente Napoleone.

«Mi state per caso insultando?» si è irrigidito il Governatore scattando in piedi.

«Assolutamente no, sir Lowe, mi avete frainteso» si è spiegato l'Imperatore sforzandosi di apparire convincente. «Intendevo solo dire che sicuramente a Jamestown avete più suini in stalla di quanti ne abbiamo noi qui a Longwood.»

Partiti gli inglesi, ho fatto i conti con le mie emozioni che erano intrecciate insieme come in una cesta colma di serpenti. C'era l'orgoglio, prima di tutto.

Non solo Napoleone mi aveva chiamato al tavolo, mi aveva addirittura scelto a capo del suo esercito. L'aveva annunciato a tutti. Promosso sul campo. Si trattava di un esercito di pace, d'accordo. Ero generale per gioco. Va bene.

Ma intanto l'Imperatore ha scelto me!

Ne ho guadagnata di fiducia da quel primo pranzo a Briars quando il suo sguardo veloce mi attraversò come un faro...

Ma oltre all'orgoglio c'era anche delusione, devo ammetterlo. Perché quei fogli, su cui l'avevo visto spesso curvo e pensieroso, non contenevano alcuna traccia di sommergibile, nessun progetto di fuga.

Lazare ha subito sbriciolato il mio pessimismo e ancora una volta, grazie alla sua febbrile immaginazione, ha fatto emergere una verità nascosta.

Secondo il poeta il nuovo gioco è molto più rivoluzionario di un sommergibile, nel senso che il sommergibile al massimo fa scappare sei prigionieri, mentre il nuovo gioco è il cavallo di Troia che farà entrare a *Plantation House* tutti i francesi di Longwood, compreso Santini con il rasoio.

Ubriacato dall'euforia di umiliarci, il Governatore aprirà le porte di casa ai prigionieri che accorreranno per assistere alla sfida tra ragazzi e il giorno di Waterloo diventerà il ricordo di una disfatta anche per gli inglesi.

CAPITOLO 29

E infine, nella cesta, si agitava il serpente dell'odio. Tra cinque mesi guarderò in faccia Kendall e gli correrò incontro. Non potrà essere una guerra di pace, perché il mio amico Amani non c'è più.

Dopo cena l'Imperatore ha voluto incontrarmi nel suo studio.

«Hai visto come brillavano gli occhi del Governatore, quando gli ho parlato della sfida il giorno di Waterloo?» mi ha chiesto. «Stai tranquillo che accetterà. Perciò tieniti pronto. Mi accompagnerai a Jamestown per la riunione delle regole e poi cominceremo le esercitazioni. Intanto inizia a pensare a quali ragazzi coinvolgere tra quelli africani e cinesi che hai conosciuto. D'accordo, generale?»

«D'accordo, Maestà. Volevo dirvi che questo incarico è un onore che mi riempie d'orgoglio, il più nobile che abbia mai ricevuto» ho spiegato a fatica. «E poi vorrei farvi due domande, se me lo concedete.»

«Concesso.»

«Perché proprio undici giocatori e non dieci?» ho chiesto. «C'entrano gli undici cadetti che morirono nell'esercitazione sul Col di Tenda per far colpo sulla vostra amica?»

«Sì, c'entrano. Sarete in undici anche voi e anche voi giocherete alla guerra, ma questa volta nessuno si farà male» ha assicurato l'Imperatore. «La seconda?»

«Perché i piedi, Maestà?»

«Perché le mani impugnano le spade e i fucili. Questo è un gioco di pace» mi ha spiegato Napoleone Bonaparte.

Thann
llland
30
ARCO DI TRIONFO
Marengo
MURAT

30

Si decidono le regole per la sfida di Waterloo. Un esercito a piedi nudi. Manca il baluardo.

14 febbraio 1817

L'Imperatore non si sbagliava.

Tre giorni dopo l'incursione a Longwood, il Governatore ci ha convocati nel suo palazzo di Jamestown per definire le regole del gioco del pallone.

Aveva accettato la sfida di Waterloo.

Non ci siamo presentati a mani vuote. Abbiamo regalato a Hudson Lowe tre palle di cuoio appena fabbricate dal dottor Antommarchi e da Tobia.

Il dono è stato apprezzato.

Il Governatore ci ha ospitati in un elegante salone dalle pareti di stoffa ricoperte di quadri che in realtà sembravano specchi perché ritraevano tutti la figura slanciata di Hudson Lowe, che in ogni tela sfoggiava l'impassibilità di un boia e uniformi sgargianti ricoperte di onorificenze.

Al suo fianco sedeva un uomo calvo e grasso, pronto a scrivere sui fogli che aveva davanti. Il colletto della camicia bianca che gli strozzava la gola sembrava ingigantirgli ancora di più la testa enorme.

Dall'altro lato del tavolone di legno sedevamo noi: Napoleone, mio padre e io.

Abbiamo affrontato le regole del gioco proposte da Napoleone una per una. Trovata l'intesa, l'uomo pelato e mio padre le mettevano per iscritto.

Nessuna discussione particolare sulle misure del campo e dei due archi di trionfo: si è deciso di tracciare sul prato di *Plantation House* un rettangolo di cento passi per cinquanta e che i passi fossero quelli del Governatore. Le corde tese tra quattro picchetti piantati ai quattro angoli del rettangolo avrebbero delimitato l'area. Gli archi di trionfo sarebbero stati ricavati da una cima legata tra i due pali.

Tutti d'accordo anche sulla durata della sfida.

Come una partita di *croquet* si svolge in due tempi, cioè con un percorso di andata e uno di ritorno, così anche la nostra battaglia si svolgerà in due atti di trenta minuti ciascuno, con una pausa in mezzo, preziosa per recuperare le forze, dato che correre su un campo così ampio è molto più faticoso di una sfida a *croquet*.

Napoleone ha accettato senza problemi la proposta del limite di età fissato a vent'anni con la possibilità però di schierare in campo tre adulti.

Qualche riflessione in più, ma nessuna controversia, ha suscitato la proposta dell'Imperatore di concedere a un solo giocatore degli undici il privilegio di toccare la palla anche con le mani.

«Per quale motivo?» ha chiesto subito il Governatore, sospettoso, da buona spia, di ogni eccezione a una regola.

«Quel giocatore, il baluardo, resterà a protezione del suo arco e potrà respingere la palla con le mani o bloccarla tra le braccia per impedirle di entrare tra i pali» ha spiegato l'Imperatore. «Altrimenti sarebbe troppo facile segnare un punto.»

Dopo qualche secondo di riflessione, il Governatore ha convenuto: «Giusto, ci vuole il baluardo. Più le battaglie sono difficili, più è bello vincerle».

L'uomo pelato e mio padre hanno fatto correre le loro penne d'oca e inserito tra le regole del gioco la figura del baluardo.

I problemi sono iniziati quando si è passati a discutere gli indumenti da gioco.

Hudson Lowe non ne voleva sapere di rinunciare agli stivali: «Avete mai visto un soldato in battaglia senza gli stivali?».

«Ma questa è una battaglia di pace senza cavalli» ha fatto notare Napoleone.

«Ma è comunque una battaglia!» ha insistito sir Lowe. «Gli stivali sono la dignità di un soldato!»

«Il calcione di uno stivale può anche spaccarti una gamba» ha ribattuto l'Imperatore. «Se invece sei a piedi nudi, ci pensi due volte a darlo perché ti fai male anche tu.»

«E poi si corre male con gli stivali,» ha aggiunto mio padre «mentre sul vostro magnifico prato inglese ci si muove benissimo a piedi nudi. Il gioco risulterà ancora più veloce e quindi più spettacolare.»

Con grandissima sofferenza, come sempre quando deve subire la volontà altrui, il Governatore ha fatto cenno al suo notaio di inserire tra le regole anche l'obbligo dei piedi nudi.

Poi però ha raccolto tutto l'orgoglio che aveva a disposizione per opporsi alla regola successiva proposta da Napoleone: «Sono vietati calci, pugni, spintoni, strattoni di maglia e ogni altro tipo di violenza per fermare l'avversario. La palla può essere recuperata soltanto togliendola dai piedi dell'avversario senza entrare in contatto diretto con il medesimo».

«Ma questa è danza, non guerra!» è esploso il Governatore.

«Non è danza e non è guerra» ha precisato l'Imperatore con grande tranquillità. «È un gioco di abilità e deve vincere chi è più abile, non chi è più forte. Nel caso di un furto violento, il giudice che sarà in campo dovrà fermare il gioco e restituire la palla a chi ne aveva il possesso, che avrà diritto a una cannonata libera, cioè senza avversari davanti.»

«Non se ne parla neanche. Questione chiusa: decide il Governatore! Scrivete: *la palla può essere recuperata in qualsiasi modo e poi giocata solo con i piedi.* Questa sì che è una battaglia da uomini! Scrivete tutti e due!» ha ordinato sir Lowe.

Mio padre ha guardato l'Imperatore per capire che cosa dovesse fare. Napoleone si è alzato dalla sedia e ha annunciato: «A queste condizioni non si può giocare la partita. Mi spiace. Diventerebbe una rissa, porterebbe altro odio e magari un altro ragazzo sul fondo della Scodella del Diavolo. Andiamo...».

Mio padre e io lo abbiamo seguito, ma arrivati sulla porta del salone la voce del Governatore ci ha fermati: «Un momento, signori...».

Sir Lowe ha parlottato per qualche secondo con il suo notaio, poi con un cenno vago ci ha invitati a tornare al tavolo e ha stabilito: «D'accordo, inseriremo nelle regole il divieto di scontri fisici, ma il giudice in campo che dovrà sanzionare le scorrettezze sarà un ufficiale inglese».

Mio padre è intervenuto prima ancora che lo facesse Napoleone: «Questo è impossibile. Come sapete, sir Lowe, la bilancia della Giustizia deve restare sempre in perfetto equilibrio. Se due sono le parti in causa, è logico che ognuna delle due sia rappresentata. Ci saranno in campo due arbitri, uno francese e uno inglese, e ognuno denuncerà le infrazioni al regolamento che riconoscerà in campo, magari aiutandosi con il suono di un fischietto per fermare il gioco».

«Sacrosanto, Conte» ha approvato l'Imperatore.

«Sacrosanto se voi non foste i prigionieri e io non fossi il Governatore di quest'isola» ha precisato il carnefice con un sorriso da carogna. «A Sant'Elena la legge sono io. Con grande magnanimità accetto di ospitare questo gioco da ballerine in casa mia e di rinunciare agli stivali, ma l'arbitro sarà senz'altro un ufficiale inglese e su questo non si tratta. Scrivete!»

Napoleone ha frenato con uno sguardo mio padre che stava per ribattere e gli ha ordinato: «Scrivete pure, Conte».

A quel punto ho capito che non avremmo mai potuto vincere la battaglia di Waterloo, perché l'ufficiale inglese avrebbe permesso a Kendall e ai suoi di prenderci a calci e pugni, mentre se avessimo provato a farlo noi, avrebbe applicato alla lettera il regolamento.

Come in questi sedici mesi ci hanno impedito di vivere, ora ci impediranno di vincere. Con le stesse armi: la prepotenza, la violenza, l'inganno.

Ero così furibondo per come si era chiusa la riunione delle regole che sulla strada del ritorno a Longwood ho spiegato apertamente all'Imperatore tutte le mie riserve.

Per la prima volta la vergogna non è riuscita a chiudermi la bocca.

«Ti sbagli, Emanuele» mi ha risposto Napoleone. «La nostra libertà, la nostra forza sta in quella vescica di maiale. Agli inglesi non basterà fermarci a calci e pugni per vincere, dovranno fermare anche la palla. E noi saremo più abili di loro a farla correre fino all'arco di trionfo. La forza contro l'abilità non può nulla. Chi ha vinto tra Ulisse e il Ciclope? Vinceremo noi. Vedrai.»

Oggi l'Imperatore ha riunito per la prima volta il suo esercito. Sotto la tenda di Longwood ha spiegato a tutti le regole del gioco e la sfida che ci aspetta a *Plantation House* tra quattro mesi contro gli inglesi. Poi ha sollevato la sfera di cuoio tenendola sospesa sul palmo della mano e ha annunciato: «Tornerete a casa solo dopo averla fatta passare sotto l'arco di trionfo».

Bertrand, Gourgaud e Montholon hanno riconosciuto con emozione l'allusione alle parole di Austerlitz, un brivido che li ha aiutati a sopportare meglio l'imbarazzo della situazione. Dopo tante vittorie, tante ferite, tante medaglie non dev'essere facile per loro ritrovarsi intruppati in un battaglione di ragazzi che hanno l'età dei tamburini.

«Come ci schiereremo in campo, Maestà?» ha chiesto il Gran Maresciallo.

«Ognuno avrà il suo compito preciso» ha risposto Napoleone stirando con una mano il foglio con il rettangolo di gioco. «Qui, a protezione del nostro arco mi serve una retroguardia di valore, forte e coraggiosa per sopportare l'assalto del nemico. Enzo e Lisandru, cederete il passo agli inglesi?»

«Solo se ci sparano» hanno risposto Santini e Cipriani sputando a terra quasi in coro.

Nei giorni scorsi Lazare ha convinto i due ragazzi còrsi che la partita sarà in realtà il cavallo di Troia che ci permetterà di entrare nelle mura inglesi e loro hanno abbracciato il piano con entusiasmo.

«Molto bene» ha approvato l'Imperatore. «Fermato il nemico, ci serve una valida fanteria in grado di spingere la palla verso il fronte opposto. So per esperienza che gli africani hanno corsa veloce e resistente. Kalil presterà le gambe ai nostri attacchi. Faccio bene a fidarmi?»

«Di gambe migliori delle mie sull'isola c'erano solo quelle di Amani» ha assicurato il ragazzo. «Il ricordo del nostro fratello africano mi darà ancora più forza. Amani correrà al mio fianco.»

«Bertrand, Montholon, voi vi occuperete degli aggiramenti laterali come tante volte avete fatto gloriosamente in battaglia» ha proseguito l'Imperatore. «Godrete del soccorso delle truppe cinesi che correranno con voi lungo i confini del campo.»

Tao e suo cugino Wei hanno annuito con seriosa partecipazione.

«Quando la fanteria e la cavalleria avranno portato la palla sul fronte nemico, toccherà a Lazare farla pervenire all'artiglieria» ha spiegato ancora Napoleone. «Nessuno meglio di un poeta sa armare un cuore e un cannone. A quel punto toccherà a Emanuele e Gourgaud, i nostri tiratori scelti, calciare la palla di cuoio nell'arco di trionfo e fare il punto. Queste saranno le vostre mansioni, ma avremo tempo per parlare di strategie e dell'uso della palla. Ora, per prima cosa, dovete prendervi cura del vostro corpo: abituare i piedi a correre sull'erba, riempire le gambe di forza e i polmoni di fiato. Soldati, toglietevi gli stivali e seguitemi. Emanuele, mettiti alla guida del gruppo. Sarai il mio comandante in campo.»

«Maestà, ci manca il baluardo» ho fatto notare.

L'Imperatore si è guardato attorno e ha dovuto convenire: «Hai ragione: siamo in dieci. Ci manca il baluardo… Qualcuno di voi avrebbe piacere di ricoprire il ruolo?».

«Io no. È un ruolo da codardo» ha risposto Lisandru. «Resta nell'accampamento mentre gli altri vanno a fare la guerra.»

«Ti sbagli» lo ha corretto Napoleone. «Il baluardo dovrà

avere coraggio, prontezza e agilità per fermare le palle di cannone con le mani. Può salvarci la vita. Ne troveremo uno all'altezza. Intanto, preparatevi e aspettatemi qui.»

L'Imperatore è entrato nella scuderia a piedi ed è uscito a cavallo.

Questo è stato lo spettacolo che hanno ammirato le guardie inglesi all'ora del tramonto: Napoleone Bonaparte che trotterellava a cavallo, seguito dal figlio del Conte de Las Cases, da tre gloriosi generali della Grande Armata, da un poeta della Camargue, da due ragazzi còrsi, da due cinesi e da un africano.

Correvano tutti a piedi nudi attorno al fazzoletto di prato inventato da Tobia.

Il nostro esercito in marcia verso Waterloo.

WAT
Landshut
31
NOTRE DAME
L'OROLOGIO

31

Gli allenamenti massacranti dell'Imperatore. Il nostro baluardo ha la magia nelle mani. Ogni passaggio è una prova di fiducia. Triangoli invisibili.

11 marzo 1817

Ci stiamo allenando duramente da un mese. L'Imperatore pretende da noi la stessa rigorosa disciplina che ha reso leggendaria la Grande Armata.

Ogni pomeriggio Tobia carica sul suo carro Kalil, Tao, Wei e li porta a Longwood dove Napoleone cura personalmente le esercitazioni con un impegno che sorprende noi prima ancora delle spie inglesi.

Da qualche giorno i nostri piedi stanno prendendo confidenza con i palloni di cuoio. Per tre settimane l'Imperatore ce li ha nascosti imponendoci solo corse infinite e prove di forza massacranti per potenziare i muscoli.

Ci ha guidati lungo il sentiero della scogliera che porta alla spiaggia e ci ha fatto correre sulla sabbia che spezza le gambe e i polmoni. Ci ha ordinato una serie di scatti veloci in salita e ci ha legato alla vita una corda da bastimento che trascinava dei massi pesanti. Il povero Montholon, che già deve portarsi dietro il peso di una pancia generosa, sbuffava come un vulcano.

Di sicuro Lazare, trasparente come una foglia, non sarebbe sopravvissuto se si fosse sobbarcato i nostri stessi carichi di lavoro. Opportunamente l'Imperatore gliene ha somministrata una porzione minima giustificando così l'esenzione davanti alla squadra: «I romanzi sono lunghi, le poesie sempre brevi. Al nostro poeta spettano solo pochi versi di fatica. Ci serve vivo in battaglia».

Ma tanta attenzione non è bastata a evitargli un altro febbrone da cavallo.

Colpa dell'acquazzone che ci ha sorpresi in uno dei primi giorni di allenamento, quando ancora correvamo attorno al prato di Tobia. Invece di autorizzare la ritirata, Napoleone ha preteso che continuassimo: «Dovete imparare a restare in equilibrio sull'erba scivolosa come se fosse asciutta. Non sbilanciatevi, caricate il peso del corpo sul piede ben fermo. Coraggio, soldati!».

Non era facile muoversi a piedi nudi su quel tappeto umido...

Ogni tanto qualcuno slittava e si accasciava come se fosse stato colpito dalla pallottola di un moschetto. Poi si rialzava e scattava per riagganciarsi al gruppo.

Il vento gelato ci ha ghiacciato il sudore e la pioggia addosso.

Nei vaneggiamenti della malattia, Lazare ha raccontato il suo matrimonio con Lydia a Notre Dame e il successivo viaggio di nozze a bordo del sommergibile *Aquila*. Il dottor Antommarchi ha impiegato una decina di giorni per domare la febbre alta.

Ora il poeta sta meglio, credo che presto potrà tornare ad allenarsi. Intanto ha chiesto e ottenuto uno dei palloni di cuoio per prenderne dimestichezza in casa, come stiamo facendo noi sul prato di Tobia.

Oggi pomeriggio abbiamo sentito uno sparo all'interno di *Longwood House*.

CAPITOLO 31

Il generale Montholon ha appoggiato il piede sul pallone di cuoio senza scomporsi: «Mia moglie...».

Non si sbagliava.

Albine ha fatto fuori un altro topo che l'aveva combinata grossa. Nella fuga il ratto è saltato dal tetto dell'armadio a una mensola a muro facendo cadere il vaso cinese, prezioso regalo dell'Imperatore, che è andato in mille pezzi.

Poco dopo lo sparo infatti Marchand si è affacciato sulla soglia della residenza con i cocci del vaso in braccio.

Napoleone si è toccato la fronte esclamando: «Ma certo!».

Ha recuperato il suo cavallo e passandoci accanto, prima di sparire oltre il cancello di Longwood, si è raccomandato: «Continuate da soli con i palloni, non starò via molto».

L'Imperatore è tornato accompagnato da Lydia che vestiva dei curiosi calzoni da cavallerizza.

Appena l'ho vista, mi è venuto in mente il vaso cinese afferrato al volo dalla Balcombe nella bottega di suo padre e ho intuito l'idea scattata nella testa dell'Imperatore davanti ai cocci di madame Montholon.

Infatti Napoleone ha presentato la ragazza alla squadra così: «Ecco Lydia, sarà il nostro baluardo».

Io ho aggiunto: «È una pittrice, ha la magia nelle mani».

«Non voglio inglesi in squadra» ha commentato subito Lisandru sputando per terra.

«Chi entra in battaglia al fianco dei francesi, vale un francese» ha sancito l'Imperatore in tono perentorio.

«Ma resta una donna» ha precisato Enzo.

Lydia si è piazzata al centro dei due pali di legno piantati nel terreno, si è rimboccata le maniche della camicia e ha sfidato i due còrsi: «Provate a segnare un punto, se ci riuscite».

Con gli occhi di tutti addosso, i figli di Santini e Cipriani non hanno potuto sottrarsi.

Il tiro di Enzo è stato abbastanza potente, ma troppo centrale. A Lydia è bastato stringere i pugni davanti alla pancia per respingere la palla lontano.

Il tentativo di Enzo è stato molto più angolato e ha costretto la pittrice a lanciarsi sulla sua destra per deviare la palla con la mano aperta.

Ci siamo scambiati sguardi di meraviglia. Nessuno si sarebbe mai aspettato di vedere la signorina Balcombe volare a quel modo, come un angelo.

Lei si è rialzata, si è ripulita i calzoni dalla terra e ha suggerito: «Ragazzi, dovete allenarvi di più. Con questi tiri molli non vinceremo mai». E ha sputato per terra.

Le ho sorriso.

Più ancora della sua destrezza, ammiravo il coraggio della sua scelta. Lydia aveva deciso di schierarsi con i nemici degli inglesi, cioè contro la squadra del Governatore dell'isola. Sapevo bene quanto in famiglia avessero tentato di convincerla a rifiutare la proposta dell'Imperatore, immaginando che le ritorsioni di sir Lowe avrebbero potuto incenerire come un fulmine l'attività commerciale dei Balcombe.

L'Imperatore si è assestato il bicorno sulla testa con soddisfazione e ha trotterellato verso la stalla. È tornato a piedi con un paio di pali che ha piantato a una decina di metri da quelli già ficcati nel terreno creando così due piccoli archi di trionfo.

«Proviamo a giocare una partitella e vediamo come ve le cavate» ha proposto.

Da una parte del campo ci siamo schierati io, Gourgaud,

Lisandru, Kalil e Wei, dall'altra Montholon, Bertrand, Enzo e Tao.

I due adulti della loro squadra compensavano la nostra superiorità numerica.

Lydia si esercitava per conto suo, lanciava in aria il pallone e cercava di afferrarlo al volo.

La partitella prevedeva due piccoli archi di trionfo senza baluardo.

L'Imperatore ha calciato un pallone di cuoio in mezzo al campo ed è stato come se avesse lanciato un pezzo di carne insanguinata in una vasca di squali.

Ci siamo avventati tutti e nove sulla sfera di cuoio cercando di prenderla a calci per spingerla verso l'arco del nemico. Si è formata subito una zuffa infernale dalla quale emergevano rumore di ossa, urla di dolore, insulti, incitamenti...

Gourgaud e Montholon hanno litigato quasi subito.

«Generale, il gioco consiste nel colpire la palla, non la mia caviglia.»

«Scusate, nella foga della battaglia mi sono confuso.»

«Volete dire che assomiglio a una vescica di maiale?»

«Generale, l'odore potrebbe lasciarlo credere.»

Napoleone è intervenuto prima che la situazione degenerasse in una rissa. Ha raccolto il pallone e, tenendolo sotto il braccio, ha spiegato: «Sembravate la mia Guardia quando attaccava alla baionetta. Me lo aspettavo. Questo gioco sembra la guerra, ma non è la guerra. Prima cosa. In battaglia ognuno corre incontro al nemico, in questo gioco deve essere la palla a farlo. È la palla che deve entrare nell'arco di trionfo, non voi. Perciò dovete crearle lo spazio per permetterle di rotolare. Se la soffocate, quella non si muove. Chiaro?».

Abbiamo annuito tutti.

«Seconda cosa» ha proseguito Napoleone. «In guerra ognuno spara per conto suo, in questo gioco invece si può tirare la palla nell'arco solo con l'aiuto dei compagni di squadra. Non se ne può fare a meno. Il vero segreto è quello che io chiamo il passaggio: cioè passare la palla a un compagno. Imparatelo subito: non si vince con i tiri, si vince con i passaggi. Ogni passaggio è un regalo d'amicizia, è un atto di fiducia: ti offro la palla che ho conquistato perché sono sicuro che tu la porterai con valore verso l'arco di trionfo. È come armare tutti insieme il cannone per il tiro che segnerà il punto. Non si vincono mai le guerre da soli. Vi faccio un esempio. Prendi la palla, Tao, e prova ad arrivare all'arco, tu Enzo dovrai cercare di impedirglielo.»

I due ragazzi si sono schierati in campo.

Il piccolo cinese ha portato avanti il pallone con dei tocchi leggeri, poi all'improvviso l'ha calciato e con uno scatto veloce ha provato a superare l'avversario. Il figlio di Santini, però, un colosso dalle gambe lunghe come alberi, ha raggiunto per primo la palla e l'ha nascosta dietro un muro di muscoli.

«Riprova, Tao» lo ha incoraggiato Napoleone.

Il cinesino ha fatto altri tre tentativi, ma sono terminati tutti allo stesso modo.

«Questa volta, quando Enzo ti viene incontro per rubarti la palla, passala a me e poi corri verso l'arco di trionfo» ha ordinato l'Imperatore.

Tao ha eseguito. È avanzato con i soliti piccoli tocchi e, appena il ragazzo còrso si è mosso per affrontarlo, ha spedito la palla verso Napoleone, che con un calcetto l'ha fatta rotolare alle spalle di Enzo. Tao l'ha raggiunta e l'ha spinta tra i due pali con un sorriso di soddisfazione.

CAPITOLO 31

«Visto? Ciò che prima sembrava impossibile, è diventato facile grazie a due passaggi» ha concluso l'Imperatore. «Il 18 giugno a *Plantation House* cercheranno di fermarci con calci e pugni e l'arbitro glielo permetterà. Anche allora ci sembrerà impossibile vincere e invece ci riusciremo grazie a tanti regali d'amicizia e atti di fiducia tra noi: i passaggi saranno la nostra forza. Avete notato? Tao ha fatto un passaggio a me, io l'ho fatto a lui: abbiamo disegnato sul campo un triangolo invisibile. Ci eserciteremo molto sui triangoli. Ho sconfitto i Mamelucchi alle Piramidi grazie ai quadrati, sconfiggerò gli inglesi a *Plantation House* grazie a triangoli. Riprendiamo la partita, soldati, e ricordate: passaggi, triangoli e create spazio alla palla che deve correre verso la gloria.»

Ci siamo disposti nuovamente in campo e questa volta, rispettando le distanze e passando la palla ai compagni invece di giocare ognuno per conto suo, è venuta fuori tutta un'altra battaglia e tutto un altro divertimento.

A un certo punto, Lisandru ha strappato il pallone dai piedi del Gran Maresciallo e l'ha toccato a Wei che l'ha passato subito a Kalil. L'africano ha superato in velocità Tao e mi ha lasciato la sfera di cuoio tra i piedi.

Avevo davanti il gigante Enzo. Ho ripensato all'esempio di Napoleone. Ho dirottato la palla verso Gourgaud, l'eroe di Brienne, che me l'ha restituita: un triangolo perfetto che mi ha portato tutto solo davanti ai due pali di legno.

Li ho imbucati con un calcetto di destro e con una soddisfazione inaspettata che mi ha costretto a sollevare le braccia.

L'Imperatore ha sorriso e ha accennato a un applauso.

Alla fine Lydia mi ha domandato quando avrebbe ripreso gli allenamenti Lazare.

«Appena gli dirò che sei il nostro baluardo» ho risposto.

Ratisbona
32
IL CONTE
DE LAS CASES
Austerlitz
Jena
CROQUET

32

In marcia verso la steppa russa e cuori in fiamme.
Lazare ci insegna il tiro moschetto, il tiro cannone
e a trasformare i palloni in nuvole.

28 marzo 1817

Ho sorpreso mio padre a scrivere in piena notte alla luce di una candela.

Il tetto incandescente mi alitava addosso aria infuocata, era impossibile prendere sonno. Mi sono alzato per sciacquarmi nella bacinella e, attraverso il buco della scala che porta al granaio, l'ho visto curvo sul tavolo.

Anche a Parigi mio padre ha sempre amato scrivere e studiare nelle ore notturne. Va a letto tardissimo e si alza molto presto. Dorme non più di quattro ore per notte e non so come faccia a essere sempre così efficiente nel corso della giornata.

Altre volte mi ero svegliato nel cuore della notte e lo avevo trovato al suo tavolo da lavoro, ma mai lo avevo sorpreso a scrivere su un fazzoletto.

Era un quadrato di cotone bianco, grande un paio di palmi. Non doveva essere facile far correre la penna d'oca tra le pieghe e lasciare lettere riconoscibili su una stoffa che assorbiva l'inchiostro deformandolo.

Mio padre teneva tesa la superficie del fazzoletto con la mano sinistra e con la pazienza di un monaco cercava di calibrare il peso giusto della scrittura. Tutto il corpo partecipava all'operazione: le due mani, gli occhi più vicini del solito alle parole per curarne meglio la perfezione, la schiena curva e i gomiti larghi sul tavolo per formare una grotta a protezione del messaggio.

Infatti quando si è accorto di una presenza estranea, per riflesso istintivo, il Conte de Las Cases ha stretto i gomiti e avvicinato il busto al fazzoletto, come avrebbe fatto un animale in difesa di un cucciolo.

Mi è spiaciuto averlo interrotto. Ancora di più dopo aver visto il suo sguardo imbarazzato e l'impaccio nel giustificare quello strano foglio: «Sto scrivendo a tua madre. Non sono parole che può leggere il Governatore. Le sporcherebbe...».

Mi ha fatto tenerezza.

«Salutamela» gli ho detto di fretta tornando subito a letto per consentirgli di riempire tutto il fazzoletto.

Nelle lettere che mi scrive mia madre non manca mai qualche riga dedicata a mio padre. Ci mette cose del genere: *Molière è delizioso, ma vederlo a teatro senza quell'orso di tuo padre vale la metà. Non dirglielo però, altrimenti si sente troppo affascinante.*

Naturalmente me lo scrive perché glielo riferisca.

Le poche cose che so di quella steppa russa che è l'amore le ho imparate dai miei genitori senza che loro mi spiegassero nulla. Ho imparato per esempio che vale la pena marciare comunque verso quella steppa e fare guerra per conquistarla.

A proposito di cuori in fiamme... Lazare, come previsto, si è messo in piedi appena gli ho riferito che Lydia è il nostro baluardo e che combatterà con noi a Waterloo.

⟶ CAPITOLO 32 ⟵

Al primo allenamento dopo la lunga malattia, l'Imperatore lo ha accolto con tutti gli onori, come si deve a un generale ferito che si ripresenta in battaglia.

«Il nostro poeta è pronto a scaldarci i cuori?» ha chiesto Napoleone.

«I poeti sono pronti dalla nascita» ha assicurato Lazare. «Maestà, prima di mettermi al vostro servizio, mi farebbe piacere condividere con la squadra alcune scoperte che ho fatto a proposito di questo piccolo pianeta di cuoio. Mi sono esercitato parecchio con la palla mentre ero costretto in casa e credo di aver imparato delle nozioni preziose che potranno servire a tutti.»

«Eccellente iniziativa, Lazare» ha approvato l'Imperatore. «Parla e ti ascoltiamo.»

I dieci giocatori si sono seduti sul prato di Tobia formando un cerchio dentro il quale è entrato il poeta con un pallone in mano.

«Per prima cosa qualche consiglio su quale parte del piede usare per calciare» ha esordito Lazare. «Per avere la massima precisione, dobbiamo usare la parte interna del piede perché è quella che offre la massima superficie d'impatto. Quindi, se dobbiamo far entrare la palla nell'arco da una distanza ravvicinata o farla arrivare a un compagno non lontano da noi, consiglio questo tipo di tiro.»

Il poeta è uscito dal cerchio, ha messo a terra la palla di cuoio, l'ha colpita con la parte interna del piede sinistro e la sfera rotolando sull'erba è entrata tra i due paletti di legno.

«Questo tiro però ha un punto debole: non può essere potente» ha ripreso il poeta. «È un moschetto preciso ed efficace solo da breve distanza, non è un cannone. Per superare un baluardo da lontano, serve il cannone. Che nel nostro caso è il tiro con il collo del piede, molto più difficile perché il collo è più stretto della parte interna. Per usare bene il cannone bisognerà tenere sempre a mente tre accorgimenti. Primo: per far viaggiare la sfera di cannone dritta verso il bersaglio, dovrete colpirla perfettamente al centro, perché se calcerete la metà di destra, volerà a sinistra; se calcerete la metà di sinistra, volerà a destra.»

Lazare ha segnalato il punto preciso con l'indice e ha mostrato la palla a tutti.

«Secondo accorgimento: il piede che non calcia deve appoggiarsi a terra accanto al pallone, alla stessa altezza. È importante. Altrimenti non riuscirete a dare potenza al tiro. Sarebbe come mettere poca polvere da sparo nel cannone. Terzo accorgimento: la posizione del busto, che serve per regolare l'alzo del vostro cannone. Se calciate con la schiena troppo indietro, la palla finirà tra le stelle, ve lo assicuro. Se invece calciate con il busto eretto, leggermente piegato sul pallone, il tiro prenderà la direzione voluta. Riassumendo: colpire la palla nel centro, appoggiare l'altro piede all'altezza del pallone, tenere il busto eretto. Se rispetterete questi tre accorgimenti, sparerete una cannonata inesorabile. Facciamo una prova. Lydia, ti spiace fare da baluardo?»

La Balcombe si è alzata, si è piazzata in mezzo ai due pali, si è rimboccata la camicia e si è preparata a respingere il tiro.

Lazare ha sistemato la palla a terra, a una decina di metri di distanza. Ha preso una breve rincorsa, si è fermato un attimo concentratissimo, poi si è avvicinato a piccoli passi al pallone e l'ha colpito con il collo del piede sinistro.

Lydia ha provato a fermare la cannonata, ma la sfera di cuoio le è fischiata accanto a un orecchio prima ancora che riuscisse a distendere le braccia per respingerla di pugno.

Ci siamo scambiati tutti occhiate di meraviglia.

Dalla gamba del poeta, sottile come un filo d'erba, era partito un vero proiettile di cannone, tanto che lo stesso Imperatore era sbalordito: «Neppure a Wagram avevo artiglieria del genere...».

Lazare ha recuperato il pallone ed è tornato in mezzo al cerchio.

Lydia, rimettendosi a sedere, si è rivolta a Lisandru ed Enzo che le stavano accanto: «Visto come si tira? Imparate».

Lazare ha ripreso: «Generali, come vi comportate se dovete colpire il nemico schierato oltre una collina?».

«Regolo l'alzo del cannone e calibro il tiro in modo che la palla spiova oltre la collina e cada sull'esercito» ha risposto Gourgaud.

«Perfetto. È quello che faremo anche noi se l'arco è nascosto da un muro di avversari. Per far volare il pallone bisogna colpirlo nella parte inferiore, qui...» ha spiegato il poeta indicando il punto con un dito. «Dovrete infilare il piede sotto la sfera di cuoio come se fosse un cuneo e calcolare la forza del tiro per farlo spiovere nel punto giusto. Vi spiace mettervi in piedi, generali?»

Gourgaud, Bertrand e Montholon si sono alzati, uno accanto all'altro. Dietro le loro spalle, a una decina di metri, erano piantati i due pali di legno.

Lazare ha messo nuovamente la palla a terra, ha preso la rincorsa con grande concentrazione e ha colpito il pallone nella parte inferiore: la vescica di maiale si è staccata dal prato, ha sorvolato i capelli dei tre eroi, ha curvato nell'aria ed è precipitata nell'arco di trionfo.

«Una meraviglia balistica!» ha esultato Napoleone applaudendo ancora.

Tao è corso a recuperare la palla e l'ha restituita a Lazare.

«Grazie, Maestà. Per finire vorrei illustrarvi velocemente quella che ritengo la parte più interessante dei miei studi» ha annunciato il poeta. «Io credo che dobbiamo considerare questa sfera di cuoio come una parte del nostro corpo. Come un braccio o una gamba in più.»

«Qui non ti seguo poeta. Spiegati meglio» ha sollecitato Napoleone.

«Ci sono dei veterani che riescono a sparare anche sei colpi al minuto con il loro moschetto,» è ripartito Lazare «mentre i soldati più giovani non vanno oltre i due. Perché? Perché i veterani hanno maturato una grande confidenza con il loro fucile, lo muovono come se fosse un loro arto e lo ricaricano a una velocità impressionante. Ecco, noi dobbiamo guadagnare la stessa intimità con il nostro pallone, spostarlo con la stessa velocità e naturalezza. Più riusciremo, per esempio, a tenerlo vicino ai nostri piedi, più fatica faranno gli inglesi a strapparcelo. E se saremo bravi a tenerlo in cielo, diventerà quasi impossibile portarcelo via.»

«In cielo?» ha domandato il Gran Maresciallo.

«Sì, in cielo» ha ribadito Lazare. «Avete mai visto imprigionare una nuvola?»

Così dicendo, il poeta ha sollevato il pallone con un calcetto di destro, l'ha colpito con il sinistro prima che toccasse terra, poi ancora di destro, poi con una coscia, con l'altra, con la fronte...

Siamo rimasti ad ammirarlo incantati per almeno cinque minuti.

Ogni volta che il pallone stava per toccare terra, Lazare lo rispediva in cielo, con dei rintocchi precisi da orologio. Un prodigio di equilibrio e di leggerezza.

Lydia sorrideva rapita.

Lo sapevo che il mio amico della Camargue dagli occhi azzurri non ci stava semplicemente comunicando delle strategie militari. La sua era anche una danza d'amore. Al centro di quel cerchio era il pavone che apriva la ruota. E la pavonessa sembrava apprezzare.

Da buon poeta ha piazzato un finale a effetto.

Con un calcio più energico degli altri ha spedito in alto la palla che ha poi tenuto perfettamente in bilico sulla fronte.

Abbiamo reagito con un piccolo ululato di meraviglia.

«Se tengo la nuvola qui, vicino all'immaginazione, quale piede inglese potrà portarmela via?» ha chiesto Lazare, che poi si è incamminato a piccoli passi tenendo sempre la palla incollata alla testa.

Arrivato davanti all'arco di trionfo, ha eseguito una specie di inchino elegante e la sfera è rotolata giù, in mezzo ai pali.

Lo abbiamo onorato con un applauso spontaneo.

«Una lezione magistrale, Lazare!» si è complimentato l'Imperatore cui brillavano gli occhi dall'entusiasmo. «Considerati decorato sul campo. Cosa vi dicevo, soldati? È proprio così: a Waterloo vinceremo con l'abilità, non con la forza! È quello che non ha capito La Fontaine: non è la legge del più forte che regola il mondo. Il lupo avrebbe dovuto strozzarsi mangiando l'agnello. Dovrete esercitarvi con impegno per guadagnare la stessa destrezza del nostro poeta e imparare anche voi a trasformare i palloni in nuvole. Ma tre palloni per dieci giocatori sono pochi... Ce ne servono altri. Tobia!»

All'urlo dell'Imperatore, lo schiavo malesiano è accorso prontamente.

«Avverti il dottor Antimmarchi che deve procurarsi altre otto vesciche di maiale che tu poi gonfierai e rivestirai di cuoio» ha ordinato Napoleone. «Mi spiace per quei poveri suini, ma sarebbero finiti in pentola comunque. Almeno così acquisiscono meriti eroici. Dopo la vittoria di Waterloo, onoreremo il loro sacrificio.»

Gaspard
baron
Gourgaud
Ratisbona
33
GOURGAUD
Auerstag
Pultusk

33

Undici corpi con una sola testa e un solo cuore.
Lazare ci svela le sue menzogne.
Di nuovo al Bianco di Diana.
Brutta sorpresa.

16 aprile 1817

A due mesi da Waterloo ci sentiamo quasi pronti alla battaglia.

Le massacranti corse sulla sabbia mi hanno scolpito gambe forti e dilatato i polmoni. Ormai ci muoviamo sull'erba bagnata con la sicurezza delle rane.

A ogni acquazzone tropicale che si abbatte su Longwood, l'Imperatore ci guida sul prato di Tobia e organizza una partitella. Sono gli allenamenti più spassosi… Perfino Enzo e Lisandru, che sorridono a ogni luna piena, si divertono come bambini a lanciarsi in scivolata sul prato viscido per abbattere chiunque cerchi di avvicinarsi al loro arco con la palla ai piedi.

Lazare, che resta a osservare da lontano dietro i vetri di una finestra, si strugge perché questo spasso gli è stato vietato. Si è già ammalato troppe volte e la sfida è troppo vicina per rischiare ricadute.

L'Imperatore è stato categorico: «Non se ne parla. Ci servi vivo in battaglia».

Napoleone invece resta impassibile sotto la tempesta e studia da vicino i nostri passaggi e i nostri triangoli, con la pioggia che gli gronda ai lati del bicorno, come quella notte a prua della *Northumberland*.

Un vero comandante non abbandona i suoi soldati nella tempesta.

La confidenza di tutti noi con il pallone è a buon punto. All'inizio di ogni allenamento, l'Imperatore pretende che ognuno di noi prenda una sfera di cuoio e per almeno mezz'ora giochi per conto suo a tenerla in cielo.

Come ci ha spiegato Lazare, "i piedi non devono colpire la palla, ma accarezzarla. Devono diventare romantici. Non a caso stanno più vicino al cuore che al cervello".

Chi più chi meno, abbiamo fatto grandi progressi, tranne Montholon che calcia con la grazia di un mulo. Non sembra a piedi nudi, sembra che calzi un paio di stivali di ferro trasparenti, tanto è l'impaccio del generale a governare il pallone. Mentre tutti riescono ormai a mandarlo in cielo con almeno una decina di tocchi consecutivi, Montholon lo colpisce una volta, al massimo due, e poi deve rincorrerlo sbuffando perché regolarmente gli rotola lontano.

Gourgaud si diverte a provocarlo: «Generale, forse vi hanno messo un topo nella vescica. Per questo scappa sempre via... Chiamate vostra moglie con il fucile».

Montholon diventa tutto rosso in volto, un po' per la corsa un po' per la rabbia, e tuona di risposta: «Gourgaud, Tobia avrebbe dovuto ricoprire di cuoio la vostra testa, che è sicuramente vuota».

Ma, queste piccole frizioni a parte, la confidenza tra noi cresce anche più di quella con il pallone. Stiamo diventando una vera squadra come ci chiede l'Imperatore: undici corpi con una sola testa e un solo cuore.

Me ne accorgo dall'intesa tra i giocatori che aumenta di partitella in partitella sul prato di Tobia e dalla generosità con cui ognuno mette a disposizione dei compagni le piccole scoperte che fa esercitandosi.

Gourgaud, per esempio, ha dato preziosi consigli a Lydia su come bloccare il pallone a due mani, dopo aver visto che un paio di volte la sfera di cuoio ha colpito le guance paffute della Balcombe.

«Signorina, credo che la palla procuri un rinculo non troppo diverso da quello di un moschetto» ha spiegato il generale che nuotò nella Beresina gelata. «Se invece di sollevare le mani davanti al viso, allungate le braccia e cercate di bloccare il pallone più distante da voi, le vostre mani avranno lo spazio per attutire la violenza del tiro e il suo contraccolpo. Arretreranno di qualche centimetro, ma la sfera non vi colpirà il viso, che tra l'altro è molto grazioso e sarebbe un delitto ammaccare...»

«Siete molto gentile e anche galante, generale» ha ringraziato Lydia, che ha voluto sperimentare subito il consiglio.

Gourgaud le ha lanciato per tre volte il pallone con le mani e la pittrice lo ha bloccato per tre volte con sicurezza a braccia tese.

«Direi che funziona, generale» ha commentato soddisfatta Lydia.

«Mi permetto ancora un consiglio, signorina» ha suggerito Gourgaud che si è avvicinato alla Balcombe e con delicatezza le ha spostato le mani che cingevano il pallone. «Se tenete i due pollici più vicini, formate una specie di muro con le mani e fermerete la sfera più facilmente» ha spiegato il soldato. «Se invece le tenete troppo staccate, un tiro violento può anche passare in mezzo e colpirvi sul naso.»

Non credo che a Lazare abbia fatto molto piacere vedere l'affascinante generale con la mosca al mento che sfiorava le mani di Lydia e ancora meno vedere che lei gli sorrideva riconoscente.

Non a caso, il giorno dopo, il poeta ha fatto di nuovo il pavone.

«Maestà, questo gioco assomiglia alla guerra e in guerra spesso si vince grazie alle menzogne» ha esordito Lazare. «La divina menzogna di Austerlitz è già leggenda: sguarnire apposta un'ala del fronte per attirare il nemico e colpirlo al centro. Io ho studiato alcune menzogne che ci potranno servire a Waterloo. Se mi autorizzate, ve le illustro e le metto a disposizione di tutto il nostro esercito.»

«Poeta, sei autorizzato a mentire come meglio credi» ha sancito Napoleone.

Ci siamo seduti in cerchio e Lazare, nel mezzo, ha chiesto la collaborazione di un compagno di squadra per fare subito una dimostrazione pratica.

E non ne ha scelto uno a caso...

«Generale Gourgaud, posso approfittare del vostro aiuto?»

Gourgaud si è alzato e lo ha raggiunto al centro del cerchio.

«Io ora avanzerò con la palla tra i piedi, voi dovrete cercare di fermarmi per impedirmi di arrivare all'arco di trionfo» ha spiegato Lazare.

Il poeta si è avvicinato spostando il pallone con piccoli tocchi. Appena il generale ha mosso un passo in avanti per affrontarlo, Lazare ha sollevato il piede sinistro verso il pallone per spingerlo da quella parte e tentare di aggirare il nemico.

Gourgaud si è spostato immediatamente per sbarrargli la strada, ma il piede sinistro di Lazare è passato sopra il pallone senza toccarlo. Con un fulmineo cambio di direzione, il poeta ha mosso il pallone con l'esterno del piede destro ed è fuggito indisturbato dalla parte opposta.

«Questa menzogna l'ho chiamata "Austerlitz"» ha spiegato poi il mio amico della Camargue. «Come avete visto, ho finto di attaccare da una parte e ho sfondato dall'altra.»

«Menzogna spettacolare» si è complimentato l'Imperatore. «L'ho sempre pensato: solo i poeti sanno mentire meglio delle donne. Ne hai altre da mostrarci?»

«Sì, Maestà. Quella che vi mostro ora si chiama "arcobaleno" e presto capirete perché» ha promesso Lazare.

Gourgaud ha cercato ancora di impossessarsi del pallone, ma il poeta ha unito i piedi sotto la sfera di cuoio con uno scatto secco da tagliola che l'ha fatta sollevare.

Prima che toccasse terra, Lazare l'ha colpita con un calcetto e l'ha fatta passare sopra la testa del generale per poi correre a recuperarla alle sue spalle.

«Visto? La palla ha disegnato un arcobaleno sulla testa del generale» ha spiegato il poeta. «Non esiste esercito in grado di catturare un arcobaleno. Per finire, vi illustro la mia menzogna preferita: il "cavallo".»

Lazare ha spostato il pallone verso sinistra, Gourgaud ha fatto un passo in quella direzione per intercettarlo, ma appena ha divaricato le gambe, il poeta gli ha fatto passare la palla in mezzo ed è corso alle sue spalle a riprenderla.

Poi ha spiegato con orgoglio: «Divertente, no? Il nemico resta sorpreso a gambe aperte, come se gli avessero sfilato il cavallo da sotto il sedere...».

Abbiamo ridacchiato tutti di gusto.

Ecco la raffinata vendetta del poeta ai danni del generale galante che il giorno prima aveva osato modellare i pollici di

Lydia attorno al pallone. Il pavone aveva fatto di nuovo la ruota e di nuovo la pavonessa sembrava apprezzare.

Non meno soddisfatto di Lazare appariva Montholon che si è affrettato a commentare: «Generale, mi sembra che abbocchiate alle menzogne con un po' troppa facilità...».

«Avete ragione,» ha ribattuto Gourgaud «infatti quando mi hanno riferito che eravate un soldato valoroso, ci ho creduto.»

L'Imperatore, entusiasta della nuova lezione del poeta, ha ordinato immediatamente: «Soldati, prendete una vescica a testa e allenatevi a mentire. Ci servirà. Non dimenticate che nelle menzogne gli inglesi sono maestri. Ci hanno promesso gli Stati Uniti e ci hanno dato Sant'Elena».

Oggi, per la prima volta dalla morte di Amani, sono tornato al Bianco di Diana.

Il dolore per la scomparsa del mio amico è una nuvola di fumo che va cambiando forma nel tempo. All'inizio era rabbia, poi si è scomposta nella disperazione. Per mesi ho pensato al Bianco come a un paradiso che non avrei mai più potuto visitare per non sprofondare nelle sabbie mobili del ricordo e invece oggi, all'improvviso, quella certezza si è trasformata nella necessità di andarci, come se Amani fosse là ad aspettarmi, seduto sull'erba, in cima alla parete verticale della cascata.

Con la squisita sensibilità di un poeta, Lazare, che mi ha accompagnato, ha rispettato il mio silenzio. Non mi ha chiesto nulla durante il viaggio al Picco e neppure quando ho fermato Marengo, ho staccato dall'albero un ramo pesante e l'ho gettato nel ruscello.

Il ramo si è impiantato sul fondo. Per qualche secondo la sua estremità è rimasta fuori dall'acqua, come l'albero maestro di una nave affondata, poi è stata ingoiata dalle sabbie mobili pezzo per pezzo.

Lazare e io ci siamo seduti sul bordo della piscina naturale con i piedi nell'acqua.

«Gli sarebbe piaciuto il gioco del pallone?» ho chiesto.

Lazare sapeva bene a chi mi riferissi e a chi avessi pensato durante le due ore di silenzio che ci eravamo appena lasciati alle spalle.

«Certo. Era nato per i giochi di pace. E con i piedi che aveva sarebbe stato il migliore di tutti. Ti ricordi come stava in equilibrio su quei massi?»

«No, sarebbe stato un grande baluardo» l'ho corretto. «Dovevi vedere con che balzo ha agguantato il bicorno di Napoleone a Sandy Bay quando quei maledetti se lo passavano.»

«Giochiamo ai Due Mondi?» mi ha proposto Lazare.

«No, non mi va di combattere» ho risposto.

«Non dobbiamo combattere.»

Siamo saliti, nudi, sui due massi bianchi che affioravano dall'acqua e abbiamo cominciato a passarci il pallone di cuoio che Lazare si era portato dietro.

Ognuno doveva toccarlo almeno due volte senza farlo cadere in acqua e poi passarlo all'altro.

Il poeta, che si è preso un mese di vantaggio nelle esercitazioni con la palla e che soprattutto ha piedi molto più romantici dei miei, è imbattibile in questo gioco, così come lo era Amani nella battaglia dei Due Mondi.

Dopo abbiamo nuotato con piacere nella vasca abbagliante.

A un certo punto Lazare si è bloccato come una lucertola e i suoi occhi azzurri hanno cominciato a muoversi a scatti: «C'è qualcuno».

Io non sentivo rumori, se non quelli indistinti della foresta, e non vedevo nessuno tra le fronde. Ma aveva ragione lui.

Infatti, tornati ai cavalli, non abbiamo più trovato i nostri vestiti.

Non è stato semplice sfilare fino alle stalle con gli occhi di tutta le Francia di Longwood addosso, vestiti solo di un gonnellino di foglie. Anche perché quella era l'ora fissata per l'allenamento e quindi c'erano proprio tutti ad aspettarci.

«Questa è un'altra delle tue sorprendenti menzogne, poeta?» ha chiesto l'Imperatore.

«No, Maestà. Il nemico ci ha rubato i vestiti per davvero» ha risposto Lazare, che ha evitato di incrociare lo sguardo di Lydia.

Come del resto ho fatto anch'io.

Wagram
Konigs
34
SCHIAVO
Auerstag
IMP

34

Iniziamo a scaldare i cannoni. Il colpo dei poeti. I nemici in casa nostra. Per noi Waterloo è oggi.

26 maggio 1817

È andato tutto in mille pezzi, come il vaso cinese di madame Albine, quando ormai mancavano solo venti giorni alla battaglia ed era già stato allestito il campo per la sfida a *Plantation House*.

Lo abbiamo scoperto stamattina puntando i cannocchiali dalla scogliera. Kendall e London si stavano allenando sul prato di croquet recintato dal rettangolo di corda.

London, baluardo al centro dell'arco, si opponeva alle cannonate del nipote del Governatore che aveva accanto a sé un'enorme nuvola di cuoio: non meno di trenta palloni.

Gli inglesi evidentemente hanno fatto strage di maiali.

Kendall ne prendeva uno alla volta, lo teneva in cielo con qualche rintocco, poi lo sparava verso l'amico dai capelli dipinti. Un tiro dietro l'altro. Ricaricava molto più velocemente di un veterano francese. Ed erano tutti tiri precisi e potenti che inquadravano sempre l'arco di trionfo.

Due schiavi africani correvano a recuperare le sfere e le rimettevano nella nuvola di cuoio a disposizione del lentigginoso.

Betsy osservava, protetta da un ombrellino rosa che la schermava dal sole feroce. L'ho riconosciuta senza emozioni.

Virginie è morta e Paul non la piange più.

Piuttosto ho rivolto a Lazare uno sguardo che stava a metà tra la sorpresa e la preoccupazione: stupidamente non avevo messo in preventivo che anche gli inglesi potessero allenarsi con il nostro stesso impegno e guadagnare la nostra stessa destrezza.

Lazare invece sembrava tranquillo: «Dimentichi due cose. Primo: noi ci siamo sempre allenati tutti insieme, siamo una squadra. Secondo: noi abbiamo Napoleone. Le battaglie le vincono i comandanti, non i soldati».

Un'osservazione quasi profetica perché nel primo pomeriggio, appena Tao, Wei e Kalil sono smontati dal carro di Tobia, l'Imperatore ci ha riuniti sotto la tenda e per la prima volta ci ha parlato di strategia.

Ha disegnato un rettangolo su un grande foglio bianco e ha mostrato a ognuno di noi quale parte del campo avrebbe dovuto occupare in battaglia e come avrebbe dovuto muoversi sia in fase d'attacco, quando avremmo avuto noi il pallone tra i piedi, sia in quella difensiva, quando sarebbero stati gli inglesi a muoverlo verso il nostro arco di trionfo.

Lo ascoltavo incantato, con il cuore che galoppava alla Murat.

Napoleone mi stava impartendo ordini alla vigilia della battaglia: erano i miei sogni di bambino che si facevano realtà.

L'Imperatore ci ha insegnato poi degli ordini convenzionali che avrebbe potuto impartirci durante la partita.

Al grido di "Dresda!" per esempio, avremmo dovuto ritirarci tutti a protezione dell'arco di Lydia. Una strenua resistenza difensiva, come quella del maresciallo Saint-Cyr in Sassonia quando si ritrovò attaccato da austriaci e russi che avevano il doppio delle forze.

Al grido di "Eylau!", Bertrand e Montholon avrebbero dovuto scatenare la cavalleria alle ali dell'esercito, cioè spingere il pallone lungo le zone esterne del campo, con l'aiuto di Tao e Wei.

"Wagram!" sarebbe stato invece l'ordine di sparo, cioè di calciare la palla verso l'arco nemico, ed era un ordine che riguardava soprattutto Gourgaud e me.

Terminata la lezione tattica, Napoleone ha ripiegato il foglio e ci ha guidati al prato di Tobia per le esercitazioni: «Da oggi in poi mettiamo sotto pressione l'artiglieria, scaldiamo i nostri cannoni, perché la battaglia è vicina».

Infatti, mentre la squadra si allenava per conto suo con triangoli, nuvole e menzogne, Gourgaud e io ci siamo piazzati a una decina di metri dall'arco e abbiamo cominciato a bombardare Lydia.

La cavalleria ci riforniva e noi facevamo fuoco.

Lazare, dal centro del campo, faceva partire lanci precisi verso le ali dell'esercito. Bertrand a destra e Montholon a sinistra ricevevano il pallone, correvano fino alla fine del rettangolo e lo spedivano verso di noi.

Io e Gourgaud, a turno, calciavamo verso l'arco e, se la palla ci arrivava in volo, provavamo a colpirla con la fronte e a indirizzarla verso la Balcombe.

A ogni palla che rotolava nell'arco, ma anche a ogni spettacolare respinta di Lydia, il pubblico che si era raccolto attorno al prato di Tobia applaudiva e lanciava grida di approvazione.

Ai primi allenamenti avevano assistito solo i bambini e pochi curiosi. Con il passare dei giorni e con la conoscenza delle regole del gioco, la gente e l'entusiasmo a bordo campo si sono gonfiati come un'onda. A poco a poco tutti hanno imparato a sentirsi parte della sfida e a fremere con noi per l'avvicinarsi di Waterloo.

È avvenuta un'altra curiosa trasformazione.

Durante i primi allenamenti gli occhi dei francesi cadevano soprattutto sui tre gloriosi generali della Grande Armata, chiamati a guidare un battaglione di ragazzi.

Conosciute le regole di quella strana guerra di pace e acquisiti i criteri per valutare l'abilità dei giocatori, gli occhi, giorno dopo giorno, si sono spostati verso Lazare, il più piccolo e il più talentuoso di tutti che in breve è diventato il vero idolo di casa.

Anche oggi pomeriggio, durante la partitella davanti a tutta la Francia di Longwood accalcata a osservare, il poeta ha dato spettacolo.

Ha ricevuto il pallone da Kalil con le spalle rivolte all'arco protetto da Lydia e con Lisandru attaccato alla schiena pronto a rubargli la sfera.

Tutti ci aspettavamo che si voltasse per sfidare il còrso con una menzogna delle sue o per passare la palla a un compagno. Invece, a sorpresa, ha sollevato la gamba e l'ha abbassata di scatto. La palla, colpita con il tallone, è schizzata all'indietro, è passata tra le gambe di Lisandru e si è infilata nell'arco prima che la Balcombe potesse accennare una reazione.

Sono seguiti pochi secondi di stordimento generale, poi è esploso un applauso generale che non finiva più.

In qualche modo Lisandru si è sentito tradito: «Non ci hai mai spiegato che si può colpire la palla anche con quella parte del piede».

«Perché il colpo di tacco non è per tutti» si è giustificato Lazare. «È solo per i poeti. Voi giocate in prosa, io in rima.»

È stato in quel preciso istante che il Governatore ha fatto

irruzione a Longwood. L'applauso degli spettatori non si era ancora spento. Per un attimo è sembrato che gli inglesi fossero stati accolti dall'entusiasmo dei francesi.

I cavalli hanno invaso il prato di Tobia ed è calato un silenzio di ghiaccio.

Non avevamo mai visto tanti nemici in casa nostra. Era come se si fossero rotti gli argini di un lago di sangue e fossimo stati sommersi. Le giacche rosse degli inglesi ricoprivano il prato, la corte, tutto. Si sono sparpagliati come topi voraci.

Due guardie hanno raggiunto Tobia, gli hanno incatenato i polsi e lo hanno spinto su un carro trainato da due cavalli.

Santini e alcuni servi si sono mossi immediatamente in suo soccorso, ma una decina di cavalieri hanno fatto muro tagliando loro la strada.

Gourgaud, Montholon e Bertrand hanno circondato l'Imperatore come facevano gli uomini della Guardia in battaglia nelle situazioni più critiche.

Napoleone ha ordinato a tutti i francesi di evitare reazioni e si è portato davanti al cavallo del Governatore: «Immagino che ci darete delle spiegazioni».

«No, le darete voi a me» ha ribattuto sir Hudson Lowe.

L'Imperatore, mio padre e io siamo saliti su una carrozza e siamo stati scortati fino al palazzo di Jamestown dove si era tenuta la riunione delle regole. Qui il Governatore ci ha mostrato un fazzoletto bianco e ha letto a voce alta ciò che c'era scritto sopra a caratteri piccolissimi.

Erano le parole di Letizia Bonaparte che ci relazionava sulle sue ultime missioni presso le diplomazie europee e ci informava della somma che era riuscita a raccogliere grazie al contributo dei seguaci dell'Imperatore.

Il fazzoletto era stato cucito all'interno di un giaccone di Tobia. Lo stesso canale segreto che mio padre aveva aperto per la corrispondenza d'amore con mia madre serviva anche per i messaggi politici, ma lo schiavo, che faceva da tramite tra il Conte de Las Cases e i marinai compiacenti che attraccavano a Jamestown, era stato scoperto. Colpa di un traditore.

Invece di accontentarsi dei nostri napoleoni d'oro, il comandante olandese di un vascello della Compagnia delle Indie ci ha rivenduti al Governatore, puntando anche alla ricompensa inglese.

Gli olandesi nascono mercanti e vendono tutto quello che toccano, Tobia avrebbe dovuto evitarli come la peste.

Il Governatore ha ripiegato con grande soddisfazione il fazzoletto bianco e se lo è infilato nel taschino della giubba sospirando: «Conte, vi avevo avvisato di stare in guardia perché avevate i miei occhi addosso, ma non mi avete ascoltato. E neppure voi, generale Bonaparte: ancora una volta avete sottovalutato l'intelligenza degli inglesi, che pure avete sperimentato tanto dolorosamente».

Sir Lowe ci ha offerto come non ben definita "via di salvezza" la possibilità di denunciare i nostri collaboratori al piano clandestino di fuga e di confermare che i soldi raccolti dalla Regina Madre avessero come fine la costruzione di un sommergibile.

Al nostro comprensibile rifiuto, ci ha comunicato i provvedimenti presi: Tobia resterà ai ferri nella prigione di Jamestown, mio padre e io saremo presto allontanati dall'isola.

Ho esclamato subito: «Ma dobbiamo giocare la sfida di Waterloo!».

Il Governatore mi ha risposto facendo lampeggiare i suoi occhi da aquila: «Non serve più. Per voi Waterloo è oggi».

CAPITOLO 34

Mio padre e l'Imperatore sono stati riaccompagnati a Longwood in carrozza, io ho chiesto e ottenuto di poter tornare a piedi. Volevo camminare i chilometri che percorreva ogni giorno Amani per venire a trovarmi quando ero in punizione.

Arrivato alla Scodella del Diavolo, per la prima volta da quando lui è morto, ci ho guardato dentro. Mi sono seduto sul Cucchiaio con le gambe a penzoloni e sono rimasto a lungo a pensarlo e a chiedergli scusa.

Lo faccio anche ora nel granaio, mentre sto scrivendo davanti al suo ritratto dipinto da Lydia: non lo vendicherò, neppure per gioco.

A giorni lascerò Sant'Elena. Il pensiero di staccarmi dal mio amico africano, dalla sua tomba, mi fa male e cancella completamente la gioia del ritorno a casa.

Se solo intreccio le dita della mano sinistra con quelle della destra, come facevamo noi con il saluto del granchio, piango più della cascata del Bianco.

Fuori c'è una notte calda e appiccicosa. Da qui si riconoscono le zolle scure del prato di Tobia ribaltate dai cavalli del Governatore che l'hanno imbrattato anche di escrementi.

Non dorme neppure Napoleone. È fermo sotto l'albero della scogliera a osservare il mare aperto. Qualche centimetro sopra il suo bicorno c'è la luna.

Sembra che stia per colpirla di testa per infilarla in un arco di trionfo.

Moscova
35
WELLINGTON
Allenstein
PALLONE

35

Prendo congedo da Sant'Elena. I sentimenti contrastanti di mio padre. Napoleone e la mossa di Marengo. Il patto con il Governatore.

5 giugno 1817

Per dieci giorni Napoleone è sembrato una statua sotto l'albero della scogliera. Ha trascorso pomeriggi interi a osservare l'oceano aperto con una mano infilata nella giacca e un piede sul pallone di cuoio.

Si sentiva come a Marengo, nella necessità di riflettere per trovare la mossa che gli avrebbe consentito di ribaltare una battaglia quasi persa.

Io, al contrario, non sono stato fermo un attimo.

Da solo o con Lazare ho cavalcato in ogni angolo dell'isola per prenderne congedo prima della partenza e sono stati congedi dolorosi perché a ogni ramo, a ogni roccia nera di Sant'Elena, era appeso un ricordo di Amani. Un lungo addio al migliore amico che abbia mai avuto.

Mi mancherà molto anche il piccolo poeta della Camargue.

Ovunque andassimo, alla fine dei nostri vagabondaggi, ci ritrovavamo sempre al Bianco di Diana. Abbiamo ridotto l'isola a un imbuto che prima o poi ci precipitava sempre in quella vasca abbagliante.

Mio padre ha preparato i bagagli con l'attenzione e l'ordine che impiega in ogni sua occupazione.

Sono sicuro che separarsi dal suo Imperatore, cui ha dimostrato tanta devozione fino a stravolgere la sua vita e i suoi affetti più cari, gli costerà una sofferenza profonda. Però una notte, mentre era in lotta con una borsa di pelle che faticava a chiudersi, e il giorno dopo mentre ripiegava dei vestiti, l'ho sorpreso con un sorriso appena accennato sulle labbra che non gli è abituale. Un'allegria nascosta che affiora ogni tanto come un ruscello tra le rocce e che ha sicuramente a che fare con mia madre.

Poi questa mattina la svolta, ecco la mossa di Marengo.

Napoleone ha inviato in missione il Conte de Las Cases, che è ritornato con il permesso del Governatore. Nel pomeriggio l'Imperatore mi ha ordinato di sellare il cavallo e di accompagnarlo a Jamestown.

Sir Hudson Lowe ci ha accolti nel salone dei ritratti, dove si sente forte, con le spalle coperte da un esercito di suoi simili. I soli di cui si fida.

«Vi propongo un patto» ha esordito l'Imperatore senza indugi. «Giochiamo la sfida di Waterloo. Se vincerete voi, avrete in casa l'Imperatore sconfitto e io mi presterò alla vostra apoteosi. Potrete mostrarmi a tutti i notabili di Sant'Elena e la mia umiliazione arriverà senz'altro sui giornali inglesi rendendovi un eroe in patria. Se invece vincerà il mio esercito di ragazzi, mi lascerete libero.»

Il carnefice ha tossito una specie di ghigno diabolico: «Libero?».

CAPITOLO 35

«Avete già comunicato a Londra i provvedimenti di espulsione del Conte de Las Cases e di suo figlio Emanuele,» ha spiegato Napoleone «e avete già sperimentato come la mia somiglianza con il Conte favorisca facilmente l'inganno. Se vinceremo a Waterloo, sarò io a partire con Emanuele. Il Conte de Las Cases resterà a Longwood nei panni di Napoleone. Invece di imbarcarmi per l'Inghilterra, prenderò il mare per gli Stati Uniti. Dopodiché, sarà a vostra discrezione decidere quando, annuncerete al mondo la morte di Napoleone Bonaparte e spargerete le sue ceneri in mare come da disposizioni testamentarie che firmerò di mio pugno. A quel punto, sarò sparito per sempre dalla Storia. Voi potrete lasciare questo inferno e far ritorno in patria da eroe. Tutta l'Europa vi renderà onore. Vi hanno mandato qui per ammazzare il mostro. Dimostrerete di aver portato a termine la missione in meno di due anni. Pensate invece a cosa si ridurrebbero la vostra vita e il vostro onore, se riuscissi a fuggire... ricordatevi dell'Elba. Qui siamo in mezzo all'oceano, è vero, ma con tutte le vostre fortificazioni, non siete riusciti a impedirmi di incontrare un marinaio irlandese e di spedire lettere in Europa dove tanti stanno lavorando alla mia liberazione. Non dormirete mai sonni tranquilli, sir Lowe. Vi conviene liberarvi di me per sempre... Pensateci: sia che vinciate a Waterloo, sia che perdiate, per voi saranno onori. Non rischiate nulla.»

Il Governatore ha puntato i gomiti sul tavolo e fatto scrocchiare le nocche delle dita a una a una con l'inesorabilità di un boia. Si intuiva dietro la sua fronte enorme lo schianto di pensieri in tempesta.

Poi ha domandato: «Potrei anche decidere di lasciarvi salpare e poi darvi per morto. Ma a che cosa serve la partita?».

Qui l'Imperatore ha scatenato il suo famoso attacco centrale, quello che gli ha sempre fatto vincere le guerre. «La partita è il grande regalo che vi faccio, sir Lowe. Non avete mai compiuto un atto eroico in tutta la vostra carriera militare. Avete guidato bande di fuoriusciti còrsi e avanzi di galera, avete fatto la spia e conquistato al massimo piccole isole: Procida, Ischia, Zante, Itaca... Da Capri siete fuggito come un topo, scacciato dal mio Murat. Avreste potuto ricoprirvi di gloria a Waterloo, invece in quei giorni vi hanno dirottato a Genova, ancora una volta lontano dalla Storia. Ecco il mio regalo, Governatore: vi offro la possibilità di giocarvi una Waterloo tutta vostra, di essere Wellington contro Napoleone Bonaparte, di uscire dalla tana e di affrontarmi in campo aperto. Voi avrete il vostro esercito, io avrò il mio. Sapete quanti generali vorrebbero essere al vostro posto, quanti vorrebbero confrontarsi con il più grande comandante della Storia per poter misurare il proprio valore? Io vi regalo questo privilegio. Ma non so se avete coraggio sufficiente per raccoglierlo, sir.»

Quel "ma non so se" sparato ad arte in coda all'attacco finale è stata la palla di cannone che ha fatto cadere le mura.

Dopo una misera vita da imboscato, passata a strisciare invisibile lungo le pareti, di colpo Hudson Lowe è stato trascinato dall'Imperatore in una terra sconosciuta, che non aveva mai calpestato prima.

I suoi occhi abituati al buio sono stati accecati dal sole, i suoi polmoni ricoperti dalla polvere degli scantinati si sono ubriacati di aria fresca. È stato costretto a considerare valori come l'onore, il coraggio, la lealtà che ha sempre ammirato da lontano come stelle che non lo riguardavano. Per la prima volta in vita sua ha avvertito il fascino eccitante di una sfida onesta, pulita, alla luce del sole.

CAPITOLO 35

Si è alzato di scatto, facendo cadere la sedia alle sue spalle: «Ci vediamo a Waterloo, generale. Preparatevi a chinare il capo davanti alla bandiera inglese e a ballare nel salone di *Plantation House* per farmi divertire».

Lützen
Bautzen
36
WATERLOO
NOTRE DAME

36

La battaglia di Waterloo.

18 giugno 1817

Siamo partiti da Longwood come un vero esercito.

In testa i tre generali che scortavano la carrozza a sei cavalli guidata da Marchand in livrea. All'interno l'Imperatore, mio padre e io. Quindi il resto della squadra: Enzo, Lisandru, Lydia, Lazare in sella; Tao, Wei e Kalil sul carro di Alì.

A bordo di altri carri seguiva tutta la Francia di Longwood, allineata come un vero battaglione della Grande Armata.

Infatti a *Plantation House* siamo stati accolti dagli occhi preoccupati delle guardie che ci hanno aperto i cancelli della residenza con molta incertezza, come immagino i Troiani quando fecero entrare il cavallo degli Achei.

Alcuni soldati armati ci hanno guidato nell'area recintata accanto a uno dei due lati lunghi del campo da gioco, dove non c'era assolutamente nulla, né panche, né ombra, né ripari da un sole ancora feroce. Ci hanno ospitato come fossimo una mandria al pascolo, mettendoci a disposizione solo dell'erba.

Sul lato opposto del campo, invece, gli invitati del Governatore sedevano su comode poltrone e panche ammorbidite da cuscini bianchi, all'ombra di ampi tendoni di cotone, sorretti da canne di bambù. I servitori africani si affannavano a servire tè e limonata gelata.

Una Balcombe stava con noi al pascolo, l'altra era seduta sui cuscini morbidi.

Su un tavolino ricoperto dalla bandiera inglese, posto all'altezza della metà del campo, dalla parte degli invitati del Governatore, brillavano la coppa d'argento messa in palio da sir Hudson Lowe e un orologio d'oro che avrebbe segnato il tempo della battaglia. Due paletti di legno tenevano in piedi il ritratto ad altezza naturale di sir Arthur Wellesley, Duca di Wellington, l'eroe di Waterloo.

Il Governatore si è piantato accanto al tavolino a mento alto, con la spettacolare pettata di medaglie sulla giubba rossa e la tronfia sicurezza del padrone di casa. Poi ha invitato Napoleone preoccupandosi che rimanesse tra lui e il quadro, in modo da fare apparire l'Imperatore prigioniero di due inglesi e, soprattutto, in modo da mantenere la propria statura militare all'altezza di quella di Wellington.

Con un breve discorso di benvenuto, il Governatore ha aperto ufficialmente i festeggiamenti per "la gloriosa ricorrenza", ha celebrato "l'impareggiabile generosità inglese che ha aperto le porte anche agli sconfitti" e ha illustrato velocemente le regole della "battaglia per la palla" che stava per andare in scena.

L'Imperatore si è limitato a salutare i presenti e ad augurare loro un buono spettacolo, ringraziando infine per "l'impareggiabile generosità inglese" che da un paio di anni gli permette di svernare "in questa deliziosa stazione balneare".

CAPITOLO 36

Lo schizzo d'ironia che ha sollevato l'applauso nel pascolo francese ha indignato più di un ospite del Governatore.

Ci siamo tolti gli stivali e abbiamo indossato la nostra elegante camicia bianca con la coccarda tricolore sul petto che ci hanno ricamato le donne di Longwood.

Gli inglesi vestivano braghe bianche simili alle nostre e camicia rossa.

Era difficile distinguere i tre adulti ammessi per regolamento dal resto della squadra di Kendall: i nostri avversari non avevano rispettato il limite di età, ma di questo nessuno si è stupito. Eravamo pronti a qualsiasi tipo di scorrettezza.

Ad arbitrare la sfida è stato scelto Thomas, il giovane ufficiale della Corona che veniva ad assistere alle battaglie tra granchi e conchiglie sulla spiaggia di Sandy Bay.

Mi ha riconosciuto, ovviamente, ma ha evitato di mostrarmi confidenza davanti al Governatore. Stringeva in pugno una tromba che ha fatto risuonare per chiamare i due eserciti in campo.

Ci siamo stretti attorno all'Imperatore che aveva in mano un pallone di cuoio: «Soldati, potrei dirvi che quaranta secoli vi stanno guardando, come ho fatto prima della battaglia delle Piramidi. Ma non è vero, perché la Storia guarda da un'altra parte. Vi ricordo soltanto che dentro questo pallone c'è la vescica di un maiale che si è sacrificato per farci divertire. E allora giocate e divertitevi per onorare quel suino».

L'arbitro, al centro del campo, ha chiesto ai due comandanti di stringersi la mano.

Kendall l'ha fatto con la solita morsa intimidatoria: «Ora tocca a te scendere nella Scodella del Diavolo».

«Ti sbagli» gli ho risposto senza ritirare la mia. «Ora siamo undici contro undici, non uno contro tutti.»

Il giovane ufficiale ha soffiato nella tromba, ha lanciato la palla in aria e la partita è cominciata.

Il più veloce a conquistarla è stato Tao che ha lo scatto secco di una lucertola, ma non ha fatto in tempo a giocarla perché uno dei tre soldati avversari, biondo, con spalle da Atlante, lo ha fatto volare come una piuma oltre la corda di recinzione.

L'arbitro non è intervenuto a punire lo spintone come avrebbe dovuto per regolamento.

Invece di lamentarmi, ho sorriso di soddisfazione osservando il gigante che avanzava a testa bassa come un bisonte, tirando manate a chiunque cercasse di fermarlo. Voleva dire che non avevano scoperto l'importanza dei passaggi, che invece il nostro Imperatore aveva intuito genialmente al primo allenamento.

Gli spettatori inglesi applaudivano entusiasti di quella prova di forza. Pensavano che il nuovo gioco consistesse appunto in una riproduzione fedele della guerra e che si risolvesse in una serie di duelli corpo a corpo da vincere per arrivare all'arco di trionfo.

Quando il gigante biondo ha concluso la sua cavalcata con un tiro sgraziato finito lontano dai pali di Lydia, abbiamo cominciato a spiegare che in realtà si trattava di una cosa molto diversa, più simile se mai al fascino di un carillon di Versailles.

Lydia ha fatto scivolare il pallone tra i piedi di Enzo, che ha completato un primo triangolo con Lisandru e ha calciato la sfera di cuoio verso Wei, libero sulla destra accanto alla corda laterale. Il cinese è avanzato di corsa, ha superato un inglese grazie a un secondo triangolo composto con Kalil, poi ha passato la palla a Lazare al centro del campo.

CAPITOLO 36

Il poeta si è spostato verso l'ala opposta dell'esercito, ha disegnato sul prato un terzo triangolo in collaborazione con Bertrand, poi ha puntato dritto l'arco di London.

Un inglese l'ha superato con la menzogna del cavallo, facendogli passare la palla tra le gambe, un secondo con quella dell'arcobaleno, scavalcandolo con una parabola leggera. Poi, prima che il pallone toccasse terra, lo ha calciato verso di me e io gliel'ho restituito al volo. Lui lo ha ripassato di nuovo a me.

Siamo avanzati così, passandoci il pallone di continuo, come se fossimo sui due massi del Bianco, tenendolo in aria senza che gli avversari potessero intervenire. Arrivati a due metri dall'arco, Lazare ha sparato un sinistro potente di collo pieno e la palla di cannone è entrata tra i pali sfiorando un orecchio di London: punto!

Il poeta si è messo a correre per tutto il campo a braccia aperte inseguito dai compagni che volevano festeggiarlo.

«Maestà, questa è l'esultanza dell'Aquila imperiale!» ha urlato sfrecciandogli davanti.

Ha terminato la sua corsa gioiosa tra le braccia di Lydia che gli ha afferrato la testa a due mani, come fosse un pallone da parare, e gli ha stampato un bel bacio sulla fronte.

La Francia di Longwood, armata di pentole e cucchiai, distribuiti dal cuoco Lepage, ha scatenato un assordante carnevale che ha indignato gli inglesi seduti sui cuscini bianchi. Ci guardavano come barbari invasori.

Gli occhi dell'Imperatore sembravano in festa. Non tanto per il punto, credo, ma per aver visto finalmente sconfitta la legge del più forte. Il lupo si era strozzato mangiando l'agnello.

Il guaio è che il lupo non era morto...

Rimessa la palla in gioco, infatti, gli inglesi ci hanno attaccato con una strategia che non avevamo messo in preventivo. Naturalmente fuori legge.

Il gigante biondo, la Mangusta e il terzo soldato inglese, grosso come il biondo, calvo, con due folte basette nere che si congiungevano sotto il mento, si sono messi in marcia verso il nostro arco di trionfo tenendosi a braccetto.

Dietro di loro, protetto da quel muro di muscoli, avanzava Kendall palla al piede. Era impossibile portargliela via perché i tre soldati spazzavano via a calci e pugni chiunque osasse avvicinarsi.

Arrivato a un passo da Lydia, il muro si è aperto e il nipote del Governatore ha calciato il pallone tra i nostri pali senza problemi e senza pietà.

Abbiamo subito circondato l'arbitro per lamentarci, ma lui non ci ha neppure risposto. Ha aperto la bocca solamente per soffiare nella tromba e annunciare il punto degli inglesi, festeggiato dagli spettatori di casa con applausi composti.

A nulla sono valse le proteste ufficiali dell'Imperatore.

«Generale, siete voi che avete scritto le regole del gioco» ha spiegato impassibile sir Hudson Lowe. «Non può essere fermato con calci, pugni o altre violenze chi ha la palla tra i piedi, avete sancito. Giusto? Ma in questo caso la palla era in nostro possesso.»

«Era scontato che il divieto di violenze valesse per tutti i giocatori in campo. Questo è un gioco di pace!» ha ribadito Napoleone.

«Nulla è scontato a questo mondo, generale» ha concluso con sarcasmo il carnefice. «L'unica Storia che vale è quella scritta. Dovevate scriverla meglio.»

Mentre Kendall festeggiava con i suoi compagni di squadra,

l'Imperatore mi ha richiamato a bordo campo e mi ha ordinato la contromossa: «I quadrati. Se hanno fermato l'assalto di settantacinquemila Mamelucchi, fermeranno anche quello di tre inglesi».

Appena gli avversari hanno riconquistato la palla, dopo una serie di nostri attacchi senza fortuna, Montholon, Gourgaud e Bertrand si sono allineati fianco a fianco; Lisandru, Enzo e io abbiamo composto una seconda fila alle loro spalle e tenendoci per mano abbiamo formato un quadrato davanti alla porta di Lydia.

La falange inglese è avanzata nuovamente, ma questa volta si è schiantata contro il nostro quadrato che non è arretrato di un solo centimetro. Si è infranta come un'onda contro gli scogli.

Kalil e Tao hanno approfittato dello scontro per balzare su Kendall e rubargli la palla dai piedi con grande abilità, senza nemmeno sfiorarlo.

«Eylau! Eylau!» ha urlato immediatamente Napoleone.

Era l'ordine di sferrare il contrattacco con la cavalleria.

Infatti Bertrand si è avventato di corsa sull'ala sinistra ed è stato raggiunto dal tiro preciso di Lazare, mentre Gourgaud e io ci siamo lanciati verso l'arco nemico.

Poi il Gran Maresciallo ha eseguito la menzogna di Austerlitz alla perfezione: l'inglese che aveva di fronte si è mosso da una parte e lui è volato via dall'altra. Arrivato in fondo al campo ha spedito il pallone verso di noi. Lo ha colpito nella parte inferiore facendolo impennare.

Mi sono ritrovato la vescica di maiale davanti alla fronte, ho eseguito una specie di inchino e l'ho vista rotolare all'interno dell'arco di trionfo, alle spalle di London.

Con un filo di fiato, l'ufficiale Thomas è stato costretto a far suonare la tromba e a riconoscere la validità del punto.

La vittoria era tornata dalla nostra parte: due a uno!

Kendall si è messo a insultare i compagni come fossero schiavi e a rimproverarli per non averci fermato, minacciando di tutto in caso di sconfitta.

La partita si è fatta così ancora più cattiva.

La Mangusta si è aggrappata stabilmente alla mia camicia per non farmi scattare, Tao continuava a volare fuori dal campo preso a spallate dal gigante biondo, Lazare saltava come un grillo per evitare le pedate degli avversari che venivano ingannati dalle sue menzogne spettacolari e lo inseguivano sempre più furibondi. L'arbitro fingeva di non vedere e lasciava fare.

Neutralizzata la falange muscolare, sir Hudson Lowe ha messo in campo la catapulta.

Invece di avvicinarsi all'arco scambiandosi la palla come facevamo noi, gli inglesi appena la riconquistavano la passavano alla Mangusta e si raccoglievano tutti davanti a Lydia per sfruttare la maggiore altezza e stazza.

La Mangusta, dal centro del campo, scagliava il pallone nel mucchio di camicie bianche e rosse dove regolarmente si scatenava una rissa da taverna di porto: spinte, calci, urla di dolore, insulti...

Lydia, la sola che potesse toccare la palla con le mani, si è dimostrata bravissima a saltare più in alto di tutti e a bloccare la sfera sulla testa dei giganti inglesi. Ma dopo l'ennesima bella presa si è ritrovata seduta all'interno del suo arco con il pallone in mano. Kendall l'aveva caricata con una spallata che avrebbe sfondato il portone di un fortino.

Invece di punire l'irregolarità, Thomas ha fatto risuonare la tromba e ha aggiornato il punteggio: due punti per ciascuna squadra.

CAPITOLO 36

Abbiamo circondato nuovamente la giovane guardia di Sandy Bay per protestare, mentre Lisandru afferrava Kendall per il collo e lo minacciava: «Prova a sfiorare ancora mia sorella e ti strappo le lentiggini dalla faccia una per una».

«Le ragazze inglesi non hanno fratelli francesi» ha ribattuto il nipote del Governatore.

«Lei ce l'ha. Cerca di fartene una ragione, se vuoi arrivare vivo al tuo prossimo compleanno» ha concluso il còrso che poi ha aiutato la Balcombe a rialzarsi.

«Grazie, fratello» ha sorriso Lydia.

Hanno sputato a terra entrambi, squadrando Kendall che si allontanava.

Ovviamente non c'è stato nulla da fare. L'arbitro ha convalidato anche questo punto sottratto con l'inganno e ha ordinato la ripresa della battaglia.

Abbiamo ricominciato a disegnare sull'erba i nostri triangoli, ma con minore entusiasmo e con la crescente consapevolezza che non avremmo mai potuto vincere quella guerra. Era come risalire una cascata a nuoto.

Il lupo avrebbe mangiato un altro agnello senza strozzarsi.

La definitiva certezza ci è arrivata pochi minuti dopo, quando Lazare ha fatto fuori il biondo e il basettone con un paio di meravigliose menzogne e si è avvicinato all'arco di London.

La Mangusta si è staccata dalla mia camicia, si è avvicinata silenziosa al poeta con la sua arte mimetica da spia e lo ha abbattuto imprigionandogli la caviglia in una tagliola a due piedi.

L'urlo di Lazare ha fatto venire i brividi a tutti.

Enzo è piombato di corsa e ha sdraiato la Mangusta con un poderoso pugno sul muso appuntito. Si è accesa una zuffa spaventosa che le guardie del Governatore, entrate in campo in massa, hanno faticato a sedare.

L'Imperatore si è chinato sul poeta che piangeva dal dolore, lo ha preso in braccio come si fa con un compagno ferito in battaglia, lo ha deposto fuori dal campo affidandolo alle cure del dottor Antommarchi, poi è tornato indietro e ci ha ordinato in tono perentorio: «Non voglio vedere pugni o altre reazioni alle ingiustizie! Noi continueremo a giocare rispettando le regole».

Carichi di rabbia com'eravamo per tutto quello che avevamo subito e per le lacrime del povero Lazare, avremmo voluto ascoltare ben altre parole dal nostro comandante. E invece Napoleone ci legava le mani mentre il nemico ci prendeva a bastonate.

Nessuno ha ribattuto all'Imperatore, ma abbiamo ripreso la partita con una rassegnazione definitiva, anche perché l'arbitro ha punito il figlio di Santini per il pugno alla Mangusta sospendendolo dalla partita.

Ci sentivamo come uno di quegli eserciti greci che, nel mezzo della battaglia, scopre che gli dei dell'Olimpo sono schierati al fianco del nemico e rinuncia alla speranza.

Come potevamo vincere in casa degli inglesi, nove contro undici, con l'arbitro dalla loro parte?

La Mangusta, con l'occhio pesto, ha catapultato un nuovo pallone davanti al nostro arco di trionfo. Il gigante biondo ha superato le braccia tese di Lydia e con la mano ha deviato la palla facendola rotolare tra i pali.

Thomas ha giurato di aver visto la testa del soldato colpire la sfera di cuoio e ha soffiato nella tromba: tre punti a due, la vittoria è passata nel campo inglese.

I due punti successivi, messi a segno da Kendall con altrettanti cannonate di destro, sono stati regolari, ma erano pugni che ci arrivavano sul volto quando ormai, sconsolati, avevamo quasi smesso di difenderci.

Al termine del primo atto, le camicie rosse erano in vantaggio per cinque punti a due e uscivano dal campo soddisfatte per andare a dissetarsi e a godere di un breve riposo, applaudite dalle nobildonne di Jamestown sedute sui cuscini.

Applaudiva anche sir Hudson Lowe al fianco del Duca di Wellington. Il Governatore si stava meritando una Waterloo tutta sua ai danni di Napoleone Bonaparte in carne e ossa. Poteva sentirsi all'altezza dell'uomo nel quadro che da due anni tutta l'Inghilterra adora.

Marchand ci ha passato l'acqua per rinfrescarci. Faceva un caldo terribile anche se dal mare stavano salendo dei nuvoloni bianchi. Il dottor Antommarchi ha curato le ferite riportate in battaglia.

Lazare, sdraiato a terra, aveva una caviglia gonfia come una noce di cocco e gli occhi ancora rossi per le lacrime.

«Molto meglio la guerra vera» ha brontolato Gourgaud che ribolliva come un vulcano. «Almeno in guerra valgono per tutti le stesse regole.»

L'Imperatore ci ha raccolti attorno a sé: «Soldati, stavamo molto peggio a Marengo prima che arrivasse Desaix. Questa battaglia è persa, ma c'è ancora tempo per vincerne un'altra. Loro hanno due uomini in più? Ad Austerlitz il nemico ne aveva diecimila in più e il doppio dei nostri cannoni, ma non gli è bastato per batterci. Nonostante la disonestà e la violenza, gli inglesi non hanno potuto impedirci di portare per due volte la palla nell'arco di trionfo. Possiamo farlo ancora, perché noi giochiamo meglio di loro e a questo gioco non vince mai il più forte, ma il più abile. Non pensate all'arbitro o al risultato, soldati, pensate solo alla coccarda che portate al petto. Giocate come se ogni pallone che vi trovate tra i piedi fosse quello che può riportarci in Francia».

Poi Napoleone si è avvicinato a Gourgaud e gli ha posato una mano sul cuore: «Generale, ci lascerete divorare da quella gente?».

«No, Maestà» ha risposto l'eroe del Cremlino.

A ciascun giocatore ha ripetuto la domanda fatta a Murat.

«Tao, ci lascerai divorare da quella gente?»

«No, Maestà» ha promesso il cinesino.

Quel piccolo gesto, la mano sul petto, ha riacceso la speranza nei nostri cuori, li ha fatti ripartire, come i centouno colpi di cannone che rianimarono il Re di Roma appena venuto al mondo.

Ma non meno determinanti sono state le parole che l'Imperatore ha sussurrato all'arbitro prima della ripresa del gioco.

Io le ho sentite.

Lo ha raggiunto al centro del campo e gli ha chiesto: «L'aria per suonare la tromba non deve salirti dai polmoni, ma dalla coscienza. Ce ne hai una, soldato?».

«Sì, Maestà. Ce l'ho...» ha assicurato Thomas, imbarazzato.

«Usala.»

Avevo visto con quanta emozione il giovane ufficiale inglese avesse ascoltato i miei racconti di guerra a Sandy Bay e quanta ammirazione avesse dimostrato per le imprese di Napoleone. Ero sicuro che l'ordine impartito dall'Imperatore sarebbe stato eseguito.

Infatti, poco dopo la ripresa del gioco, appena il gigante biondo ha fatto volare di nuovo Tao oltre la corda di recinzione con un colpo d'anca, è suonata la tromba. L'inglese ha reagito con una smorfia di sorpresa.

Al secondo intervento dell'arbitro per punire una scorrettezza delle camicie rosse, il pubblico di casa ha sollevato un brusio di disapprovazione.

Al terzo squillo, sir Hudson Lowe ha perso la pazienza e ha urlato: «Ufficiale Thomas Moore, questa è una battaglia, non un concerto! Smettetela con quella tromba!».

Il giovane soldato non gli ha dato retta e ha indicato il punto esatto in cui collocare il pallone per il calcio franco a cui avevamo diritto per la scorrettezza subita.

«Fuoco, generale!» mi ha ordinato Napoleone. «Il resto non ha importanza!»

Ho preso una breve rincorsa, ho ripassato gli accorgimenti da rispettare che ci ha insegnato Lazare per la cannonata perfetta e sono partito a piccoli passi.

Nel momento esatto in cui il mio piede ha toccato la sfera di cuoio è esploso in cielo il primo lampo.

London è riuscito a sfiorare in volo il pallone, ma non a impedire che entrasse nell'arco di trionfo. Il tiro era troppo violento: cinque punti a tre!

Il boato gioioso della Francia di Longwood a bordo campo è coinciso con quello del primo tuono.

Poi è scoppiata la fine del mondo.

Un vento prepotente, nato dal nulla, ha strappato le tende di cotone e se le è portate in cielo urlando. Le nuvole bianche si sono fatte nere e hanno cominciato a piovere goccioloni grossi come fragole. La nobiltà di Jamestown è corsa al riparo rovesciando sedie e cuscini. Dal gruppo dei nostri sostenitori invece si sono staccate solo madame Albine e madame Fanny che sono scappate tentando invano di trattenere cappellini e ombrellini, risucchiati in cielo. Il resto della Francia di Longwood è rimasta a sostenere la nostra rincorsa sotto un acquazzone selvaggio che in pochi minuti ha ridotto il prato perfetto del Governatore in una palude.

Gli inglesi non avevano i nostri piedi da rana, allenati sul prato di Tobia durante tanti pomeriggi di pioggia e soprattutto non avevano scoperto l'importanza dei passaggi che ci consentiva di restare quasi immobili, in perfetto equilibrio, facendo correre il pallone verso l'arco di trionfo.

Le camicie rosse sapevano solo cavalcare con la sfera tra i piedi, caricare a testa bassa come bisonti. Ma il fatto di essere grandi e grossi li rendeva ancora più scivolosi.

Sembravano una ciurma di marinai ubriachi appena uscita da una taverna. Bastavano un paio di passi sull'erba bagnata che qualcuno stramazzava a terra.

Sir Hudson Lowe era tutto un "Alzatevi! In piedi! In piedi!".

Lisandru ha passato la palla a Tao che è avanzato sull'ala sinistra e si è fermato di colpo con il piede sul pallone. Il gigante biondo, che lo aveva puntato per spazzarlo via con la solita spallata, non è riuscito a frenare, è slittato sull'erba marcia e stavolta è volato lui oltre la corda di recinzione travolgendo il Duca di Wellington.

Tao ha passato il pallone a Wei, Wei a Kalil, Kalil a me, io a Montholon: una catena di tocchi molto semplici, fatti da fermi, con la parte interna del piede, quella più affidabile, come ci aveva insegnato Lazare.

Montholon, che dava le spalle all'arco, invece di voltarsi, ha colpito la sfera di tacco. Un gesto leggero, perfino elegante, che mai ci saremmo aspettati da quel corpo goffo e sgraziato.

CAPITOLO 36

Una rima di Montholon...

La palla è scivolata sull'erba bagnata ed è arrivata dritta tra i piedi di Gourgaud che l'ha spinta nell'arco di trionfo.

Mai ci saremmo aspettati neppure l'abbraccio tra i due generali che si detestano come cane e gatto e che nella gioia del festeggiamento sono scivolati sul prato, avvinghiati come innamorati.

La tromba di Thomas legittimava il nuovo punteggio: cinque a quattro!

A questo punto, sir Lowe ha suonato la ritirata.

Ha capito cioè che l'unico modo per salvare la vittoria era quello di proteggere il vantaggio conquistato perché difficilmente il suo esercito sarebbe riuscito a mettere a segno un altro punto. Le camicie rosse non si reggevano in piedi e l'arbitro non permetteva più scorrettezze come prima.

Gli inglesi hanno composto una trincea a tre strati davanti all'arco di London e per noi è diventato quasi impossibile attaccare. Era come cercare di far passare una piuma attraverso una parete rocciosa.

Calciavamo da tutte le parti, ma la palla rimbalzava contro i loro corpi e tornava indietro. Io guardavo l'Imperatore, che è diventato una leggenda grazie alle sue intuizioni geniali, ma neppure lui questa volta aveva nulla da suggerirci.

L'idea buona incredibilmente è arrivata dall'ultimo da cui me la sarei aspettata: Lisandru.

Se c'è uno che perde la testa per nulla è proprio il còrso. Il suo amico Enzo, che gli assomiglia come un gemello, lo aveva appena dimostrato stendendo la Mangusta con un pugno.

Invece...

Lisandru è partito di corsa dal centrocampo, si è buttato in scivolata come si divertiva a fare durante gli allenamenti sotto la pioggia a Longwood e ha preso velocità slittando con le braghe bagnate sull'erba inzuppata.

Sia noi che gli inglesi, vedendo quel siluro umano che si avvicinava a tutta velocità urlando “Arrivooo!”, ci siamo scansati per paura.

Il còrso si è trovato davanti al pallone, lo ha agganciato con i piedi e lo ha trascinato oltre l'arco di trionfo.

La tromba ha squillato di nuovo: cinque punti a cinque!

Lydia ha attraversato tutto il campo per festeggiare il suo nuovo fratello.

A quel punto Lisandru ed Enzo si erano completamente dimenticati del cavallo di Troia e pensavano solamente a vincere la partita.

Sir Hudson Lowe era più livido del cielo; il Duca di Wellington accanto lui, per effetto della pioggia, sembrava stesse piangendo.

L'orologio dorato sul tavolino annunciava sei minuti alla fine della battaglia.

Gli inglesi, incapaci di correre sull'erba, hanno tentato un ultimo disperato assalto con la catapulta.

La Mangusta ha scagliato un altro pallone spiovente. I suoi compagni, che si erano raccolti davanti al nostro baluardo, sono saltati per colpirlo.

Lydia è stata bravissima ad afferrarlo tra le mani, ma ancora una volta si è ritrovata seduta all'interno dell'arco con la sfera tra le braccia, travolta da una spallata del basettone.

«Punto!» ha urlato il Governatore.

Tutta la pioggia che avevo addosso si è ghiacciata di colpo.

È durato un secolo il tempo che ha impiegato l'arbitro a portare la tromba alle labbra e a soffiarci dentro. Grazie a Dio, non era fiato che saliva dai polmoni, ma dalla coscienza.

CAPITOLO 36

Thomas ha spiegato che il punto non era valido per la spinta al baluardo vietata dal regolamento. Si è ritrovato circondato da inglesi che lo insultavano e lo minacciavano come fosse un francese.

Ho temuto per lui, ma a sorpresa è stato salvato proprio dal nipote del Governatore che ha sciolto l'assedio con un ordine secco: «Ha ragione. Non si può spingere. Non perdiamo tempo! Ce ne resta poco per vincere!».

Nei due minuti successivi, Kendall, scatenato, ha sparato due cannonate terribili che Lydia, insuperabile, ha respinto a pugni chiusi con i riflessi di un puma.

Devo riconoscere che il lentigginoso è stato l'avversario più pericoloso, il più abile a trattare il pallone. Di sicuro il giocatore con il tiro più potente tra tutti quelli scesi in campo a *Plantation House*. Inspiegabilmente è stato anche l'inglese più corretto nella seconda parte della partita, quando l'arbitro ha deciso di ascoltare la propria coscienza.

I due eserciti, stremati dalla guerra nella palude che stroncava le gambe, ridotti a un unico battaglione con la stessa divisa di fango, sembravano disposti ad accettare un esito senza vinti e né vincitori.

Invece è tornato Lazare...

Ha domandato all'Imperatore di poter rientrare in partita e ha ricevuto un secco no: «Hai già sacrificato un piede per la patria. Basta e avanza, soldato».

«Anche voi a Ratisbona, Maestà. Ma mi hanno raccontato che siete tornato subito in sella» ha ribattuto il poeta.

Napoleone, per una volta, si è arreso.

«Cosa ci fai qui?» gli ho chiesto.

«Alzami la palla sulla testa e poi seguimi» mi ha ordinato Lazare.

Ho obbedito.

Si è incollato la palla sulla fronte e, saltellando come un pulcino su un piede solo, con la sua camicia bianca fradicia ma ancora immacolata, si è diretto verso l'arco di trionfo.

Una scena così assurda che tutti i giocatori in campo sono rimasti immobili a osservare, finché il Governatore, intuito il pericolo, si è messo a urlare: «Fermatelo!».

Ma non era facile intervenire sulla palla a quella altezza.

Sir Hudson Lowe ha urlato ancora a squarciagola: «Abbattetelo!».

Ci ha provato in scivolata il soldato con le basette, ma Lazare ha fatto un salto sul posto e l'inglese gli è passato innocuo sotto i piedi.

Il gigante biondo gli ha sbarrato la strada.

Il poeta ha fatto un primo saltello verso sinistra per aggirarlo e subito dopo un altro verso destra. Nel tentativo di cambiare direzione, il colosso inglese è slittato sull'erba bagnata ed è stramazzato a terra. Lazare è avanzato ancora e, appena la Mangusta si è staccata da me per affrontarlo, ha abbassato la testa e ha fatto rotolare la palla tra i miei piedi.

Io, tutto solo, l'ho calciata nell'arco di trionfo alle spalle di London.

L'ufficiale Thomas Moore ha suonato per l'ultima volta la sua tromba.

Ha annunciato il risultato finale, sei punti a cinque, e nello stesso tempo, la conclusione della battaglia.

Il 18 giugno 1817 la Francia ha trionfato a Waterloo!

Ho baciato la chela di Libero, ho pensato al mio amico Amani, mi sono caricato Lazare sulle spalle e l'ho portato in giro per il campo.

CAPITOLO 36

Il poeta urlava di gioia con le braccia aperte. Napoleone, felice e fiero di noi, gli ha risposto da lontano con lo stesso gesto, allargando le ali da aquila imperiale.

Ci siamo abbracciati tutti al centro del campo. Siamo stati per davvero undici giocatori con una testa e un cuore solo, come ci aveva chiesto l'Imperatore.

Tutta la Francia di Longwood si è stretta attorno a noi mentre la pioggia continuava a martellarci: funzionari, servi, donne, bambini...

Faticavo a riconoscere mio padre, così scomposto dalla gioia, con i capelli inzuppati di pioggia che gli cadevano tutti da un lato scoprendogli gran parte del cranio. Mia madre non ci avrebbe mai creduto quando gliel'avrei raccontato...

Il Conte de Las Cases, uomo di studio, che di regola sarebbe corso a cercare riparo alla prima goccia di pioggia, aveva accettato di bagnarsi fino alle ossa e ora condivideva accenni di danza con gente di rango modesto che ha sempre frequentato solo per necessità.

Quando finalmente siamo riusciti ad abbracciarci, ho trovato nei suoi occhi l'orgoglio che cercavo da sempre. Il suo "bravo" è stata la mia Legione d'Onore.

Sir Hudson Lowe, con uno sforzo tremendo, ha cercato di nascondere la lacerante delusione e di mostrarsi elegantemente ospitale. Ha preso la coppa d'argento dal tavolino per consegnarla al vincitore, ma l'Imperatore gliel'ha quasi strappata di mano, come aveva fatto con il Papa a Notre Dame, e l'ha sollevata al cielo consegnandola all'ovazione dei francesi. Poi l'ha passata a me e io a Tao.

Non toglieranno le frustate dalla schiena di suo padre, ma in quel momento, con la coppa tra le mani, davanti al Governatore sconfitto, ero sicuro che il cinesino provasse un piacere molto simile alla vendetta.

Lydia, issata sulle spalle forti di Lisandru, con una maschera di fango in faccia, sorrideva luminosa. Sembrava incrostata come una delle sue tele.

Kendall è venuto a darmi la mano. Per la prima volta non me l'ha stretta forte. Si è complimentato per davvero.

«Avete meritato. Ma la prossima la vinciamo noi. Giochiamo ancora?» mi ha chiesto.

Non me l'aspettavo. Mi ha spiazzato.

«Giochiamo» ha risposto al posto mio Lazare, seduto sulle mie spalle.

Il Governatore avrebbe voluto trattenerci per cena, probabilmente per vendicarsi e celebrare la vera Waterloo esponendo Napoleone come una preda di guerra tra un ballo e l'altro nelle sfarzose sale di *Plantation House*.

Siamo tornati a fare festa a Longwood per conto nostro.

Abbiamo cantato canzoni francesi per tutto il viaggio di ritorno, mentre il cielo si spaccava e regalava un tramonto incantevole: il giusto premio per i vincitori.

Alì, Marchand, Pierron, Noveraz e Rousseau hanno allestito un'enorme, unica tavolata che serpeggiava nella corte di Longwood e che avrebbe avuto per capotavola l'Imperatore Napoleone Bonaparte.

Santini e Cipriani si sono preoccupati dei candelieri.

Cleo ha diretto i lavori nelle cucine, Montholon ha recuperato dalle cantine il vino migliore.

Al primo brindisi della cena, l'Imperatore ha voluto tutti i giocatori al suo fianco.

Si è alzato in piedi con un calice in mano e ha abbracciato la lunga tavolata con uno sguardo solo, poi ha rotto l'intenso silenzio: «Signore, signori, non serve una guerra per sentirci Francia. A volte può bastare la vescica di un maiale. Perché la patria siamo noi, i nostri sentimenti, le nostre relazioni. Oggi abbiamo vinto una battaglia perché ci siamo legati tra noi con una rete di passaggi, regalandoci la palla di continuo come gli inglesi non sono stati capaci di fare. Abbiamo vinto perché siamo sempre stati Francia, anche nella tempesta e nell'ingiustizia. In questi due anni infernali, pur nella sofferenza e nelle privazioni, tutti voi siete stati Francia attorno a me. Probabilmente non avrò altra occasione per dirvi grazie. Ve lo dico questa notte, dal profondo del cuore, augurandovi tutto il bene che la vita sa offrire».

Il senso di quella specie d'addio, per molti misterioso, a me era chiarissimo.

Naturalmente abbiamo mangiato Pollo alla Marengo, il piatto dei trionfi.

Dopo cena la servitù ha fatto musica. Napoleone e Cleo hanno aperto le danze.

Lisandru e Lydia hanno ballato a lungo insieme e poi sono spariti di colpo.

Ho raggiunto Lazare accanto all'albero di Napoleone, sulla scogliera.

«Certo che non siamo fortunati con le Balcombe» ho buttato lì.

«Sono come l'orizzonte» ha risposto lui senza staccare lo sguardo dal mare. «Ti sembrano vicine, ma non le prendi mai. Meglio così.»

«Perché meglio?» ho domandato.

«Perché i poeti rendono di più se sono tristi.»

Mi mancherà Lazare. Come mi mancherà Amani.

Oggi, dopo la partita, prima di rimetterci in marcia da *Plantation House*, con il permesso dell'Imperatore, ho portato la coppa d'argento sulla sua tomba e l'ho riempita di fiori.

C'erano tre granchi sulla lapide. Come se avessero saputo che quello era il primo anniversario della sua scomparsa e avessero voluto infoltire la presenza.

Mi ero immaginato più volte quella visita.

Mi ero augurato con tutto il cuore di sconfiggere gli inglesi per poi presentarmi alla sua tomba orgoglioso e rabbioso ad annunciargli: ti ho vendicato, amico mio.

Di quel bisogno di vendetta non mi è rimasto più nulla. Della rabbia neppure. Non so se c'entri la mano che mi ha offerto Kendall.

So solo che anche ora che scrivo nel granaio, davanti al ritratto di Amani in equilibrio sui massi del Bianco, avverto il dolore della sua assenza, il rimpianto di non avere mai calciato un pallone con lui, ma anche la gioia di averlo conosciuto e il tesoro che mi è rimasto dalla nostra amicizia.

Sento di avere il cuore in pace. E lo sento come un regalo di Amani.

Septentrionale
1809.
37
L'IMPERATORE
Eckmull
Landshut

37

Il futuro, l'America.

30 giugno 1817

Il gozzo che doveva traghettarci sulla *Mary Jane*, diretta negli Stati Uniti, era atteso per le tre di notte in una caletta a nord di Sandy Bay.

Mio padre, nei panni dell'Imperatore, con il bicorno in testa, ci aveva accompagnato in carrozza. Era una notte senza stelle, di nuvole nervose che si rincorrevamo e si accavallavano, quasi fossero in gara per raggiungere per prime il Picco di Diana. Un vento affilato increspava l'oceano.

Alle quattro, davanti al muro nero del mare e del cielo, mi ero definitivamente convinto che il Governatore ci avesse ingannato, come era del resto prevedibile.

Perché mai una carogna come lui avrebbe dovuto regalarci la libertà a così basso prezzo? Quanto poteva valere per una spia che aveva fatto della menzogna una regola di vita l'impegno di una stretta di mano?

Per questo non riuscivo a capire la serenità dell'Imperatore che, intuendo il mio nervosismo, continuava a ripetermi: «Arriverà».

Seduto su uno scoglio, lasciava cadere la sabbia da un pugno e la raccoglieva nell'altro, giocava alla clessidra.

Confesso che ho guardato Napoleone, invecchiato e smagrito dal vestito grigio di mio padre che gli abbondava, con una certa tenerezza, come si usa con chi esagera nella speranza a dispetto di una realtà che palesemente la smentisce.

Ma aveva ragione lui.

Un puntino luminoso ha bucato la notte e pochi minuti dopo un vecchio marinaio ha trascinato in secca il gozzo.

Non è mai stato semplice congedarsi da mio padre. L'abito imperiale lo rendeva ancora più complicato. Ho allungato una mano con grande rispetto.

Il Conte de Las Cases mi ha tirato a sé con uno strattone affettuoso che non avevo mai sperimentato.

«Preparaci una bella America. Lo sai che tua madre è molto esigente» ha scherzato, senza impartirmi nessuna delle raccomandazioni che mi sarei aspettato.

Forse voleva farmi capire che mi considerava cresciuto, se non proprio un uomo fatto.

Al momento di imbarcarmi, quando la lampada del gozzo ha proiettato sulla spiaggia il suo fascio di luce, mi sono reso conto di ciò che avevo alle spalle: una distesa di granchi, tantissimi, non meno di quelli che avevano riempito la Scodella del Diavolo.

Mi è venuto naturale schioccare le dita. Sono arretrati in massa e si sono sciolti nel buio della spiaggia. Lo scricchiolio delle chele è sfumato in lontananza.

Ancora oggi, dopo dieci giorni di navigazione, mi chiedo per quale ragione sir Hudson Lowe ci abbia lasciato partire.

Per la voglia di disfarsi dell'Imperatore, per la paura di vederlo fuggire, per il desiderio di separarlo da Cleo o forse solo per la curiosità di sperimentare, una volta almeno nella vita, cosa si prova a rispettare la parola data?

Ma più mi allontano da Sant'Elena, più i miei pensieri volano verso il futuro e cresce la febbre di scoprire che cosa sarò e che cosa farò. I miei sogni non hanno ancora preso forma, ma sento che mi incalzano anche da sveglio e mi spingono verso prua. È un'eccitazione, una specie di formicolio, piacevole come una promessa, che non mi abbandona mai.

E pensare che quando sbarcai a Sant'Elena avevo le idee così chiare...

Volevo essere solo Murat con i boccoli lunghi sulle spalle, cavalcare come il vento al servizio dell'Imperatore per aiutarlo a riconquistare il trono. Sapevo tutto sui moschetti Charleville. Poi ho imparato che afferrandone uno per la canna puoi salvarti dalle sabbie mobili. Anche senza sparare.

Ieri sera, durante la solita passeggiata sul ponte con l'Imperatore, un marinaio americano mi ha chiesto in prestito il pallone di cuoio. Mi hanno visto giocarci e si sono incuriositi.

Sono andato a prenderlo in cabina e ho dato loro qualche informazione elementare: come colpirlo, come farlo alzare, come controllarlo...

Ho sollevato la sfera, l'ho toccata con il piede destro, con il sinistro, con la coscia, con la testa, l'ho tenuta in aria per alcuni minuti senza farla mai cadere a terra.

Mi hanno guardato come uno stregone...

Li ho conquistati definitivamente mirando un secchio di legno del diametro di un metro, lontano una decina di passi. Ho colpito la palla nella parte inferiore con un tocco leggero. La sfera si è impennata ed è ricaduta nel secchio.

I quattro marinai si sono scambiati occhiate di meraviglia.

L'Imperatore, dall'alto del cassero, ha sorriso. L'ho raggiunto.

«Questi marinai attraccheranno nei porti e diffonderanno per contagio il gioco che gli hai insegnato» ha profetizzato Napoleone in un tono quasi solenne. «Noi pianteremo il seme in America. In un futuro non lontano tutte le nazioni si sfideranno tra loro, ognuna metterà in campo i suoi undici giocatori migliori e chi avrà vinto più partite potrà dirsi padrone del mondo. Toccherà anche alla Francia che conquisterà la Russia sterminata, riportando tutti a casa. Quel giorno i francesi si ritroveranno a far festa ai Campi Elisi e gli undici eroi sfileranno sotto l'Arco di Trionfo a Parigi.»

«Sarà merito vostro, Maestà,» ho aggiunto io «perché il pallone l'avete inventato voi.»

«Sì, ma nessuno lo sa» ha osservato Napoleone. «Bisognerà dire al Conte de Las Cases di raccontarlo nelle sue memorie, altrimenti i posteri mi ricorderanno solo per Austerlitz.»

Questa sera i marinai non hanno potuto giocare, perché il mare in tempesta sballottava la *Mary Jane* tra onde gigantesche ed era impossibile restare in equilibrio sul ponte.

Solo l'Imperatore ci riusciva, a prua, saldo come l'albero maestro.

Mi è apparso ancora eroico, invincibile, come nella prima pagina di questo diario quando a bordo della *Northumberland* stavamo raggiungendo Sant'Elena. In quella notte lontana mi mancò il coraggio per raggiungerlo sul ponte, presentarmi e condividere al suo fianco la battaglia contro l'oceano.

Questa sera, due anni dopo, l'ho raggiunto, barcollando come un neonato e reggendomi a tutto ciò avevo a portata di mano.

Un'onda più ardita delle altre, però, ci ha travolti e ci ha fatto ruzzolare sul ponte.

«Ha vinto il mare. Generale, battiamo in ritirata e scendiamo a giocare» ha ordinato l'Imperatore.

Abbiamo giocato a *whist* e, manco a dirlo, ho perso.

"W" come Waterloo.

Nota dell'autore

La Storia è un gran bel parco giochi e io mi sono divertito un sacco a costruirmi il mio Napoleone, ma ci tenevo a dirvi che non mi sono inventato proprio tutto.

Ho appoggiato un sottile foglio bianco su fatti realmente accaduti, su persone veramente esistite e le ho ricalcate prendendomi la libertà di deformare alcuni tratti e di aggiungerne altri.

La matita ha ripassato i contorni esatti di Napoleone, dei tre generali che lo hanno accompagnato in esilio, del Conte de Las Cases e di suo figlio Emanuele, dell'isola di Sant'Elena e di sir Hudson Lowe che la governava.

Il pallone invece ce l'ho aggiunto io, ma non in modo così arbitrario come si potrebbe pensare.

Nella biografia di Alexandre Dumas, pubblicata nel 1839, si legge che «al giovane generale Bonaparte venne l'idea di offrire alla sua bella compagna lo spettacolo di una piccola battaglia». Organizzò una rappresentazione di guerra sul Col di Tenda. In quel gioco morirono dodici soldati. Dumas assicura che nelle lunghe giornate di riflessione a Sant'Elena «quei dodici uomini, uccisi senza reale motivo, erano per lui un rimorso più grande della morte di quei seicentomila che aveva seminato nella steppa nevosa della Russia».

La mia matita ha ricalcato quel rimorso e lo ha trasformato nel desiderio di lasciare ai ragazzi un gioco di pace, una simulazione bellica, con tanto di retroguardia e artiglieria, in cui nessuno però rischia la vita. Una sorta di testamento spirituale. Così è nato Mister Napoleone.

Ho corretto leggermente il numero dei giocatori: non dodici come i cadetti sul Col di Tenda, ma undici come giochiamo noi a calcio oggi.

Per il pallone ho rispettato ciò che emergeva da sotto il foglio bianco.

I primi palloni erano effettivamente vesciche di maiale gonfiate d'aria e ricoperte di cuoio, così come li fabbricavano a metà Ottocento due calzolai della cittadina inglese di Rugby, Richard Lindon e William Gilbert che rifornivano i ragazzi del liceo locale, storica culla del rugby.

Agli inglesi spetta anche l'invenzione del calcio. La mia matita ha regalato perciò a Napoleone un beffardo privilegio: sottrarre ai nemici di Waterloo la primogenitura storica del gioco più amato del mondo.

Non mi sono invece preso esagerate libertà sul sommergibile.

Fu proprio Bonaparte a commissionare il *Nautilus* all'inventore statunitense Robert Fulton che viveva in Francia e che lo testò senza grande successo tra il 1800 e il 1801. Di un piano per far fuggire Napoleone da Sant'Elena a bordo di un sommergibile scrisse anche Walter Scott, celebre autore di *Ivanhoe*.

Le parole da visionario che l'Imperatore pronuncia sulla nave che lo sta trasportando in America sono felicemente profetiche. Effettivamente la nazionale di calcio francese ha conquistato il mondo grazie a un pallone.

È successo a Parigi nel 1998.

Io ero presente, inviato dal mio giornale, la «Gazzetta dello Sport». Ho visto i Campi Elisi riempirsi di gente in festa e i giocatori sfilare all'Arco di Trionfo costruito dopo Austerlitz, come auspicato da Bonaparte.

Quel giorno la Francia celebrava la sua nazionale multietnica, composta da ragazzi di origine africana, caraibica, armena... Una squadra a più colori, annunciata in qualche modo da quella di Mister Napoleone che ha sconfitto gli inglesi a *Plantation House*.

L'Imperatore emerso sul mio foglio bianco, che si affeziona a Tobia e pranza sul prato con Cleo, non è più quello che nel 1802 aveva ripristinato la schiavitù nelle colonie.

Ultima coincidenza da segnalare: io sono nato il 5 maggio.

Luigi Garlando

Cronologia

1769

Nasce ad Ajaccio (Corsica) il 15 agosto, secondogenito di Carlo Maria Buonaparte, avvocato, e Maria Letizia Ramolino. Napoleone francesizza in seguito il suo cognome in Bonaparte.

1779

Entra nel collegio militare di Brienne, nel nord della Francia, dove rimane per cinque anni.

1784

A quindici anni viene ammesso alla scuola militare di Parigi. L'anno dopo viene nominato sottotenente.

1789

Allo scoppio della rivoluzione francese, Napoleone, ventenne, torna in Corsica e si unisce al movimento rivoluzionario dell'isola.

1796

Si sposa con Giuseppina Tascher de La Pagerie, dopodiché gli viene affidato il comando delle truppe francesi nella **Campagna d'Italia** contro gli Austriaci.

1797
Napoleone impone la pace con il **trattato di Campoformio.**

1798
Terminata la campagna d'Italia, Napoleone si imbarca nella **campagna d'Egitto.**

Giunto ad Alessandria, vince nella **battaglia delle Piramidi,** dove sconfigge i Mamelucchi di Murad Bey. A questa vittoria segue però la distruzione della flotta francese da parte dell'ammiraglio inglese Nelson nella baia di Abukir.

1799
Napoleone entra in Siria. Poi però, preoccupato dalla situazione politica instabile in Francia, lascia il comando al generale Kléber e si imbarca di nascosto alla volta della Francia.

Il 18 Brumaio del calendario rivoluzionario (9 novembre), Napoleone assume il potere con un colpo di stato e si fa nominare Primo Console.

1800
Sconfigge gli Austriaci nella **battaglia di Marengo** e impone la pace agli Inglesi.

1801
Firma il Concordato con papa Pio VII.

1804
Dopo aver sventato un complotto monarchico, Napoleone, nella cattedrale di Notre Dame a Parigi si proclama **Imperatore dei Francesi.**

Prosegue la sua politica di riforme dell'amministrazione e della giustizia e vara il Codice napoleonico, che fornisce una base giuridica allo Stato laico.

1805

Napoleone viene proclamato **Re d'Italia** nel Duomo di Milano. Il 21 ottobre fallisce clamorosamente un attacco alla flotta inglese di Nelson nella **battaglia di Trafalgar.**

Il 2 dicembre Napoleone sconfigge gli Austro-Russi nella **battaglia di Austerlitz.**

1806

La Grande Armata vince contro la quarta coalizione nella **battaglia di Jena.**

Il Regno di Napoli viene assegnato al fratello di Napoleone, Giuseppe Bonaparte (poi sostituito nel 1808 da Gioacchino Murat).

1807

Napoleone vince nella sanguinosa **battaglia di Eylau.** Segue il **trattato di Tilsit** con la Russia dello zar Alessandro I.

1809

Napoleone annienta gli Austriaci nella **battaglia di Wagram.**

1810

Napoleone divorzia da Giuseppina e sposa Maria Luisa d'Austria, che gli dà un erede, Napoleone II, nominato re di Roma.

1812

La Grande Armata invade la Russia. Vince a costo di migliaia di perdite la battaglia di Borodino, nota anche come **battaglia della Moscova.**

A settembre l'esercito, provato e affamato, entra a Mosca, abbandonata dai russi.
Poco dopo Napoleone inizia la ritirata.

1813
Napoleone viene sconfitto a Lipsia nella cosiddetta **battaglia delle Nazioni,** perché vi parteciparono eserciti di tutta Europa.

1814
A marzo le truppe nemiche invadono Parigi. Napoleone è obbligato ad abdicare in favore di suo figlio e, il 6 aprile, a rinunciare a tutti i suoi poteri. Spodestato dal trono, è costretto **all'esilio all'Isola d'Elba.**

1815
Napoleone sfugge alla sorveglianza inglese e rientra in Francia. Iniziano i **Cento Giorni** del nuovo regno di Napoleone, che si concludono il 17 giugno con la sconfitta nella **battaglia di Waterloo.**
Napoleone abdica e viene costretto dagli inglesi **all'esilio sull'isola di Sant'Elena.**

1821
Il 5 maggio Napoleone muore nella sua abitazione a Longwood.

Indice

ISOLA DI SANT'ELENA
IL PALLONE
EMANUELE DE LAS CASES
L'ARCO DI TRIONFO
ENZO E LISANDRU
KALIL
IL CONTE DI MONTHOLON

CARICA DI CORAZZIERI

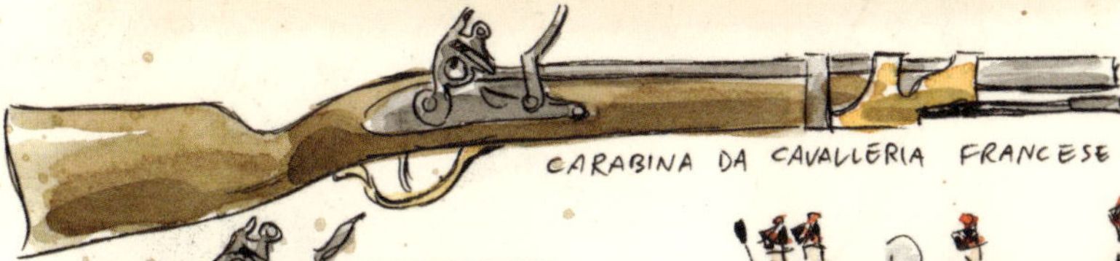

CARABINA DA CAVALLERIA FRANCESE 1786

ARTIGLIERIA FRANCESE

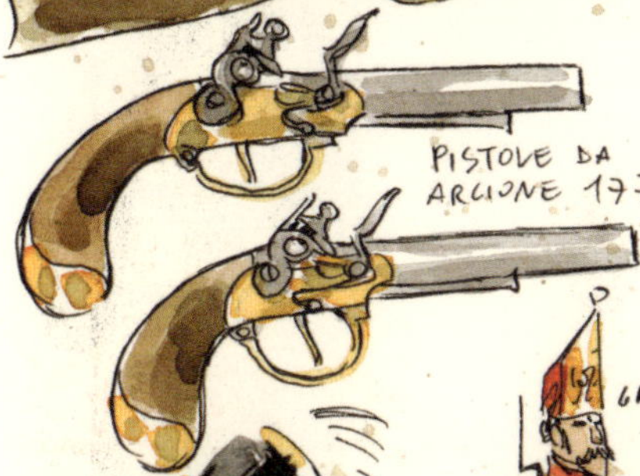

PISTOLE DA ARCIONE 1777

DAVOUT

GRANATIERE DEL REG. PAVLOV

MICHAIL ILLARIONOVIČ KUTUZOV

LA PIANA DI PRATZEN